CW01080603

Arto Paasilinna

Un éléphant, ça danse énormément

Traduit du finnois
par Anne Colin du Terrail

Denoël

Titre original :
SUOMALAINEN KÄRSÄKIRJA

Éditeur original : WSOY, Helsinki.
Publié en accord avec Bonnier Rights Finland, Helsinki.
© Arto Paasilinna, 2005.
© Éditions Denoël, 2018, pour la traduction française.

Arto Paasilinna est né en Laponie finlandaise en 1942. Successivement bûcheron, ouvrier agricole, journaliste et poète, il est l'auteur d'une quarantaine de romans dont *Le meunier hurlant, Le lièvre de Vatanen, La douce empoisonneuse, Petits suicides entre amis, Le bestial serviteur du pasteur Huuskonen, Les mille et une gaffes de l'ange gardien Ariel Auvinen, Moi, Surunen, libérateur des peuples opprimés, Le dentier du maréchal, madame Volotinen et autres curiosités,* et *Un éléphant, ça danse énormément,* romans cultes traduits en plusieurs langues. Arto Paasilinna est mort le 15 octobre 2018 à Espoo, en Finlande.

1

Les premiers instants
d'une éléphantelle

Les éléphants naissent la trompe en avant. Et c'est ainsi que la petite Emilia vint au monde, vive et alerte, en février 1986. Il était minuit passé et il faisait bon chaud dans l'écurie des pachydermes du Suomi-Sirkus, qui avait planté son chapiteau dans la ville de Kerava. La soigneuse Sanna Tarkiainen, alias Lucia Lucander, avait veillé toute la soirée, prête à aider à la mise bas. C'était une jeune femme vigoureuse, âgée de vingt ans à peine, originaire de Lemi en Carélie du Sud. Petite fille, déjà, elle avait travaillé au cirque pendant les vacances et, quelques années plus tard, elle avait été admise dans la troupe à titre permanent. Elle rêvait parfois d'accéder au statut d'étoile de la piste, même si elle aimait aussi beaucoup les animaux.

Lucia avait prévu d'épaisses couvertures et branché le tuyau d'arrosage. Pepita, la colossale mère éléphant, avait porté son enfant vingt-deux mois, plus du double d'une grossesse humaine. Pendant la gestation, elle avait grossi de plusieurs centaines de kilos et, les deux derniers mois, ses mamelles avaient gonflé de manière prometteuse. Tout allait bien et, quand minuit avait sonné, ses contractions avaient commencé.

La mise bas avait duré trois heures, au bout desquelles la petite éléphantelle avait déboulé. Elle n'était d'ailleurs pas si petite, avec son poids d'un homme dans la force de l'âge, cent kilos, mais pour un pachyderme, ce n'était encore rien. Sa tête et son maigre corps frêle étaient entièrement recouverts d'un duvet roux. Ses oreilles, nervurées comme des feuilles de chou, étaient si fines qu'elles en étaient translucides. Lucia l'aspergea d'eau tiède, la lava et la sécha dans les couvertures. Il ne fallut pas cinq minutes pour qu'elle se mette debout. Elle resta d'abord là, chancelante, mais fit bientôt ses premiers pas d'un air déterminé. Pepita s'ébroua et regarda son œuvre, les yeux brillant dans la pénombre de l'écurie. C'était son premier bébé. Elle était terriblement fatiguée, mais pour le reste tout allait bien. Moins d'une heure plus tard, la petite éléphantelle chercha les mamelles de sa mère. Pour réussir à téter, il lui fallut lever la trompe et la tourner sur le côté. Sa bouche triangulaire rose et duveteuse s'accrocha avec énergie au mamelon. Pepita lui caressa le garrot de sa trompe, en signe d'acceptation.

La soigneuse Lucia Lucander, assise sur une botte de paille, regardait la mère et l'enfant se renifler et faire connaissance. Elle se demandait quel nom donner au bébé. Puisque c'était une femelle, peut-être pourrait-on la baptiser Emilia, en l'honneur de l'épouse du directeur du cirque, que tout le monde appelait Emmi mais dont le véritable prénom était Emily.

Le directeur Werneri Waistola, justement, venait de s'extraire de son lit, dans sa caravane de commandement, pour admirer le nouveau-né. Il arriva avec une bouteille de champagne sous le bras et sortit deux verres de la poche de son pyjama. Ils burent à la santé de l'éléphantelle.

Emilia tétait avec appétit, toutes les heures, le lait de Pepita. Elle commença vite à grandir, prenant près d'un kilo par jour. Au bout de deux semaines, elle porta pour la première fois à sa bouche des graines et du crottin de sa mère. Beurk! mais les aliments non digérés des bouses lui fournissaient des sels minéraux. À quatre mois, Emilia mangeait déjà quotidiennement des nourritures solides, foin et pommes de terre bouillies, et, quand vint l'été, on lui donna du fourrage vert. Elle eut bientôt le même régime que les éléphants adultes. Lucia entreprit de lui apprendre des tours. Elle devait rester tranquillement en place et tenir dans sa trompe un long bâton au bout duquel flottait un drapeau finlandais. Quand elle bougeait la tête pour l'agiter, la centaine de spectateurs, sous le chapiteau du cirque, applaudissaient et encourageaient ses premiers pas d'artiste.

Comme tous les éléphanteaux, Emilia avait eu au début des difficultés pour boire avec sa trompe. Elle était obligée de s'agenouiller et de laper directement l'eau dans un seau, ce qui n'était pas pratique. Au bout de nombreux essais, elle découvrit enfin qu'il était plus simple d'aspirer le liquide avec sa trompe, puis de le déverser dans sa bouche. Facile, après tout !

Emilia apprit également à utiliser sa trompe pour d'autres tâches. Elle s'en servait aussi adroitement qu'un humain de ses mains. Grâce à elle, elle était capable de déplacer des objets lourds, mais c'était un organe si sensible qu'elle pouvait tout aussi bien ramasser des petits brins de paille ou aspirer une araignée sur sa toile.

Emilia avait sept mois quand une nouvelle loi fut promulguée en Finlande, le 12 septembre 1986. Triste jour ! Il était désormais interdit, y compris dans les cirques, de présenter des spectacles mettant en scène des animaux sauvages. Leur exploitation, commerciale ou autre, était maintenant strictement prohibée. Cela revenait à bannir les éléphants du pays. De nombreux pachydermes âgés furent abattus, et les autres vendus à l'étranger, là où ils pourraient encore se produire pendant le temps qui leur restait à vivre. C'était comme si on avait mis de vieux acteurs à la retraite pour des motifs humanitaires. Sauf que, pour les éléphants, il s'agissait de protection animale, car ce ne sont pas des humains, bien qu'ils aient tout de comédiens de caractère.

Mais dans cette Finlande amie des bêtes vivait l'intrépide Emilia, que sa soigneuse n'avait pas le cœur d'expédier vers l'inconnu. Un bébé animal ne survit pas seul sans sa mère dans la jungle, ni même dans un zoo. Sanna Tarkiainen, alias Lucia Lucander, décida d'apprendre à son docile pachyderme, qui pesait déjà une tonne deux, à vivre parmi les hommes, et y réussit. Elle démissionna de son travail de soigneuse et d'amuseuse d'animaux du Suomi-Sirkus afin de guider sa protégée, d'une main douce, dans la tempête soulevée par des protecteurs des animaux pourtant intrinsèquement animés de bonnes intentions. Mieux valait un éléphant mort qu'un éléphant exploité, tel était le mot d'ordre du jour.

Lucia Lucander déposa auprès du ministère de l'Agriculture et de la Sylviculture une demande de dérogation afin de pouvoir présenter de temps à autre au public les talents d'Emilia, mais elle lui fut refusée. Certains journaux s'indignèrent même de ce que l'ex-étoile du Suomi-Sirkus ose prétendre poursuivre sa carrière de dresseuse d'animaux sauvages, alors que l'utilisation de ces derniers à des fins de divertissement était interdite par la loi. À la même époque, la mère d'Emilia, Pepita, fut vendue en RDA, autrement dit en Allemagne de l'Est, où les spectacles d'animaux étaient encore autorisés dans les cirques. Lucia proposa à l'acheteur de prendre aussi Emilia, mais il n'en voulut pas. Pourquoi ? Quand le représentant du grand zoo de Berlin était venu voir Pepita et sa fille, celle-ci n'avait pas apprécié que cet Allemand à la voix de stentor la culbute sur sa litière et examine d'un geste expert ses organes génitaux et la peau de son ventre afin de vérifier son état de santé. Une fois remise sur ses pattes, elle s'était réfugiée dans un coin de son box et avait manifesté son mécontentement par tous les moyens possibles, entre autres en pissant sur les godasses de l'Allemand et en lui balançant dans l'oreille un strident cri de détresse.

Pepita, avec sa longue expérience d'artiste de cirque, avait en revanche été facile à vendre. Mais pour Emilia, cela signifiait être séparée de sa mère et, même si cette entrée précoce dans l'âge adulte ne semblait pas la chagriner, son sort était scellé : elle était désormais une éléphantelle orpheline qui n'avait qu'une seule véritable amie, Lucia Lucander.

Le directeur Werneri Waistola se déclara désolé. Il ne pouvait plus emmener Emilia en tournée, maintenant que la loi interdisait de la présenter au public à des fins lucratives. Elle était trop grosse pour rester dans un cirque ambulant comme animal de compagnie. On pouvait d'ailleurs en dire autant de sa femme, ajouta-t-il. Emmi ne connaissait pratiquement aucun tour d'adresse, elle restait allongée toute la journée sur le canapé de sa caravane à lire des torche-culs et à s'enivrer de liqueur, au point qu'on ne pouvait même pas songer, le soir venu, à la laisser entrer sous le chapiteau, du moins sans surveillance. Waistola n'alla cependant pas jusqu'à dire que quitte à choisir il aurait préféré emmener l'éléphante plutôt que son épouse.

Désemparée, Lucia Lucander prit contact avec plusieurs cirques européens, mais l'offre d'éléphants au chômage était partout pléthorique et personne n'était intéressé par la jeune Emilia. Finalement, elle eut l'idée d'écrire au Grand Cirque de Moscou, et reçut aussitôt une réponse positive. L'Union soviétique était alors encore plongée dans une ère d'immobilisme politique et moral, même si certains pressentaient de grands bouleversements.

Quoi qu'il en soit, Lucia et Emilia prirent le train pour Moscou, où ce cirque mondialement connu avait du travail à leur offrir. Elles ne devinrent cependant pas des étoiles de premier plan : Emilia était trop jeune et inexpérimentée pour maîtriser toute l'étendue du répertoire attendu des éléphants. On ne laissa pas non plus Lucia se balancer sur un trapèze. Il lui manquait la formation aux arts du cirque nécessaire pour faire vraiment carrière dans une institution aussi célèbre. Elle était belle et souple, mais sa silhouette n'éveillait que la jalousie de ses collègues, et elle dut donc se contenter de présenter Emilia parmi d'autres éléphants, deux fois par soir.

Les années passèrent. Emilia avait grandi et n'attendrissait plus par ses attitudes enfantines un public exigeant. Il était temps de passer à autre chose. Le duo s'en alla parcourir la Tchétchénie, le Kazakhstan, le Turkménistan, l'Arménie.

La vie dans la région était parfois rude. Alors qu'elles traversaient une steppe kalmouke, Lucia et Emilia faillirent même un jour mourir de soif. Mais les éléphants ont une étonnante capacité de survivre aux pires sécheresses. Emilia enfonça sa trompe dans le sol pour y pomper de l'eau et s'en aspergea les oreilles, ce qui lui permit de poursuivre sa route. Au bout de plusieurs jours de marche, les voyageuses tombèrent heureusement sur un petit village dont les habitants, étonnés mais hospitaliers, leur donnèrent à boire et à manger.

Deux années passèrent vaille que vaille dans les républiques soviétiques du Caucase et de l'Asie centrale. Puis des guerres d'indépendance éclatèrent. Dans ces circonstances, une femme seule n'avait plus grand-chose à faire là, et un éléphant encore moins, d'autant plus que les habitants de la région ne le considéraient pas comme un animal très exotique, comme le prouvait le fait que l'on proposait souvent à Lucia de lui acheter Emilia… comme animal de boucherie.

Pour gagner sa vie, Lucia Lucander eut l'idée de louer aux chemins de fer soviétiques un wagon à bestiaux dans lequel elle entreprit de parcourir d'un bout à l'autre l'interminable voie transsibérienne. Elle donnait des spectacles dans ses innombrables gares, avec Emilia, et réussit cette fois à gagner de l'argent. Le public était nombreux, de l'Oural au Pacifique, et l'étoile du cirque, qui parlait maintenant russe, pouvait organiser efficacement ses tournées. Les gens faisaient la queue dans les cours de triage et, après avoir graissé la patte de quelques employés des chemins de fer, Lucia pouvait faire descendre Emilia de son wagon et présenter son numéro sur le quai de la gare, et même souvent sur une place de la ville.

Lucia embaucha comme palefrenier un chef de wagon d'une quarantaine d'années, Igor Lozowski, qui s'occupait de soigner et de nourrir Emilia pendant qu'elle-même dormait dans son compartiment. C'était un gros travail, car l'éléphante mangeait trois fois par jour, deux cents kilos de fourrage au total, et devait être lavée quotidiennement. Pelleter le crottin n'était pas non plus une mince affaire, d'autant plus qu'il fallait l'évacuer pendant que le train roulait dans les immenses étendues sibériennes, droit par la porte ouverte du wagon. Le convoi d'où l'on jetait dans la toundra ce qui était à l'évidence des bouses d'éléphant passait rarement inaperçu auprès des habitants isolés de ces lointaines contrées.

2

Igor apprend à Emilia
à danser le gopak

Le soigneur d'éléphant et valet de train personnel de Lucia Lucander, Igor Lozowski, n'était pas un véritable Russe, car dans ses veines coulait aussi du sang chaud d'origine polonaise et peut-être tchèque. Dans le tumulte de la Première Guerre mondiale, son grand-père s'était retrouvé enrôlé dans les troupes des Empires centraux envoyées en bateau à Vladivostok, par des voies détournées, prendre les Russes à revers par l'océan Pacifique. À l'extrémité orientale du Transsibérien, les soldats tchèques, dégoûtés de la guerre, s'étaient ensuite insurgés, avec quelques Polonais blancs égarés parmi eux, et avaient institué leur propre gouvernement rebelle. Le grand-père d'Igor avait participé à l'aventure et, quand la révolution avait éclaté en Russie, il était resté en Sibérie et s'était enterré au plus profond d'un petit village du nom de Hermantovsk, au nord de Krasnoïarsk, où il avait survécu, à sa grande surprise. Il avait fondé une famille, fatalement, et semé des descendants ici et là dans toute la Sibérie.

Igor, qui était né en 1950, trois ans avant la mort de Staline, approchait maintenant de la quarantaine. Il entretenait encore quelques liens avec son lointain village natal et proposait de temps en temps de s'y rendre, à condition que Lucia et Emilia l'accompagnent. L'étoile du cirque n'avait aucune envie d'aller donner un spectacle dans un coin aussi reculé, et le voyage était donc sans cesse repoussé.

Pour un Polonais, Igor était très russe, et tout aussi sibérien. C'était un assistant fidèle, mélancolique par nature, qui ne crachait pas sur la vodka mais sur qui on pouvait compter. Parfois, quand l'ivresse accentuait son vague à l'âme, il regardait la blonde Lucia avec de grands yeux tristes et suppliants et ne pouvait s'empêcher de lui demander si elle l'aimait au moins un peu, si elle avait pour lui ne serait-ce qu'un dixième des sentiments qu'il éprouvait pour elle. Ç'aurait déjà été beaucoup. Lucia y avait réfléchi : elle avait bien un dixième d'amour, ou en tout cas d'amitié, à donner à Igor, mais elle ne pouvait pas le lui avouer. Il manifestait certes toujours une grande gentillesse, mais une jeune femme devait se montrer prudente avec les hommes, en terre étrangère.

Les spectacles organisés par Lucia et Igor étaient très appréciés des Sibériens. Le programme se composait au début de vieux numéros du Suomi-Sirkus et du Grand Cirque de Moscou, mais, en voyant Emilia grandir et devenir peu à peu une véritable comédienne, Igor se mit en tête de lui apprendre des rôles plus exigeants. Il était lui-même bon danseur de gopak, et décida donc de lui enseigner cette fougueuse danse cosaque. Lucia accueillit d'abord l'idée avec réticence. L'éléphante était à son avis trop lourde pour un tel exercice, ses os ne supporteraient pas l'effort qu'il exigeait. Emilia pouvait peut-être apprendre à tournoyer au son de valses lentes, mais le rythme du gopak était bien trop vif pour un aussi gros animal. Igor répliqua que sa grand-mère, de son vivant, avait été au moins aussi grosse qu'un éléphant, mais que ça ne l'avait pas empêchée d'être une danseuse souple et légère.

Igor possédait un vieil accordéon à cinq rangées dont il jouait plus ou moins bien. Pendant les longs voyages en train, il fit découvrir à Emilia une dizaine de vieilles chansons populaires russes, une ou deux valses mélancoliques, quelques marches militaires et surtout deux ou trois airs cosaques entraînants. Emilia se familiarisa avec ces mélodies et y prit vite goût. Sa trompe se balançait comme un cobra indien hypnotisé par la flûte d'un charmeur de serpents et ses grandes oreilles battaient au rythme de l'accordéon d'Igor.

Dans le wagon à bestiaux qui brinquebalait sur le Transsibérien, donner des cours de danse à un éléphant semblait difficile. L'élève de plusieurs tonnes aurait pu se heurter aux parois et tout démolir en s'entraînant au gopak. Qui sait si le train entier n'aurait pas déraillé. Il y aurait eu des morts parmi les passagers et un nombre incalculable de bagages se seraient éparpillés dans les forêts de Sibérie. Mais dans les gares, Igor emmenait souvent Emilia derrière les bâtiments, sur de solides quais en béton. L'éléphante écoutait les airs familiers joués par son professeur et se lançait au son de l'accordéon dans des danses endiablées. Elle frappait le sol de ses pattes de derrière à en faire trembler tous les environs, tournait sur elle-même, s'accroupissait dans les règles de l'art presque jusqu'à terre et décrivait de larges cercles avec sa longue trompe. Elle poussait aussi de sa propre initiative des cris semblables à ceux d'Igor et tous deux s'encourageaient ainsi mutuellement à accélérer encore le tempo. Emilia était une comédienne-née, elle était intelligente et ressentait le besoin d'exprimer ses dons d'artiste. Au bout de six mois, elle connaissait toutes les mélodies d'Igor. Elle était à coup sûr le plus talentueux éléphant dansant du monde.

Avec les danses cosaques à son répertoire, le succès d'Emilia alla croissant. Les gens se pressaient souvent par centaines à ses représentations et dans de grandes villes comme Irkoutsk, par exemple, elles rassemblaient plus de deux mille spectateurs payants. C'était de la folie. Souvent, le public se mettait lui aussi à danser et les soirées se terminaient en extravagantes fêtes populaires.

Au début du spectacle, Lucia faisait quelques tours de piste sur le dos d'Emilia, comme elle l'avait appris au Grand Cirque de Moscou. Puis venaient différents numéros : l'éléphante jetait avec sa trompe des anneaux multicolores à Lucia et à Igor, tenait dans sa bouche un long bâton aux extrémités duquel flottaient le drapeau rouge et le drapeau finlandais à croix bleue sur fond blanc. Elle marquait des pauses pour faire poliment des courbettes au public et attendait les applaudissements. Elle jouait aussi avec un grand ballon de baudruche et se tenait à tour de rôle en équilibre sur le sol sur chacun de ses quatre pieds. À titre d'intermède comique, elle se brossait les dents avec un énorme balai. Puis Lucia grimpait sur son dos et, tandis qu'elle galopait en rond, y exécutait des acrobaties.

Le programme se terminait par des danses et des chants. Emilia démontrait son nouveau savoir-faire. Elle accompagnait Igor et Lucia dans de lentes valses viennoises, mimait avec sentiment les arias d'une soprano d'opérette et concluait le spectacle par un gopak et de puissants barrissements évoquant les cris des cosaques. Le public, à travers toute la Sibérie, était conquis. Certains journaux écrivaient même que l'on n'avait jamais rien vu de tel dans la taïga russe ! Et dans la ville pétrolière de Tioumen, on interviewa Emilia pour la télévision.

Lucia n'était plus obligée de compter chaque kopeck, elle pouvait maintenant acheter du fourrage de qualité pour son éléphante, augmenter le salaire d'Igor et s'offrir de nouveaux vêtements. Les anciens avaient été réduits à l'état de guenilles par les longs voyages en train. Igor, de son côté, se paya un uniforme de cosaque et des bottes de cavalerie.

Quand il était jeune, il s'était promis de revenir un jour à Hermantovsk, lorsqu'il aurait réussi à se tailler dans un monde hostile la situation qu'il méritait. Il pouvait maintenant rentrer chez lui en vainqueur, présenter Lucia et Emilia à sa famille et organiser la fête la plus grandiose que l'on ait jamais vue dans la région. Il y aurait au programme un véritable banquet, de la tradition russe et de vertigineuses démonstrations de gopak avec un éléphant.

Igor regarda Lucia au plus profond des yeux et lui demanda si elle accepterait de l'épouser. Pour donner plus de poids à sa proposition, il se jeta à genoux à ses pieds, lui prit la main et chanta d'une voix tremblante deux émouvants chants cosaques.

Sanna Tarkiainen, alias Lucia Lucander, resta stupéfaite. Igor avait-il perdu la tête? Il avait déjà la quarantaine, n'avait pratiquement pas fait d'études et n'avait été, avant d'entrer à son service et à celui d'Emilia, qu'un modeste chef de wagon. Et voilà qu'il voulait épouser sa bienfaitrice.

En soi, son geste ne déplaisait pourtant pas à Lucia. Elle était, comme beaucoup de femmes, flattée d'être demandée en mariage, et Igor avait un physique particulièrement avantageux, surtout dans sa nouvelle tenue de cosaque. Il était d'un caractère accommodant, plein de mélancolie russo-polonaise et pourtant capable au besoin de faire preuve d'audace et de panache. Un sacré phénomène. Mais une jeune Finlandaise comme elle ne pouvait pas sérieusement envisager de se marier avec un palefrenier. Vivre dans un puissant État étranger aux côtés d'un homme passionné déguisé en cosaque et d'une éléphante dansant le gopak ne faisait pas partie de ses projets d'avenir. D'autant plus que l'URSS était sur le point de s'effondrer. On entendait dire partout qu'on enfermerait bientôt les communistes dans des camps afin qu'ils réfléchissent aux horreurs qu'ils commettaient depuis soixante-dix ans.

Aux yeux d'Igor, les hésitations de Lucia n'étaient que des artifices féminins, et il ne les laissa pas éteindre le feu de ses sentiments. Il était fermement convaincu de pouvoir conquérir le cœur de la blonde beauté finlandaise si seulement il pouvait lui faire découvrir son charmant village natal, sa nombreuse famille et, plus important encore, toute l'étendue du nouveau style flamboyant et de la vigueur slave de son amour.

Mais maintenant que tout allait bien pour elle, Lucia commençait à ressentir un puissant mal du pays. La Finlande lui manquait. Elle comptait y retourner si l'URSS s'écroulait vraiment et qu'une grande guerre ou plusieurs, comme on le murmurait, éclataient. Elle ne pouvait pas s'embarquer dans un mariage avec Igor. Les chants cosaques ne nourrissaient pas leur homme, elle le savait. Elle ne voulait pas, quand elle serait vieille, russe et, qui sait, mère de dix enfants, continuer à danser le gopak avec un éléphant.

Elle n'était malgré tout pas opposée à l'idée

de visiter le village d'Igor. Si c'était un lieu aussi merveilleux qu'il le disait, ils pourraient y passer jusqu'à une semaine entière. Emilia danserait et l'on ferait la fête, c'était ce qu'il avait galamment promis. L'ancien chef de wagon était transfiguré, il faisait un digne compagnon de voyage.

3

Un village sibérien
sort de sa torpeur

La volonté de convoler d'Igor ne faiblit pas de tout l'été. Il écrivit chez lui à Hermantovsk, son village natal d'un millier d'âmes perdu au fin fond de la Sibérie centrale, qu'il avait réussi dans la vie et avait l'intention de rentrer pour quelques jours à la maison avec sa fiancée, une célèbre étoile finlandaise du cirque. Il laissa entendre à sa vieille mère que l'on pourrait organiser une grande fête, puisqu'ils allaient se marier.

La mère d'Igor avait près de soixante-dix ans, mais elle était encore pleine d'allant. Après avoir lu sa lettre, elle décida de lancer sans plus tarder les préparatifs des noces. Elle fit circuler la nouvelle de la réussite de son fils, qui souleva l'enthousiasme de toutes les femmes du village. Cela faisait une éternité que l'on n'avait pas organisé de véritables réjouissances. Dix-huit mois plus tôt, le président alcoolique du comité exécutif local avait détourné les fonds de la caisse commune et disparu Dieu sait où, et il n'y avait plus eu depuis de festivités officielles. Les commémorations de la révolution avaient de toute façon perdu au fil des décennies leur entraînante ferveur. Rares étaient ceux qui tenaient encore à défiler le cœur battant derrière les drapeaux rouges.

Les jeunes femmes de Hermantovsk étaient parties faire des études et travailler à Krasnoïarsk ou même à Moscou, pour les plus audacieuses, et les hommes ne trouvaient plus guère de compagnes. Pour meubler leur solitude, ils s'étaient mis à boire, beaucoup étaient morts jeunes de la vodka et personne ne voulait des survivants comme époux. Le dernier mariage que l'on avait joyeusement célébré au village datait de l'an passé, et les noces n'avaient duré que deux courtes journées. Mais Igor allait maintenant rentrer à la maison avec une beauté prête à se laisser passer la bague au doigt, qui plus est une Finlandaise, une authentique *tchoukhna*! C'était un événement à fêter dignement.

Igor Lozowski organisa la tournée de représentations de manière qu'ils puissent se rendre à Krasnoïarsk fin août. Emilia commençait à être fatiguée par les spectacles de l'été, danser tous les jours le gopak l'épuisait. Igor était persuadé qu'un séjour à Hermantovsk ferait autant de bien aux villageois qu'à Lucia et à l'éléphante. On organiserait une fête mémorable, en clôture, en quelque sorte, d'un été particulièrement chaud. Lucia n'avait pas forcément besoin de devenir sa femme, il suffirait, à défaut, qu'elle participe aux noces et réfléchisse ensuite plus sérieusement à la question. Lucia n'était pas convaincue que fêter leur union par anticipation soit une bonne idée. Elle ne voulait pas faire semblant de se marier, mais elle était malgré tout d'accord pour aller à Hermantovsk. Elle était elle aussi terriblement fatiguée par les innombrables représentations et n'avait pas pris de vraies vacances depuis des années. Ils convinrent de laisser tomber le mariage pour l'instant, mais d'aller néanmoins rendre visite à la mère d'Igor et aux autres villageois.

Hermantovsk était une si modeste bourgade qu'il n'y passait même pas de train. D'Atchinsk, un embranchement du Transsibérien long de plus de trois cents kilomètres menait à Lessossibirsk, gros port fluvial sur l'immense Ienisseï roulant ses flots vers l'océan Arctique. De là, il y avait encore deux cents kilomètres de route vers le nord jusqu'à Hermantovsk. Pour s'y rendre, Igor loua donc un semi-remorque, un ancien véhicule de service des champs gaziers, dans lequel on fit monter Emilia. On chargea les bagages du couple dans la cabine, ainsi qu'une provision de fourrage sur le plateau, avec l'éléphante. À l'arrivée, elle aurait droit à un véritable festin, car les villageois avaient fauché du foin en quantité et cueilli des centaines de kilos de pommes et de champignons dont ils pensaient qu'elle était friande.

La canicule régnait, en cette fin d'août, et une forte odeur de fumée flottait dans l'air. Tout l'été, on avait vu les flammes et senti les effluves d'innombrables incendies de forêt. On avait parfois eu l'impression que toute la Sibérie brûlait. Dans les journaux et à la télévision, on conseillait aux randonneurs de faire preuve d'une extrême prudence, et il était interdit d'allumer du feu dans les bois. Mais le Russe fait peu de cas de telles recommandations générales. De nombreux campeurs emportaient dans la taïga des sacs pleins de vodka et des allumettes, et, sous leur effet combiné, les départs de feu étaient incessants. La presse affirmait pourtant que la majeure partie d'entre eux étaient dus à des déchets spatiaux tombés du ciel qui, chauffés à blanc en entrant dans l'atmosphère et encore incandescents en tombant au sol, faisaient flamber la végétation desséchée.

D'après le chauffeur du semi-remorque, les incendies étaient dus aux champs pétroliers et à leurs méthodes imprudentes. Lui-même avait vu plusieurs fois les étincelles qui jaillissaient du pot d'échappement de son camion mettre le feu au bord des routes.

« Mais qu'est-ce qu'on y peut, il faut bien rouler, le monde a besoin de pétrole. »

Le paysage était magnifique, pourtant : les infinies collines boisées de Sibérie centrale flamboyaient de leurs premières couleurs d'automne, qui se fondaient dans le brouillard bleuté des incendies. Le spectacle était d'une incroyable beauté, on avait l'impression que la nature qui partait en fumée tentait, de ses dernières forces, de dire à quel point il était merveilleux de mourir à cet instant précis où l'été finissait et le terrible hiver sibérien s'annonçait.

L'arrivée à Hermantovsk se fit dans la liesse. Le lourd semi-remorque passa sous un vieux portique triomphal décrépit, tout juste assez haut pour lui, qui célébrait les victoires du socialisme. Il n'en restait qu'une étoile rouge défraîchie et, à côté, une faucille et un marteau tout aussi ternis. L'ancien slogan en lettres cyrilliques avait été remis au goût du jour. Le texte à la gloire de Staline proclamait maintenant :

Les bataillons d'ouvriers et de paysans souhaitent la bienvenue à la tchoukhna *Lucia et à l'éléphante Emilia !*

On logea l'étoile du cirque dans l'unique auberge du village, qui avait été joliment décorée pour l'occasion. Igor s'installa chez sa mère, car il n'était pas convenable que les fiancés habitent sous le même toit avant leurs noces. Une dizaine d'aimables demoiselles d'honneur se présentèrent afin d'aider Lucia à se préparer pour les festivités à venir. Elles étaient plutôt vieilles, car il ne restait, comme on l'a vu, que quelques jeunes femmes au village, mais peu importait. C'étaient en tout cas de grandes expertes en mariage.

On avait prévu d'installer Emilia dans la maison de la culture, qui était vide depuis des années, car l'enthousiasme politique révolutionnaire n'était plus ce qu'il était. La vaste salle des fêtes avait beaucoup souffert des outrages du temps, mais faisait une écurie parfaite pour un éléphant.

Les villageoises créèrent une robe de mariée à partir d'une tenue de scène de Lucia : elles ornèrent son vêtement moulant blanc d'applications florales bleues et y ajoutèrent une longue traîne de tulle, dans les mêmes tons, qui datait de l'époque de la grand-mère d'Igor, ainsi que des gants de soirée et un voile blancs. Le résultat était magnifique, et avec en plus un maquillage vivement coloré, à la russe, la mariée était à couper le souffle.

Pour Emilia, les femmes confectionnèrent une immense cape, un somptueux caparaçon fait d'une tente de l'Armée rouge adaptée à son nouvel usage pacifique par l'ajout de jolis rubans bleus. Emilia regarda d'abord avec un brin de suspicion cette tenue de scène inattendue, mais, face aux félicitations unanimes, elle comprit qu'elle avait l'air splendide et l'accepta de bonne grâce. Igor avait décidé depuis plusieurs mois déjà de se marier dans son uniforme d'officier cosaque, même s'il n'était ni cosaque ni officier. Personne ne songea à s'en offusquer, car il avait vraiment fière allure.

En attendant, dans toutes les maisons de Hermantovsk, on brassait de la bière, faisait de la pâtisserie, préparait de savoureux potages et cuisinait toutes sortes d'aspics. On décora la place centrale du village, où devait se tenir le banquet, et on y installa de grandes tables. Selon les estimations, il y aurait bien un millier de convives, si ce n'est deux. Dans l'urgence, les femmes cousirent aussi une demi-douzaine de drapeaux finlandais.

Igor régla en un tournemain l'enregistrement officiel du mariage. L'acte fut signé la veille des noces par le deuxième secrétaire du comité politique de la ville voisine. Quand Lucia vit tout l'entrain et l'enthousiasme avec lesquels le village consacrait son temps et son énergie à préparer l'événement, elle n'eut pas le cœur de révéler qu'elle n'avait pas en réalité accepté d'épouser son pseudo-fiancé.

« D'accord, mais je ne signerai aucun papier, et, si je le faisais, ce ne serait pas sérieusement. »

Ce fut convenu. Le pope lui-même déclara que ce n'était que pour la forme, pas de panique, dans le secrétariat céleste de Dieu tout-puissant les paperasses de l'administration civile ne pesaient pas lourd.

Ce fut enfin le jour des noces.

Les invités commencèrent à arriver par centaines, venus de près et de loin. À midi, on en comptait déjà mille cinq cents, et dans l'après-midi il en débarqua encore, si bien qu'au plus fort de la fête on dénombra sur la place centrale, au pied d'une haute colline, plus de deux mille personnes. L'air vibrait de chaleur, les hirondelles volaient haut dans le ciel bleu. L'heure du grand banquet avait enfin sonné à Hermantovsk.

La vieille église avait été réquisitionnée après la révolution comme réserve de grain de l'armée. Pendant la Seconde Guerre mondiale, elle s'était terriblement délabrée et il n'en restait plus maintenant qu'une misérable ruine. Mais de nouveaux vents de liberté soufflaient depuis quelques années, même ici au fin fond de la Sibérie. Et on avait donc construit une petite chapelle en bois, où le pope bénit l'union d'Igor et de Lucia. Celle-ci n'en revenait pas de se trouver ainsi réellement mariée. Mais pourquoi pas, après tout, Igor faisait un très bon compagnon. Elle n'avait pas pour autant l'intention de partager son lit. Tout au plus pourrait-elle peut-être, malgré tout, faire preuve d'indulgence pour leur nuit de noces.

4

Les somptueuses noces russes d'Igor et de Lucia

Le repas de noces avait donc rassemblé plus de deux mille personnes. Mais ce n'était pas la nourriture qui manquait. Les dizaines d'immenses tables croulaient sous les zakouskis, les salades composées, les potages de toutes sortes, les succulents plats de résistance et les desserts variés, arrosés de diverses boissons. Le père d'Igor était mort depuis déjà longtemps et ce fut donc sa grand-mère, une solide petite vieille de bientôt quatre-vingt-dix ans, qui souhaita la bienvenue aux invités. La Russie, déclarat-elle, vivait des temps difficiles, il y avait pénurie de tout, y compris de produits alimentaires, mais en pareil jour de liesse, pas question de se serrer la ceinture. Le village entier s'était uni pour préparer en cette occasion ce que l'on pouvait imaginer de mieux. Il y avait tout ce qu'il fallait pour un véritable festin !

On servit pour commencer différentes sortes de pâtés, des harengs marinés, des aspics d'esturgeon et de la langue de bœuf en gelée, du jambon, des têtes de porc entières et des feuilles de chou farcies ainsi que des champignons, en saumure ou fricassés à la crème. Il y avait aussi des dizaines de salades, dont la fameuse *vinegret* russe à base de pommes de terre, betteraves, carottes, oignons et cornichons aigres-doux.

Et les soupes, donc ! Du bortsch, du velouté de potiron au lait, des soliankas à la viande et au poisson, de l'okrochka au rosbif, radis noir et pommes de terre, du rassolnik, de la kacha et du bouillon de bœuf agrémenté de pelmenis.

Les convives firent honneur aux entrées. Ils constatèrent unanimement que malgré les conditions de vie qui se dégradaient d'année en année, avec des magasins pratiquement vides, des files d'attente interminables et des roubles de plus en plus rares, on pouvait quand même parfois faire bombance.

L'on s'attaqua ensuite aux plats principaux. Du lièvre, cuisiné de différentes manières : au four avec de la crème aigre, en morceaux panés à la poêle, ou entier avec une farce aux pommes. De l'oie, elle aussi fourrée de pommes ou cuite en terrine. Du canard mijoté dans une sauce à la crème, ou farci aux airelles et bien sûr aux pommes, des blancs de poulet poêlés, des volailles entières, des filets de lotte de rivière en croûte, du sandre au four, de l'esturgeon de Sibérie, de l'omoul du Baïkal, du sterlet farci nappé de crème, de la carpe rôtie, du carassin, du brochet et des lavarets de l'Ienisseï grillés sur la braise. Et bien entendu encore des pelmenis, ainsi que du gratin de viande hachée à la choucroute, des côtelettes et de gros choux fourrés de chair à saucisse.

Les hommes les plus âgés quittaient parfois la table pour fumer une cigarette, certains roulaient même encore de la makhorka. Ils se racontaient leurs souvenirs des dures années de guerre pendant lesquelles ils avaient combattu sur de nombreux fronts. Quelques-uns se rappelaient que lors la guerre d'Hiver, en Finlande, il faisait un froid de loup, et les *tchoukhni* avaient tué d'une balle dans la tête tous les soldats russes qui n'étaient pas morts gelés dans l'épaisse neige. Du bataillon entier de gars de la région envoyés sur le front finlandais, une compagnie à peine était revenue. En regardant la mariée, les vieux déclarèrent qu'à voir une aussi belle fille, on n'aurait pas cru qu'elle soit de la race de ces assassins.

Le banquet dura toute la journée, plus de six heures. Les premières victuailles englouties, on apporta encore des viandes : steaks hachés, foie, boulettes, jambons, cochons entiers servis avec une pomme dans la bouche, poitrine de veau à la crème aigre, rosbif au miel, bœuf en roulade ou garni d'oignons, en cocotte, aux champignons, sans oublier les pièces de porc en sauce moutarde, farcies de carottes à l'ail, rôties au four avec des pommes ou cuites en daube.

Aux tables des femmes, beaucoup pariaient que, si la Russie continuait dans la même voie, on connaîtrait sous peu une terrible famine. Si Igor avait attendu deux ans de plus pour amener sa fiancée à Hermantovsk, préparer un tel repas de noces aurait à coup sûr été impossible.

Ce n'aurait pas été un véritable festin russe si l'on n'avait pas aussi servi des dizaines de variétés de blinis et de pirojkis. Et quand vint l'heure du dessert, on régala les invités de gratin d'avoine aux pommes, de petits gâteaux, de tartes sucrées et de pâtisseries au miel. Comme boissons, il y avait le choix entre jus d'airelle ou de canneberge, eau minérale, mousseux, bière et vodka.

Ces noces étaient vraiment magnifiques, songea Lucia. Rien que pour un tel repas, ça valait la peine de se marier. Un accordéon jouait, les convives joyeux et repus dansaient. Igor était dans son élément et, à la fin du banquet, il conduisit Emilia sur la place du village. L'éléphante donna une représentation complète qu'elle clôtura par un fougueux gopak. L'enthousiasme était à son comble, les deux mille invités se mirent à leur tour à danser et la fête ne se termina que tard dans la nuit. Igor se retira avec Lucia dans la maison de sa mère, mais ne put profiter des joies de sa nuit de noces, car il avait si bien fêté son mariage qu'il sombra dans le sommeil aussitôt que sa tête toucha l'oreiller. Lucia dut lui ôter ses bottes de cavalerie. Le malheureux n'était pas en état de chevaucher.

La jeune mariée se releva, un peu vexée. Elle contempla le héros endormi. Fichu mari ! à ronfler au lieu de remplir son devoir conjugal. Lucia regarda par la fenêtre le village et sa chapelle en bois qui se dressait au bord du fleuve, dorée par le soleil levant. Elle repensa soudain au sauna à fumée construit par son père, chez eux, à Lemi, et à ses murs en madriers identiques à ceux de la petite église. Le mal du pays la submergea, elle dut retenir ses larmes. Elle ferma les rideaux et se recoucha aux côtés d'Igor. Il soupira, à quoi rêvait-il donc ?

Le lendemain, Lucia demanda à sa belle-mère si elle pouvait lui expliquer comment préparer un authentique esturgeon au four à la sibérienne et sa sauce aux champignons. Elle avait trouvé ça délicieux et voulait apprendre à en cuisiner pour son mari. La mère d'Igor se déclara ravie de l'intérêt de sa bru pour la recette, et la lui donna : prévoir une livre de filets d'esturgeon — à défaut, le saumon fait aussi l'affaire. Frire les morceaux de poisson à la poêle de manière à les enrober d'une croûte croustillante. Hacher deux cents grammes de cèpes et autant d'oignons. Les faire revenir dans de l'huile puis les laisser mijoter quelques minutes. Ajouter les morceaux de poisson et faire gratiner le tout avec du fromage. Un vrai régal !

Les festivités durèrent trois jours, au bout desquels les jeunes mariés quittèrent le village. Ils rejoignirent en semi-remorque la gare de Lessossibirsk, d'où ils reprirent leur tournée. Igor logeait dans son compartiment, Lucia dans le sien. Elle était décidée à se montrer inflexible, pas question de partager le même lit.

Ce furent malgré tout des années heureuses, mais la grande puissance russe, sur le point de s'écrouler, avait de plus en plus besoin de ses chemins de fer à des fins plus importantes qu'un spectacle de cirque : transporter des blindés et des troupes vers les champs de bataille, et ramener des zones de guerre les blessés et les morts. Finalement, vers le milieu des années 1990, il fallut renoncer aux représentations le long du Transsibérien.

Lucia Lucander décida de rentrer en Finlande avec Emilia, qui avait atteint une taille imposante. Il y avait peut-être dans le passé d'Igor quelque chose de louche, car les autorités finlandaises refusèrent de lui accorder le visa qu'il avait demandé à Saint-Pétersbourg. Il tenta de convaincre Lucia de rester en Russie, mais elle ne voulait pas en entendre parler. Elle était fondamentalement finlandaise et sa patrie comptait beaucoup pour elle.

« Lâcheuse d'homme ! Comment peux-tu quitter ton mari pour un éléphant », se plaignit Igor. Il déclara qu'il n'oserait plus jamais retourner dans son village, car sans sa femme il ne serait plus rien, à Hermantovsk. Lucia lui suggéra de raconter à sa famille qu'elle était morte.

« Morte ! Mais tu es vivante, c'est bien ça le pire, gémit-il.

— Dis-leur que je me suis noyée avec Emilia quand le bac du monastère de Valaam a fait naufrage dans une tempête sur le lac Ladoga. On y allait pour danser le gopak. »

Igor réfléchit à la suggestion, mais récusa le Ladoga comme lieu de l'accident. Sébastopol serait beaucoup mieux. Se noyer dans la mer Noire était en effet plus classe, concéda Lucia. Ils allèrent à la poste, d'où Igor télégraphia la triste nouvelle à sa mère. Son fils était devenu veuf en Crimée.

Emilia allait avoir dix ans. Elle n'était pas encore tout à fait adulte, car les éléphants grandissent jusqu'à l'âge de quinze ans, voire vingt pour les mâles. En revenant de Russie, elle mesurait près de trois mètres au garrot. D'après le document de transport, elle pesait trois tonnes six.

5

Lucia et Emilia
s'installent à Luvia

Au début du mois de juin, Lucia et Emilia arrivèrent en train, via la gare frontière de Vainikkala, au port d'exportation de Mäntyluoto, à Pori, avec l'idée d'embarquer la jeune éléphante sur un bateau en partance pour l'Inde ou pour l'Afrique. Lucia avait formé le projet de la conduire quelque part auprès de ses semblables, dans la savane africaine ou peut-être la jungle indienne, dans l'espoir de lui offrir un avenir riant. Il lui restait assez d'argent pour payer le fret. Mais le voyage d'Emilia vers le sud se heurta à un obstacle insurmontable. Aucun capitaine, en effet, n'accepta de charger dans sa cale, au milieu des conteneurs, un gigantesque animal sauvage qui n'inspirait aux marins qu'effroi et horreur et ne ferait à bord que des saletés. Il risquait en outre, en cas de gros temps, de s'écraser sur les cloisons en acier, car on ne pouvait pas l'arrimer solidement.

Le wagon à bestiaux russe devait néanmoins être rendu à son propriétaire, et Lucia mena donc Emilia derrière les entrepôts du port de Mäntyluoto. Elle lui scotcha sur le flanc un grand panneau en carton sur lequel elle écrivit : EN ATTENTE D'EMBARQUEMENT.

Les dockers l'aidèrent à vider le wagon. Décharger le foin dans la gare maritime était difficile et pelleter le crottin, surtout, demandait un gros travail. Lucia obtint de quelques caristes qu'ils transportent le fumier jusque derrière les entrepôts. Ce n'était bien sûr pas autorisé, mais les dockers eurent pitié de l'étoile du cirque en difficulté avec son éléphante et acceptèrent de lui donner un coup de main. Ils lui fournirent aussi de l'eau. Une fois par jour, Lucia emmenait Emilia sur les quais, où ses nouveaux amis la lavaient au tuyau d'arrosage.

La situation ne pouvait cependant durer. Lucia entreprit de téléphoner aux fermes des environs dans l'espoir de trouver un asile pour l'éléphante. Elle donnait ses mensurations : trois mètres deux de long, autant de haut et un mètre sept de large, pour un poids de trois tonnes six. Impossible d'héberger un aussi gros animal dans une écurie ou une étable ordinaire. Elle ne passait même pas la porte. À Luvia, enfin, elle eut de la chance : un agriculteur local se vanta d'avoir une étable avec une double porte par laquelle pouvaient entrer et sortir les plus gros taureaux du pays. Même un éléphant, aussi gros soit-il, y tiendrait à l'aise. L'endroit était assez vaste pour contenir près de cent vaches, des veaux, et tout ce qu'on voulait. Il avait aussi un poulailler, vraiment immense, pour le coup ! Il y caquetait des millions de poules.

Les dockers de Mäntyluoto participèrent aux préparatifs de départ en offrant à Emilia deux cents kilos de bananes à moitié pourries que l'inspection sanitaire avait fait retirer du chargement d'un cargo brésilien. Lucia loua un camion au centre d'affrètement routier. Elle enfourcha Emilia et quitta le port en direction de Pori, qu'elle devait traverser pour prendre la route de Luvia. Le soir tombait. Un éléphant peut parcourir quatre, voire cinq ou même huit kilomètres par heure, et le trajet ne prendrait donc pas plus de neuf heures. Le camion chargé des bagages de l'étoile du cirque et du fourrage d'Emilia, bananes comprises, roulait derrière elles. La police locale vint jeter un coup d'œil au convoi, mais pour le reste le trafic nocturne était calme. Les rares automobilistes longeant la côte étaient malgré tout un peu surpris de voir l'éléphante et sa cavalière marcher d'un pas tranquille sur le bas-côté et ralentissaient comme sur le lieu d'un accident. Aux petites heures de la nuit, Lucia et Emilia arrivèrent à destination, dans la cour de ferme des Länsiö. Les propriétaires, Oskari et Laila, les attendaient. C'était un couple d'une quarantaine d'années. L'homme, qui semblait passablement ivre, leur souhaita la bienvenue d'un air patelin. On déchargea le fourrage et les bagages du camion, qui repartit pour Pori.

« Tenez, prenez ma carte, au cas où vous auriez

besoin d'autres transports d'éléphant», dit le chauffeur.

L'étable des Länsiö n'était pas si grande que ça, mais elle avait bien une double porte.

«On a prévu deux vantaux parce qu'on élève en général de gros taureaux. On en a justement un en ce moment, écoutez-moi donc ce raffut!»

On entendait en effet les puissants meuglements et le cliquetis des chaînes d'un taureau réveillé dans son sommeil. On ouvrit les deux battants de la porte et Lucia entreprit de faire entrer Emilia dans l'étable. Elle était trop grande pour passer debout sous le linteau, mais elle se mit docilement à genoux et réussit à se traîner à l'intérieur, puis à se remettre sur ses pieds. Elle tenait tout juste en hauteur.

Dans les stalles, il y avait une dizaine de vaches et, dans un box séparé, attaché au mur du fond, un taureau qui soufflait de l'air par les naseaux. Les vaches fixèrent avec de grands yeux ronds le pachyderme apparu dans l'étable. Le taureau trépignait dans son coin, mais quand Emilia lança à pleine trompe un barrissement de bienvenue, il cessa net. Il se tassa littéralement contre le mur et baissa la tête. Les yeux fermés, il tenta de se faire aussi discret que le peut un bovin de cinq cents kilos.

Emilia se choisit une place à son goût sur le côté de l'étable, non loin de la trappe à fumier. On y étala une épaisse couche de paille sèche sur laquelle elle s'allongea, fatiguée. Le taureau roulait les yeux, dans son box, mais finit lui aussi par se coucher. Les vaches l'imitèrent l'une après l'autre, vagissant faiblement. Lucia Lucander et ses hôtes portèrent ses bagages dans la petite chambre du rez-de-chaussée de la ferme.

Le lendemain, on constata que l'éléphante ne faisait pas bon ménage avec le taureau. Ce dernier avait si peur d'Emilia qu'il en avait perdu l'appétit. Et une des vaches avait beau être entrée en chaleur et réclamer son attention, il n'était pas en état de répondre à ses sentiments.

Les bouses d'Emilia étaient à elles seules aussi abondantes que celles de tout le troupeau des Länsiö, et pelleter le crottin était un dur labeur, pour lequel ses hôtes aidèrent Lucia. Celle-ci songea plusieurs fois au pauvre Igor, qui avait dû suer sang et eau à balancer le fumier sur le bord des voies du Transsibérien. Des milliers de kilomètres de toundra et de taïga avaient reçu en cadeau des centaines de mètres cubes de malodorants excréments d'éléphant. Dommage qu'Igor n'ait pas obtenu de visa. Lucia se demanda s'il lui avait organisé des funérailles à Hermantovsk. Lui avait-on érigé une croix orthodoxe en bois sur les rives de l'Ienisseï?

L'étable n'était pas vraiment assez grande pour Emilia. Il fallait lui trouver un logement plus spacieux. La ferme voisine disposait d'une vieille halle de battage, mais impossible de l'utiliser, elle était trop vermoulue. Le toit risquait de s'effondrer sur l'éléphante. Les Länsiö avaient en revanche un superbe poulailler, car la production d'œufs constituait la principale source de revenus de leur petite exploitation.

« Je n'aurais pas pensé, au débotté, à mettre un éléphant et de petites cocottes dans la même cage », déclara l'agriculteur quand ils allèrent voir le poulailler. C'était un bâtiment haut de plafond, doté de larges portes permettant aux camions de la coopérative avicole d'y entrer, sur le sol duquel se promenaient, sinon des millions, du moins des milliers de pondeuses. Oskari se vanta d'élever des volailles libres et heureuses.

Laila Länsiö craignait qu'Emilia ne marche sur les poules, mais Lucia lui assura qu'il n'y avait pas de danger. Les éléphants étaient des animaux prudents et intelligents. Et les cocottes étaient sûrement aussi capables de faire attention à une silhouette aussi imposante, surtout vue du sol. On décida de tester la possibilité d'une cohabitation.

Emilia rampa hors de l'étable, soulagée de quitter la compagnie des vaches et du taureau. Elle emplit joyeusement sa trompe de l'air frais du dehors. Il y avait aussi du fourrage vert, la journée était belle ! Comme les vaches au printemps quand on les lâche pour la première fois dans les prés, l'éléphante se mit à gambader dans la cour, s'ébroua, lança de sonores barrissements de joie, agita ses immenses oreilles et poussa du front la remorque du tracteur, qui céda du terrain.

Lucia Lucander conduisit Emilia dans le vaste poulailler. Les poules furent d'abord stupéfaites de cette gigantesque apparition. Elles se massèrent en caquetant au fond du bâtiment. Elles s'habituèrent cependant vite à la nouvelle venue, qui n'avait pas l'air menaçant, et reprirent leurs occupations. L'éléphante les flairait et en soulevait de temps en temps une avec sa trompe, haut dans les airs, d'où elle contemplait ébahie son environnement avant de voleter jusqu'au sol. On installa Emilia dans un coin du poulailler où on lui fit une litière de paille et où l'on brancha un tuyau d'arrosage. La situation semblait à nouveau sous contrôle.

Tout aurait été pour le mieux si l'agriculteur Oskari Länsiö n'avait pas été aussi pénible. Il venait sans cesse trouver Lucia dans sa chambre pour lui raconter à n'en plus finir de lourdes blagues salaces. Il se trouvait intéressant, en plus, malgré ses allures d'épouvantail, et se collait à elle, soupirait profondément et la regardait de ses yeux pâles.

« Si tu savais comme je rêve d'embrasser une vraie princesse du cirque. »

Laila était souvent obligée de venir récupérer son mari afin de l'empêcher d'importuner leur locataire.

Pour se procurer du fourrage, Lucia Lucander prit l'habitude de faire avec Emilia la tournée des villages voisins, allant de ferme en ferme. Elle ne pouvait s'empêcher de donner aussi des spectacles, qui ne passaient pas inaperçus. L'éléphante avait beaucoup de succès.

L'été s'écoulait dans la joie et la bonne humeur, malgré le penchant pour la bouteille et les propositions déplacées d'Oskari Länsiö. Un jour, pourtant, Lucia perdit patience. Pour lui apprendre les bonnes manières, elle lui montra sa photo de mariage. Igor Lozowski et elle s'y tenaient enlacés sur la place du village de Hermantovsk, lui dans son superbe uniforme d'officier cosaque, avec en toile de fond les deux mille invités des noces.

«Igor te tuera, si tu ne te tiens pas à carreau. Je lui enverrai un télégramme pour qu'il vienne de Russie.»

En août, le long bras de l'Union européenne s'abattit sur la vie de Lucia et d'Emilia, avec une telle force qu'il leur fut impossible de continuer d'aller de village en village ou de donner la moindre représentation.

6

La nouvelle ligne dure
de l'Union européenne

En ce mois d'août 1996, l'Union européenne adopta une réglementation encore plus stricte que la précédente loi finlandaise sur l'exploitation des animaux sauvages dans les cirques. Il ne s'agissait pas seulement des éléphants, mais aussi d'autres créatures, en soi tout à fait charmantes : « Il est interdit de présenter dans des spectacles de cirque ou des spectacles assimilés comportant des numéros appris à des animaux tout singe, fauve, ruminant ou équidé sauvage, marsupial, morse, phoque ou otarie, *éléphant*, rhinocéros, hippopotame, rapace, autruche ou émeu et crocodile. »

L'UE, par bonté d'âme, précisait néanmoins que les animaux domestiques dressés tels que chiens, chats, poneys, chevaux et ânes pouvaient continuer d'être présentés au public dans les cirques et spectacles assimilés.

Emilia était ainsi pour la seconde fois déjà interdite de représentation. C'était une pauvre orpheline, habituée à la compagnie des gens, mais classée parmi les animaux sauvages, ce que ses ancêtres avaient effectivement été. Que faire ? La stricte séparation entre hommes et pachydermes était désormais gravée dans le marbre. Un éléphant ne pouvait pas donner de spectacle, quelle que soit son envie de le faire. Les humains y étaient encore autorisés. Le théâtre de la ville de Kajaani employait par exemple à l'époque douze comédiens salariés, et invitait aussi souvent des metteurs en scène extérieurs. L'UE ne s'était jamais mêlée de ce que les hommes faisaient sur les planches, même quand il y aurait eu de quoi.

En 1996, Sanna Tarkiainen, alias Lucia Lucander, avait trente ans. Elle était donc encore jeune et suffisamment vigoureuse pour supporter la dure vie des forains. Elle avait débuté comme soigneuse, mais avait aussi derrière elle une longue carrière d'étoile de la piste. Elle s'était, soir après soir, produite avec son éléphante sous le chapiteau du Grand Cirque de Moscou. Tout autour de la lointaine Caspienne et jusque dans les gares les plus improbables du Transsibérien, elle s'était toujours appliquée à présenter un spectacle impeccable. C'était une circassienne indépendante, aux multiples talents, qui devait maintenant faire face à l'interdiction de présenter en public des numéros de cirque avec des éléphants ou d'autres animaux considérés comme sauvages.

Lucia Lucander devait se résoudre à dire définitivement adieu à son amie de longue date. Emilia n'avait plus sa place en Finlande. Il n'était même plus permis de *montrer* un éléphant. Le cœur lourd, elle téléphona aux Viandes et charcuteries du Satakunta et demanda qu'on lui envoie une bétaillère.

Le lendemain matin, un lourd fourgon entra dans la cour de ferme des Länsiö. Le chauffeur, Pekka Laakso, sauta à terre et demanda où se trouvaient les bêtes destinées à l'abattoir. D'après sa feuille de route, il s'agissait d'un chargement de plus de trois tonnes, sans doute un plein camion de vaches, donc.

Lucia Lucander était justement en train de nourrir Emilia. L'agriculteur Oskari Länsiö répliqua qu'il n'avait pas l'intention de faire monter dans la bétaillère une dizaine de ses excellentes laitières.

« C'est l'éléphant, dans le poulailler, qu'on doit transformer en boudin. »

Le chauffeur se frotta les yeux en découvrant Lucia Lucander en train de doucher l'éléphante de cirque à l'eau tiède. Comment se faisait-il que la nature de l'animal ne soit pas indiquée sur sa feuille de route ? C'était la première fois qu'il devait embarquer un tel mastodonte pour son dernier voyage. Lucia Lucander assura avoir précisé qu'il s'agissait d'un éléphant, mais on ne l'avait sans doute pas prise au sérieux au service d'achat de la boucherie industrielle, et l'on n'avait noté dans la commande que le poids sur pieds du chargement, soit plus de trois tonnes.

Lucia sortit dans la cour avec Emilia. Pekka Laakso recula la bétaillère jusque devant le poulailler, ouvrit les portes arrière et abaissa le hayon élévateur. Étouffant ses sanglots, l'étoile du cirque enjoignit à sa vieille amie de monter dans le camion. L'éléphante la regarda étonnée, partait-on de nouveau en tournée ? Elle obéit cependant docilement à sa maîtresse et posa la patte de devant sur la plate-forme en acier. Avec un craquement de mauvais augure, le frein se bloqua. Laakso dut manœuvrer manuellement la plate-forme. Nouvelle tentative, et cette fois le système résista, mais la bétaillère était bien trop basse et étroite. Lucia ordonna à Emilia de se mettre à genoux et d'y entrer en rampant, mais même si la hauteur était maintenant suffisante, le reste ne l'était toujours pas. Les anciens camions du Suomi-Sirkus mesuraient plus de trois mètres de large. Sur les routes, ils étaient précédés d'une voiture munie de panneaux signalant un convoi exceptionnel. La bétaillère, elle, mesurait presque un mètre de moins et Emilia, malgré tous ses efforts, ne pouvait y tenir.

« Rien à faire », constata Laakso. Il expliqua que les Viandes et charcuteries du Satakunta ne disposaient pas de camions plus larges et qu'il faudrait donc tuer l'éléphant ici, dans la cour, le découper à la tronçonneuse puis charger les morceaux avec un chariot élévateur pour les emporter. Il fallait qu'un vétérinaire soit présent pour surveiller l'abattage, car à défaut on ne pourrait pas transformer la viande en chair à saucisse.

Lucia Lucander, en larmes, caressa la trompe soyeuse et la langue veloutée d'Emilia. C'était trop affreux. L'éléphante ne comprenait pas pourquoi sa maîtresse pleurait, elle avait fait tout ce qu'elle lui avait ordonné, mais rentrer dans le camion était tout simplement impossible. Dans sa tête d'éléphant, elle réfléchit à ce qu'elle pourrait faire pour alléger un peu l'atmosphère.

Elle ouvrit l'un des battants de la porte du poulailler et saisit dans sa trompe une grosse poule, revint avec elle dans la cour, se dressa d'un air grave sur deux pattes et agita la malheureuse volaille caquetante à une hauteur d'au moins cinq ou six mètres. Puis elle s'immobilisa, dans l'attente d'applaudissements qui ne retentirent cependant pas. Déconcertée, elle remit la poule à sa place et regagna elle aussi son coin du poulailler. Elle entendit des gens parler dans la cour, puis le camion s'en fut. Au bout d'un moment, Lucia la rejoignit et se remit à la laver à l'eau tiède. Elle murmura que jamais plus elle ne projetterait de l'abattre. Cela faisait dix ans qu'elles vivaient ensemble, depuis la naissance d'Emilia.

Lucia ne comprenait pas ce qui lui avait pris de commander une bétaillère pour embarquer son éléphante. Des images d'abattoir l'assaillirent. Elle avait déjà vu de ces usines de transformation de viande, avec leurs carcasses de bœuf transportées par convoyeur de la salle d'abattage à l'atelier de découpe. Comment imaginer faire subir ce sort à Emilia? Elle était si intelligente qu'elle se rendrait tout de suite compte de ce qu'on avait l'intention de lui faire. À cette pensée, Lucia fut secouée de frissons. Heureusement, heureusement! que le camion était trop petit pour l'éléphante. Et il était absolument hors de question de l'abattre dans la cour du poulailler des Länsiö. Ça aurait ressemblé à un meurtre, voire un assassinat. L'idée de tuer un animal aussi doux, une si fidèle compagne de travail, lui paraissait maintenant ne pouvoir émaner que d'une personne totalement dépourvue de sentiments. Sanna Tarkiainen, alias Lucia Lucander, tenta de se persuader qu'elle n'était pas quelqu'un de cruel, que tout était dû à la fatigue et au désarroi. Emilia mangeait trop et elle était trop grande, mais sa maîtresse était revenue à la raison.

«Emilia, je t'en supplie, pardonne-moi! Personne ne va te tuer!»

7

La recette
du saucisson d'éléphant

N'ayant pu embarquer l'éléphante dans sa bétaillère, le chauffeur Pekka Laakso alla chercher trente porcs de boucherie dans le village de Vanhakylä, à Luvia. Il aurait été dommage de revenir à vide à l'abattoir. Sur le chemin du retour, il téléphona au chef de produit Rauno Ruuhinen afin de lui annoncer que sa première course avait fini en eau de boudin.

« Tu ne vas pas le croire, il y avait une gonzesse qui voulait faire entrer un éléphant dans la bétaillère. Autant faire passer un chameau par le chas d'une aiguille, comme on dit. »

Ruuhinen répliqua qu'il avait espéré que l'animal tiendrait dans le fourgon. Il savait depuis le début que Sanna Tarkiainen avait proposé aux Viandes et charcuteries du Satakunta son éléphant de cirque, dont le poids, trois tonnes six, donc, était d'ailleurs indiqué sur la feuille de route. Il ne s'agissait pas de vaches ou de cochons.

Laakso aurait dû rester à la ferme des Länsiö jusqu'à ce que l'affaire soit réglée au lieu de prendre l'initiative d'aller chercher une cargaison de porcs.

Le chauffeur se défendit en faisant remarquer que les papiers ne parlaient pas d'éléphant, et que de toute façon il était trop gros pour la bétaillère.

«On ira le chercher demain avec un semi-remorque, il n'y a qu'à en louer un à la centrale nucléaire d'Olkiluoto», décida Ruuhinen.

Le chef de produit se replongea dans son projet de saucisson d'éléphant. Il calcula qu'en partant d'un poids vif de trois mille six cents kilos, on obtiendrait, une fois retirés la peau, les abats et les os, au moins deux mille deux cents kilos de pure viande de boucherie. Il téléphona au directeur du Suomi-Sirkus, Werneri Waistola, afin de lui demander à quoi ressemblait la chair d'éléphant. Et d'abord, à quelle famille appartenait l'animal ? Aux pachydermes ? Comme les chevaux, donc ? Parfait, se réjouit Ruuhinen, et il poursuivit l'élaboration de sa recette. Il avait là l'occasion de créer un tout nouveau genre de saucisson, dont on pourrait faire pendant un an, voire deux, le produit emblématique des Viandes et charcuteries du Satakunta. Si les éléphants faisaient partie du même ordre de mammifères que les rhinocéros et les chevaux, leur chair donnerait un excellent salami fumé. Si on utilisait, en quelque sorte comme condiment, deux cents grammes d'éléphant par kilo de préparation, en complément d'autres viandes et ingrédients secondaires, on obtiendrait plus de dix mille kilos de saucisson d'éléphant ! Soit cinquante mille pièces de deux cents grammes. L'eau à la bouche, Ruuhinen entreprit de calculer les sommes folles que l'entreprise engrangerait au fil des ans grâce à cette spécialité : des centaines de milliers d'anciens marks !

Ruuhinen était un charcutier expérimenté. Il avait conçu d'innombrables saucisses et saucissons dont les Finlandais se régalaient avec satisfaction depuis des décennies, car il y avait déjà trente ans qu'il était dans le métier. C'était un solide gaillard qui approchait de la cinquantaine, un sacré morceau, lui aussi.

Ruuhinen réfléchit à la composition du nouveau produit. De l'éléphant, de la viande de porc et du lard feraient un bon mélange. Un peu comme le salami fumé à la russe sur lequel il avait travaillé pendant des années. Le saucisson d'éléphant exigeait sans doute une bonne dose de sel, peut-être quatre pour cent. Comme épices, de la coriandre, du poivre noir et blanc, des graines de moutarde et de l'estragon. Pour un bon équilibre, Ruuhinen ajouta à la recette du glucose, des arômes naturels et des exhausteurs de goût (de type E621), un antioxydant (E301) et un conservateur (E250). Le résultat s'annonçait excellent. Ruuhinen calcula par la même occasion, à partir de tables précisément établies, la valeur nutritionnelle du saucisson d'éléphant. Cent grammes auraient en moyenne une valeur énergétique de mille huit cents kilojoules, soit quatre cent trente kilocalories, et contiendraient vingt-deux grammes de protéines, quatre grammes de glucides, trente-sept grammes de matières grasses (dont quatorze grammes d'acides gras saturés), deux grammes de fibres et à peu près la même quantité de chlorure de sodium. Au total, on utiliserait pour la fabrication plus de viande, aussi bien de porc que d'éléphant, que le poids final du produit. Mais il y avait de quoi faire, avec une telle bête, songea Ruuhinen le sourire aux lèvres, une lueur professionnelle dans l'œil. Il fallait dès le lendemain amener l'éléphant à l'abattoir et démarrer la production de saucisson.

La nuit suivante, l'agriculteur Oskari Länsiö s'introduisit de nouveau, passablement ivre, dans la chambre de Lucia Lucander et tenta de se glisser dans son lit, la bouche en cul-de-poule. Elle le reçut avec une volée de gifles. Furieux de cet accueil, il se mit à l'agonir d'injures. Alertée, Laila se précipita à la rescousse de sa pensionnaire et, à deux, elles réussirent à expulser l'ivrogne de la chambre. Lucia déclara qu'elle ne pouvait plus rester dans cette maison, ce que l'agricultrice comprenait parfaitement. Elles rassemblèrent ses maigres bagages et les portèrent dans le poulailler. Emilia se leva aussitôt mais sa maîtresse lui ordonna de se recoucher afin qu'on puisse lui attacher sur le dos sa valise et ses autres affaires. On arrima solidement le chargement, et Emilia fut autorisée à se remettre debout. Seules quelques-unes des poules qui dormaient sur leur perchoir se réveillèrent en caquetant quand elle partit. Dans la cour, Laila fondit en larmes. Elle aurait tant aimé pouvoir elle aussi tout quitter.

« Divorce donc de ce malotru », lui conseilla Lucia.

Laila soupira que c'était impossible, la ferme appartenait à Oskari, ils avaient un contrat de mariage et tout, elle s'était même portée caution du prêt pour la construction du poulailler.

« Et quand il est à jeun, il n'est pas si mauvais, même s'il est paresseux. »

Dans la sombre nuit d'août, Lucia Lucander et son éléphante empruntèrent le passage entre le poulailler et l'étable pour se diriger à travers champs vers la forêt. Emilia marchait d'un pas sûr mais prudent. Malgré son poids de plus de trois tonnes, elle ne laissait pratiquement pas de traces derrière elle, car les éléphants ont des pieds grands comme des assiettes qui s'enfoncent moins profondément que ceux d'un homme dans la terre meuble.

À la lisière des bois, elle s'arrêta et, la trompe levée, flaira un grand coup l'air de la nuit. Elle se retourna, et l'on entendit quelqu'un courir dans les champs. C'était Laila, qui les rejoignit et demanda à Lucia si elle pouvait venir avec elles. Elle était totalement hystérique.

« Oskari m'a frappée. »

Lucia tenta de lui expliquer qu'il lui était impossible de l'emmener vagabonder sur les routes. Elle ne savait même pas où elle logerait, ni de quoi elle vivrait. Il y avait déjà une femme et une éléphante de trop, dans cette histoire. Il n'y avait pas de place pour elles en Finlande.

« Est-ce que je peux au moins vous accompagner jusqu'au matin ? »

Le trio s'enfonça dans le sous-bois sec de la

forêt obscure où il marcha longtemps, traversant quelques clairières où se blottissaient de petits hameaux entourés de champs, avant d'arriver, tard dans la nuit, dans un joli bois de bouleaux où Lucia décida de dresser provisoirement le camp. Emilia se coucha sur le ventre pour que les femmes puissent la débarrasser de son chargement. Laila aida Lucia à descendre ses bagages du dos de l'éléphante. Elles n'avaient même pas de provisions, mais aucune d'elles n'avait faim. Emilia, en revanche, se mit à brouter avec entrain les jeunes pousses et les hautes herbes. On aurait dit qu'elle avait toujours rêvé d'un environnement de ce genre, d'un havre paisible offrant de la nourriture en abondance.

Il faisait encore noir, et l'air était frais. Lucia sortit des vêtements chauds de sa valise. Les deux femmes restèrent à grelotter, les bras croisés, adossées à un tronc argenté. Laila constata qu'elles étaient peut-être parties dans la forêt, en pleine nuit, avec trop peu de matériel. Les hommes étaient selon elle mieux préparés à ce genre de situations. Ils savaient établir un vrai campement, avaient toujours sur eux un couteau de chasse ou une hache ainsi que des allumettes et de l'écorce de bouleau ou d'autres produits d'allumage, et ne mouraient jamais de froid dans la forêt, même en hiver.

«Les vieux de la vieille, oui, mais les petits jeunes d'aujourd'hui gèlent dans les bois comme des puces», grommela Lucia.

8

La chasse à l'éléphant
de boucherie évadé

Vers midi, un large semi-remorque à boggie loué à la centrale nucléaire d'Olkiluoto, à Eura, pénétra en grondant dans la cour des Länsiö. Le chauffeur Pekka Laakso et le chef de produit Rauno Ruuhinen sautèrent à terre et annoncèrent être venus chercher l'éléphant.

« On a même de quoi en caser deux, au besoin », se vanta Laakso.

L'agriculteur mal réveillé dut avouer qu'il n'y avait plus d'éléphante, ni de princesse du cirque, ni même de maîtresse de maison, d'ailleurs. Elles s'étaient enfuies Dieu sait où pendant la nuit.

La déception était amère, mais il en aurait fallu plus pour faire renoncer Ruuhinen à son projet. Il décida d'organiser une battue. Ç'aurait été dommage de laisser repartir à vide le coûteux véhicule spécial. Sans compter que tout le travail d'élaboration de la recette de saucisson d'éléphant aurait été perdu.

« Il nous faut un chien pisteur, retrouver un pachyderme ne devrait pas être trop compliqué.

— Peu importe l'éléphant, ce que j'aimerais, c'est récupérer ma bonne femme», soupira Oskari Länsiö. Il ne s'était pas rasé depuis la veille et n'avait pas non plus pris de petit déjeuner.

Pekka Laakso, qui était membre de la Société de chasse de Pori, se rappela que son copain Jaakkola, qui tenait un magasin de chaussures sur la place du marché, possédait un chien d'ours de Carélie, un individu exceptionnel doté d'un excellent flair. On téléphona à Jaakkola qui, quand il apprit de quoi il retournait, sauta dans son break pour rejoindre au plus vite la cour du poulailler des Länsiö. Un chasseur lambda n'avait que rarement, voire jamais, une occasion pareille, en tout cas en Finlande, et sans doute même plus en Afrique, de nos jours. Les éléphants étaient sûrement protégés depuis longtemps et seuls les braconniers les tuaient pour leur ivoire.

Le chien d'ours à poil noir, Jekke, frétillait d'enthousiasme au bout de sa longe, prêt à tout. Oskari Länsiö montra les traces de pas des deux femmes et de l'éléphante dans le passage entre l'étable et le poulailler. Il avait été témoin du départ de Lucia et d'Emilia et, plus tard, de la fuite de sa femme. Jekke flaira aussitôt la piste et entraîna sans hésiter la patrouille dans les champs, puis la forêt, par le chemin qu'avait emprunté le trio la nuit précédente.

Au bout de deux heures de traque acharnée, la petite troupe atteignit un épais bois de bouleaux où elle trouva les deux femmes et l'éléphante. Les poils du dos du chien d'ours se hérissèrent, mais, au lieu de se ruer en aboyant férocement sur la proie qu'il avait débusquée, il tenta en gémissant, la queue entre les pattes, de se libérer de sa longe et de se sauver par où il était venu. Le marchand de chaussures l'attacha à un arbre et s'avança avec les autres à la rencontre des fugitives.

Silencieux et effrayés, les quatre hommes s'approchèrent du camp de Lucia Lucander. On échangea des poignées de main. Puis l'on parla un peu de la pluie et du beau temps. La journée était d'ailleurs agréable. Enfin le chef de produit Rauno Ruuhinen en vint au fait. Il expliqua qu'il y avait pour l'heure dans la cour du poulailler des Länsiö un semi-remorque spécial permettant de conduire sans mal l'éléphant à l'abattoir. Il ne risquait ni plaies ni bosses, il y avait toute la place nécessaire et le transport était sans danger.

De son côté, Oskari Länsiö tentait de convaincre sa femme de rentrer à la maison, lui susurrant moult belles promesses et jurant de se comporter dorénavant en homme civilisé et en mari aimant.

Rauno Ruuhinen proposa un bon prix pour l'éléphant, le double d'un cheval, et ce n'était pas rien.

« Et en liquide, ma petite dame. »

Lucia répliqua qu'elle n'était plus vendeuse, à aucun prix. D'ailleurs elle n'était pas une dame, mais une demoiselle. Enfin, elle avait bien épousé Igor, mais personne en Finlande n'avait besoin de le savoir.

« C'est qu'on a dû louer ce semi-remorque, ça nous a coûté cher. »

Emilia, de derrière un bouleau, regardait attentivement le groupe. Elle comprenait, d'une manière ou d'une autre, qu'il ne s'agissait pas d'aimables spectateurs de cirque. Elle s'approcha, oreilles au vent et défenses pointées. Les hommes reculèrent, le chien d'ours gémit au bout de sa longe. Avant de partir, Ruuhinen lança à Lucia :

« Je vous enverrai la facture, c'est quoi déjà, votre adresse, mademoiselle ?

— Je n'en ai pas, et je n'ai pas commandé de semi-remorque.

— Si vous changez d'avis, téléphonez-moi, nous viendrons volontiers abattre cet éléphant. »

Laila accepta de rentrer avec son mari. Du village voisin, la petite troupe appela un taxi qui la ramena à la ferme des Länsiö. Là, le chien d'ours prit dans sa gueule une poule qui caquetait dans la cour et la déchiqueta séance tenante. Le marchand de chaussures promit de rembourser la volaille, mais on convint de laisser tomber, car il avait passé la journée à traquer l'éléphant, perdant un temps précieux en plein milieu de la meilleure saison des ventes. Le lourd véhicule spécial repartit vers Olkiluoto.

De retour dans son bureau des Viandes et charcuteries du Satakunta, Ruuhinen déchira la recette du saucisson d'éléphant et se lança dans la conception d'un boudin de Noël aux saveurs régionales. Les Länsiö reprirent leur vie commune. Oskari nourrit les poules, les vaches et le taureau, puis passa l'aspirateur dans la salle et dans la chambre que Lucia Lucander avait occupée tout l'été. Dans la soirée, il chauffa le sauna et lava le dos de sa femme. La paix régnait dans le ménage, du moins pour le moment.

Lucia Lucander et son éléphante se remirent en route dans l'après-midi. L'étoile du cirque arrima ses bagages et grimpa sur le dos d'Emilia. Celle-ci se releva et se mit en marche à travers le bois de bouleaux humide. Lucia lui avait appris dès l'enfance à obéir à ses indications de direction, comme un cheval, mais sans rênes. Elle disposait, en guise de cravache, d'une canne de jonc de deux mètres de long, mais elle n'avait pratiquement jamais à s'en servir. Il lui suffisait de tirer légèrement sur l'une ou l'autre des oreilles de l'éléphante, et celle-ci prenait le cap voulu.

On pouvait la faire trotter et même galoper en lui donnant une tape des deux mains sur l'encolure. Elle s'ébrouait et accélérait l'allure à volonté. Mais pour l'instant rien ne pressait, dans cette errance sans but. Le soir tombait, et Lucia décida de quitter la forêt pour longer les champs, car, à quatre mètres de hauteur, il était difficile d'éviter les branches touffues qui lui griffaient le visage à l'improviste. Le pas d'Emilia était ferme et régulier et, malgré son apparence maladroite et lente, elle avançait à une vitesse de quatre, voire cinq kilomètres à l'heure. C'était l'allure d'une troupe de soldats, avait dit Igor en Sibérie. Un homme seul fait du six à l'heure, mais une file indienne ou une colonne plus large sont moins rapides car il s'y produit des mouvements en accordéon quand, par moments, les derniers se laissent distancer puis rattrapent leur retard en quelques foulées de course.

De temps à autre, Emilia s'arrêtait pour lâcher d'énormes bouses. Les tas de crottin fumant d'où surgissaient de nombreuses pousses de bouleau à moitié digérées étaient impressionnants.

Dans la nuit, Lucia et Emilia firent halte dans une sombre sapinière. Elles étaient toutes les deux fatiguées. Les éléphants ne dorment que quelques heures par jour. Ils sont aussi capables de se reposer debout, et ronflent comme des sonneurs. Même plongés dans un profond sommeil, ils ne basculent pas sur le flanc. Dans l'air frais et humide, Emilia dormit ainsi sur ses pattes. Lucia ne tenait pas non plus à descendre de son dos et elle se blottit entre ses bagages pour y faire la sieste.

Deux heures plus tard, elles reprirent leur route. Lucia caressa le garrot tiède d'Emilia. Elle évoqua tout haut des souvenirs de leurs années de vie commune, et s'aperçut que l'éléphante l'écoutait. Elle lui raconta sa naissance, les tournées d'été de son enfance avec le Suomi-Sirkus, puis la belle époque du Grand Cirque de Moscou, où elles étaient les seules artistes finlandaises. Sans parler de leurs folles aventures dans les steppes et les montagnes du Caucase! Puis étaient venues les magnifiques années passées à parcourir de bout en bout l'infini Transsibérien.

«Tu te rappelles Igor?» demanda Lucia, et Emilia répondit en levant la trompe droit vers le ciel nocturne pour pousser un joyeux barrissement. Elle esquissa quelques pas de danse, mais ce n'était pas le moment de se lancer dans un gopak endiablé. Il y avait déjà quelque temps, l'Union soviétique s'était disloquée, il avait fallu revenir en Finlande et voilà où l'on en était, de nouveau sur les routes.

Au terme de cette chevauchée nocturne, le soleil se leva sur une nouvelle journée, à l'aube de laquelle l'étoile du cirque et son éléphante s'arrêtèrent devant une supérette de campagne. Lucia s'avança à califourchon sur la tête d'Emilia, d'où celle-ci l'aida à descendre au sol en utilisant sa trompe. C'était comme une glissade sur un toboggan, un exercice répété mille fois au fil des ans.

Il était tôt, mais le gérant du magasin sortit sur le pas de sa porte, prêt à servir ses clientes. Il leur demanda ce qu'elles désiraient. Lucia s'acheta un peu de nourriture, plus cent kilos de pommes de terre pour Emilia. Cette dernière les mangea dehors pendant que sa maîtresse passait des coups de fil dans tout le Satakunta, à la recherche d'un hangar ou d'une écurie pouvant l'accueillir.

Le gérant réfléchit lui aussi : est-ce qu'une ancienne usine, un silo à grain ou une halle de battage feraient l'affaire ?

«Taisto Ojanperä», se présenta-t-il.

Il sortit de la poche de sa blouse blanche un téléphone d'un nouveau modèle, sans fil, avec lequel on pouvait appeler partout et de n'importe où. C'était un NMT, un appareil noir de la taille d'une brique de lait.

« Vous auriez intérêt à vous en prendre un. En voyage, c'est vraiment utile », fit remarquer Ojanperä, qui prédit aussi que dans dix ans les téléphones portables seraient encore plus petits et plus pratiques.

« Je parie qu'à l'avenir ils ne seront pas plus gros qu'un paquet de cigarettes. Nokia sera bientôt une très grosse entreprise, c'est moi qui vous le dis. »

Il promit d'essayer de trouver un endroit susceptible d'héberger l'éléphant pour l'hiver. Il connaissait bien le Satakunta, il avait des relations. Il nota sur un papier les numéros de sa supérette et de son téléphone portable. Avant que Lucia et Emilia ne repartent, il insista pour offrir quelques friandises à cette dernière. Ce n'était pas un kilo de sucre en morceaux qui allait suffire à la régaler, et il fit donc un saut dans son magasin. Il revint avec dans les bras une dizaine de brioches tressées qu'il lui enfourna une à une dans la bouche. Emilia savoura les yeux fermés les succulentes viennoiseries et, quand la dernière eut disparu dans son estomac, elle posa légèrement la trompe sur l'épaule de Taisto Ojanperä et l'y maintint un long moment. C'était sa façon de le remercier pour ces mets de choix.

9

À la recherche
d'une écurie pour l'hiver

Taisto Ojanperä était un homme attentionné. Il remarqua tout de suite la beauté fraîche et vive de Lucia, spectaculairement mise en valeur par l'énorme pachyderme. Il entreprit de téléphoner dans tout le Satakunta afin de trouver un abri pour l'hiver convenant à l'ancienne éléphante de cirque et à sa séduisante maîtresse. On avait besoin de beaucoup d'espace. Les ancêtres d'Emilia étaient originaires d'Afrique, ou peut-être d'Inde. On ne pouvait pas la laisser exposée au vent et au gel, pas question qu'elle passe la saison froide dans une étable ouverte, comme les jeunes bovins de boucherie au poil épais. Le problème était complexe mais Ojanperä était ingénieux et plein de ressource. Il ne manquait pas non plus d'imagination.

Il prit sa voiture pour aller à la bibliothèque, à Pori, consulter une encyclopédie. L'éléphant d'Asie était plus petit et plus docile que celui d'Afrique, ce qu'était néanmoins sans conteste l'animal de Lucia Lucander, vu sa grande taille.

Impossible, donc, surtout pour lui, de survivre aux grands froids. L'espèce avait la tête plate et une bosse, plus ou moins marquée, au-dessus de la trompe, ce qu'Ojanperä ne se rappelait pas avoir remarqué.

L'encyclopédie précisait que, chez l'éléphant d'Afrique, la femelle aussi avait des défenses. « La ligne du dos est droite, avec une légère concavité au milieu. Le mâle peut peser jusqu'à sept tonnes. »

Taisto Ojanperä se rendait maintenant mieux compte de la nécessité d'un espace vaste et bien chauffé, ainsi que d'une grande capacité de stockage pour le fourrage. Il devait aussi y avoir un tuyau d'arrosage pour laver et abreuver l'éléphante. Il ne restait plus qu'à trouver une écurie répondant à ces critères.

Ce pourrait être une mine abandonnée, songea Ojanperä, il y régnait une température égale quelle que soit la saison. Le problème était qu'il n'y avait sans doute jamais eu d'industrie minière dans le Satakunta, car la région était un ancien fond marin.

À Luvia, il y avait une scierie désaffectée, mais il y régnait en hiver un froid glacial, et Lucia Lucander ne parviendrait pas seule à la chauffer, même si on y installait des poêles et qu'il y avait à disposition quantité de vieux déchets de bois. Non, il fallait quelque chose de plus pratique.

Ojanperä se renseigna auprès de la coopérative avicole sur ses anciens locaux industriels, mais ils n'étaient pas à louer, surtout comme écurie pour un éléphant. La coopérative prévoyait de les moderniser et d'accroître sa production. Il n'y avait pas non plus, dans tout le Satakunta, un seul silo à grain vide, et d'ailleurs comment aurait-on pu y faire entrer un éléphant? Il aurait fallu percer une nouvelle porte dans le béton du bâtiment. Difficile, conclut Ojanperä. Tout en servant ses clients, en vendant des produits alimentaires et des boissons et en prenant commande d'outils agricoles, il continuait à prospecter, reprenant son téléphone portable et composant de nouveaux numéros dès qu'il avait un moment libre.

Il devait sans cesse recharger l'appareil, et la facture allait être salée, mais l'obligeant gérant ne s'inquiétait pas pour l'instant de questions d'argent. L'éléphante avait besoin d'un toit. Peut-être, plus tard, pourrait-il faire plus intimement connaissance avec Lucia Lucander. Ojanperä, qui approchait de la quarantaine, était veuf. Sa femme était morte cinq ans plus tôt dans un accident de voiture. Souvent, le soir, ou au cours de ses nuits solitaires, un soupir de frustration virile s'échappait de sa poitrine.

Dans le Satakunta comme ailleurs, la sévère crise économique des années 1990 avait acculé à la faillite bon nombre de petites et moyennes entreprises, et parmi elles la Verrerie de Nakkila, fondée en 1896. À l'exception d'une brève interruption de ses activités pendant la guerre, elle avait fourni pendant près de cent ans aux habitants de la ville de Pori et des villages des environs des millions de vitres et d'objets en verre de toutes sortes. Le produit de l'usine qui avait connu le plus grand succès avait été, au XIXe siècle, un exquis service de table qui s'était vendu non seulement en Finlande, mais aussi à l'étranger, en Russie, en Suède, en Allemagne et jusqu'aux Pays-Bas. L'établissement s'était également fait une spécialité d'un élégant modèle de pot de chambre dont on racontait que la cour du tsar Nicolas II, à Saint-Pétersbourg, avait passé une commande groupée de deux cents exemplaires.

L'ancienne verrerie n'était qu'à une vingtaine de kilomètres de la supérette d'Ojanperä. Il l'avait visitée dans son enfance et avait gardé le souvenir d'un bâtiment de brique, plutôt beau pour une usine, avec des façades ornées de parements décoratifs. Il avait même une fois pu voir les artisans au travail. Dans une atmosphère brûlante, ils puisaient le verre en fusion dans des creusets en pierre, du bout d'une longue canne dans laquelle ils soufflaient ensuite pour donner à l'objet la forme voulue.

Ojanperä alla voir l'usine déserte. Ses grilles étaient fermées. Elle était plus petite que dans ses souvenirs d'enfance, mais on pouvait facilement y loger au moins cinq éléphants.

Le lendemain, il s'occupa de joindre depuis son téléphone portable les propriétaires de la verrerie. Après plusieurs tentatives, il réussit à mettre la main sur le syndic de faillite, qui lui indiqua que l'établissement appartenait maintenant à une société immobilière. Le représentant de cette dernière lui apprit que l'on n'avait pour l'instant trouvé aucune affectation rationnelle à l'ancienne usine, les machines étaient obsolètes, les locaux n'étaient pas adaptés à d'autres usages, changer de production aurait entraîné trop de frais. On avait proposé à des potiers d'y installer leur atelier, mais l'établissement était trop grand pour eux, et il avait donc été fermé. Il était maintenant vide. Quand Ojanperä proposa de le louer pour l'hiver, son offre fut bien accueillie. Le loyer serait purement symbolique, à condition que le locataire veille à maintenir le bâtiment hors gel. Les stocks de la verrerie avaient depuis longtemps été vendus et emportés, mais les fours étaient en principe en bon état et, même s'ils n'étaient peut-être plus utilisables pour souffler du verre, ils pouvaient à coup sûr servir à chauffer l'endroit. Ojanperä déclara qu'il avait besoin des locaux comme entrepôt et promit de s'occuper du chauffage. Il alla chercher les clefs dans les bureaux de la société immobilière, à Turku. Il en profita pour souscrire une assurance incendie couvrant le bâtiment.

Ces préparatifs avaient pris une semaine. Il fallait maintenant trouver Lucia Lucander et son éléphante. De quel côté du Satakunta pouvaient-elles bien se promener maintenant ? Dommage que l'étoile du cirque n'ait pas de téléphone portable, il aurait été plus facile de lui annoncer la bonne nouvelle d'une écurie pour l'hiver. Mais sa monture était assez grosse pour que la repérer ne semble pas une tâche insurmontable.

Le dimanche suivant, Taisto Ojanperä prit sa camionnette pour aller d'abord visiter la verrerie, à Hormistonmäki, où elle se dressait à cinq cents mètres environ au sud de la vieille chapelle, sur la route menant au village de Kyllijoki. L'usine répondait en tous points à ses attentes. À un bout, il y avait une réserve de sable, avec à côté un atelier d'emballage où l'on avait sans doute aussi stocké de la laine de verre. L'atelier de composition du mélange vitrifiable se trouvait entre la réserve de sable et la halle de soufflage. Ce dernier était divisé en deux parties, équipées chacune d'un poste de soufflage et d'un four de fusion. Ojanperä regarda la grosse machine qui servait sans doute à chauffer ou à allumer les fours. On n'en aurait probablement pas besoin, les fours seuls suffiraient. À l'autre bout du bâtiment, il y avait des bureaux, des espaces de stockage et vraisemblablement des salles de pause pour le personnel. Tout semblait en ordre. Il ne restait plus qu'à dénicher Lucia et Emilia.

Taisto Ojanperä sillonna les plaines céréalières du Satakunta, demandant autour de lui si l'on n'avait pas vu ces temps-ci passer dans les champs un éléphant monté par une jolie fille.

Dans presque chaque village, on avait aperçu l'imposant pachyderme, mais les habitants de la région, réputés pour leur flegme, n'en avaient pas fait tout un cirque. Ils avaient malgré tout pris quelques photos de l'éléphant marchant dans la brume, de nuit, hélas trop sous-exposées pour qu'on puisse les proposer à la presse. L'animal se déplaçait en silence, suivant les fossés bordiers, et s'arrêtait à la lisière des bois, parfois pendant de longs moments, pour brouter l'herbe et le feuillage des arbres. On avait aussi observé à la jumelle l'étrange équipage, mais comme il ne faisait rien de mal, on en était resté là.

Après avoir quitté la supérette d'Ojanperä, Lucia Lucander et Emilia avaient traversé la plaine cultivée de Leistilänjärvi, étaient passées par Järvikylä puis étaient descendues loin au sud jusqu'à Punapakka et Kivenmaa avant de remonter vers Rekontausta puis d'obliquer en direction de Kyllijoki. C'est non loin de là, à Matomäki, qu'il les rejoignit, guidé par des gamins du village. L'éléphante se prélassait dans un petit bois derrière l'école. Lucia dormait d'un profond sommeil, pelotonnée contre son flanc. Quand Ojanperä pénétra dans l'épais bosquet de sapins, Emilia sursauta, ouvrit les yeux et leva la trompe, reniflant son odeur. Cela réveilla sa maîtresse, dont le premier geste fut de remettre de l'ordre dans sa chevelure. L'aimable gérant de supérette s'approcha pour serrer la main de Lucia Lucander, qui fut ravie de le revoir. Emilia se remit elle aussi debout. Elle semblait se rappeler l'arrivant, car elle ne manifesta aucune inquiétude.

Ojanperä annonça qu'il avait loué pour l'hiver, tout près, une usine désaffectée.

« C'est là qu'était installée la Verrerie de Nakkila, c'est un très bel endroit, il y a une petite rivière et même une ancienne chapelle, juste à côté. »

10

Emménagement de l'éléphante dans la Verrerie de Nakkila

Lucia et Emilia suivirent la camionnette d'Ojanperä jusqu'à la verrerie. Ce n'était pas très loin, cinq kilomètres à peine. Le convoi croisa en chemin une grosse moissonneuse-batteuse, peut-être en route pour une révision. Rencontre de deux mastodontes, l'éléphante grise et l'engin agricole jaune du propriétaire de la ferme de Matomäki ! Emilia agita la trompe, l'agriculteur porta la main à la visière de sa casquette publicitaire orange.

La verrerie se trouvait à trois cents mètres environ de la route principale, au bout d'un chemin s'écartant vers la droite, après un petit étang artificiel. Arrivé à l'usine, Ojanperä déverrouilla la grille à double battant et fit entrer Lucia et Emilia dans la cour. Il s'y dressait un harmonieux bâtiment en brique, d'une soixantaine de mètres de long sur quinze de large, d'une hauteur d'un étage et demi, en bon état. Il ne restait plus qu'à ouvrir la porte principale, et bienvenue à l'éléphante !

Emilia jeta un regard curieux et apparemment satisfait autour d'elle. Une volée de chauves-souris s'échappa de l'usine. L'éléphante se dirigea d'un pas décidé vers le fond du hall de fabrication, puis se retourna et observa les lieux. Elle avait beau mesurer plusieurs mètres de haut, elle y tenait à l'aise et ne se sentait pas à l'étroit comme dans le poulailler des Länsiö. Ici, la paix régnait, l'air était pur et léger, sans aucune odeur de renfermé, bien que l'établissement soit resté inutilisé pendant des années.

Taisto Ojanperä demanda à Lucia si l'usine faisait à son avis l'affaire comme écurie d'hiver.

« C'est merveilleux, n'est-ce pas, Emilia ? »

L'éléphante agita les oreilles et lança un barrissement approbateur. On aurait dit qu'elle comprenait ce qu'on disait, ou en tout cas que l'atmosphère était joyeuse.

Ojanperä expliqua qu'il avait payé d'avance le loyer jusqu'au printemps. La région pouvait fournir du fourrage pour un troupeau entier de pachydermes, au besoin. On y produisait des céréales et des pommes de terre, tout ce qu'on voulait. Emilia pourrait nager dans l'étang, mais il y avait aussi un tuyau d'arrosage dans le hall, et trois fours verriers.

« Il y a même une chapelle à cinq cents mètres, c'est un lieu historique. Et mon magasin n'est qu'à quinze kilomètres. Est-ce qu'on peut se tutoyer ? Moi c'est Taisto. »

Sanna Tarkiainen, alias Lucia Lucander, répondit qu'il pouvait l'appeler Lucia. Elle le serra chaleureusement dans ses bras et lui claqua deux bises sur les joues. Le regard du veuf se voila de pur bonheur. Qu'une telle chose puisse lui arriver… un long hiver avec une belle et un éléphant en perspective ! Première urgence, trouver du fourrage !

Ils emmenèrent d'abord Emilia faire trempette dans l'étang. La dernière fois qu'elle avait pris un vrai bain, c'était à Mäntyluoto, quand les dockers l'avaient laissée entrer dans la mer par une rampe à bateaux, derrière les entrepôts du port. Ça faisait déjà longtemps.

Lucia Lucander et Taisto Ojanperä s'assirent au bord de l'étang pour la regarder nager. Le niveau monta de dix centimètres quand elle se plongea dans la fraîcheur de l'onde claire. La grande éléphante s'y ébattit avec volupté, grondant de bonheur et projetant des jets d'eau, avec sa trompe, à quinze mètres de distance.

« Quelle agilité ! » s'exclama le gérant de supérette avec un enthousiasme sincère. Il sortit de la poche intérieure de sa veste un bloc-notes et un crayon. « Pour ce qui est du fourrage, qu'est-ce qu'elle mange, précisément ? »

Lucia lui dicta le menu. Chaque jour, vingt kilos d'aliments énergétiques, avoine concassée ou son, par exemple, et cinq miches de vieux pain de seigle ou de blé, au choix. Deux ou trois seaux d'eau mélangée à dix kilos de fruits écrasés, qui pouvaient être des oranges non écorcées, et à cinq kilos de carottes mi-cuites, plus dix kilos de navets fourragers ou de betteraves à sucre.

«Les betteraves, on en trouve gratis, dans le coin», assura Taisto.

Le fourrage et le fumier devaient être soigneusement tenus à l'écart l'un de l'autre, précisa Lucia. Les colibacilles avaient tué de nombreux éléphants de cirque, surtout en Suède dans les années 1920.

«Cinq kilos de pommes par jour, ainsi que dix têtes de chou ou, à défaut, des bolets et des vesses-de-loup, peu importe si les champignons sont vénéneux, l'estomac d'un éléphant supporte même les lames de scie à métaux, poursuivit-elle. Voilà pour les vitamines. Pour le fourrage proprement dit, cent cinquante kilos de paille, du foin — de préférence de la luzerne, mais la fléole fait presque aussi bien l'affaire — et quelques brassées de feuillage. On peut utiliser de vieux bouquets de rameaux de bouleau destinés au sauna, à condition qu'ils soient attachés avec de vraies rouettes, pas avec du fil de fer. Il faut aussi, au moins une fois par semaine, lui donner à mastiquer des branches de tremble de dix centimètres de diamètre. L'aulne convient, mais mieux vaut éviter le pin et le sapin. Et pour le traitement mensuel des plantes de pied et des défenses, deux kilos de vaseline. Cent litres d'eau pour la nuit, pas besoin de seau, Emilia sait boire toute seule au tuyau. Elle n'est pas difficile, elle a l'habitude de s'adapter aux circonstances.»

Lucia raconta à Taisto qu'à Vladivostok on lui avait donné à manger une tonne de fanons de baleine par semaine et que, grâce à ce régime, elle avait vite acquis tellement de force qu'elle avait appris à se tenir en équilibre sur ses deux pattes de devant. Et elle n'avait pas eu une seule fois de gaz intestinaux pendant toute la durée de la cure.

« On ne peut pas dire qu'elle manque d'appétit », constata Taisto. Il tira un trait énergique au bas de la liste. Il assurerait le ravitaillement, la quantité de nourriture nécessaire ne lui faisait pas peur.

« Ça correspond à une commande de fourrage pour une vingtaine de chevaux de manège, mais je vais essayer de me débrouiller. »

Il proposa néanmoins à Lucia Lucander de l'embaucher comme vendeuse à la supérette.

« C'est juste pour des raisons fiscales, tu n'auras pas besoin de travailler, s'empressa-t-il de préciser. Je vais déjà commencer par commander dix tonnes de seigle fourrager et au moins autant de paille. »

Lucia expliqua que l'on nourrissait les éléphants trois fois par jour. Le matin, du pain, moisi ou pas, peu importait, de l'eau et environ deux seaux de mash. Vers midi, en plus du mash, du fourrage vert et du foin en quantité, une balle y passait facilement. Des branches de tremble à ronger, pour éviter que l'éléphante ne s'ennuie. Un peu de vaseline sur les pattes et les défenses, elle savait la prélever et l'étaler toute seule avec sa trompe jusque sur ses pattes de derrière. Et le soir, avant dix heures, encore un bon repas : cent kilos de fourrage et suffisamment d'eau pour la nuit.

Emilia sortit de l'étang. Mais pas question de se secouer comme un chien. Elle se coucha sur le flanc et se roula sur le dos à la manière des chevaux. La vie était belle. La trompe de l'éléphante se balançait, un coup sous son aisselle, un coup dans sa bouche. Ses puissants barrissements s'entendaient sûrement jusqu'au poulailler des Länsiö.

Malgré l'heure tardive, Taisto et Lucia allumèrent dans un des fours de fusion un grand feu de bûches de bouleau sèches. Avant la tombée de la nuit, le propriétaire de la ferme de Matomäki apporta en voisin un chargement de paille. On en fit une épaisse litière pour Emilia. L'agriculteur avait aussi dans la remorque de son tracteur deux tonnes de regain auquel l'éléphante s'attaqua avec appétit.

«J'en ai tant qu'on veut, il suffit de demander», déclara Matomäki.

Taisto Ojanperä avait lavé les draps et les taies d'oreiller de sa défunte femme. Lucia pouvait s'installer au-dessus du magasin dans la chambre réservée aux vendeuses, tout était prêt pour l'accueillir.

Le gérant de supérette avait perdu son épouse dans un accident de voiture et était donc veuf. Il déclara avoir des idées saines et ne pas être du genre à faire des cochonneries. Il espérait que Lucia se plairait dans son nouveau logement.

La jeune femme était heureuse que Taisto Ojanperä ne lui propose pas d'occuper le lit de sa femme et mette à sa disposition une chambre indépendante. Elle fut tentée de mentionner qu'elle était plus ou moins mariée avec un ancien chef de wagon, Igor, mais préféra se taire. Ça ne regardait pas Taisto, et après tout, les noces, à Hermantovsk, avaient été le prélude à un grand banquet plus qu'une union mûrement réfléchie. Il lui revint aussi à l'esprit qu'elle avait été déclarée morte, et que cette histoire de mariage était donc caduque. Taisto Ojanperä aurait ainsi la possibilité de se retrouver veuf une seconde fois, à supposer bien sûr que tout se passe bien, qu'elle reste en vie un certain temps et qu'il se développe entre eux une quelconque relation.

Il restait des questions pratiques à régler. Le gérant déclara qu'il serait bon, pour des raisons économiques, et aussi assez facile, de faire sécher les cent kilos de crottin quotidien d'Emilia au-dessus d'un four verrier, puis de l'utiliser comme combustible. On économiserait ainsi beaucoup de bois, dans des conditions d'hygiène supportables. Il pensait pouvoir installer à peu de frais un convoyeur d'étable pour transporter les bouses sans trop se fatiguer. On avait juste besoin d'un bon soudeur, par exemple Matomäki, pour poser au-dessus du four une grille de séchage à mailles serrées. Il n'y aurait plus ensuite qu'à laisser faire la chaleur des braises, puis à ouvrir la porte du foyer pour y jeter directement le crottin séché. Simple et écologique !

La nuit venue, dans sa chambre au-dessus de la supérette, Lucia fit sa toilette. Elle utilisa le sèche-cheveux de la défunte maîtresse de maison. En brossant sa longue chevelure blonde, elle examina sa silhouette dans le miroir de la salle de douche. Elle avait trente ans. Et pas un gramme de cellulite. Elle avait une oreille un peu plus grande que l'autre, une courbe de lèvres avantageuse. Des hanches parfaites.

Emilia dormait à quinze kilomètres de là, dans la tiédeur du four de fusion de la verrerie. Lucia se mit elle aussi au lit. Avant de sombrer dans le sommeil, elle pesa les mérites respectifs d'Oskari Länsiö et de Taisto Ojanperä. Ils étaient bien différents. Elle eut aussi une pensée pour ce bon vieil Igor, mais sans qu'il vienne hanter ses rêves.

11

Joies de Noël
dans le Satakunta

Les locataires de la verrerie passèrent les mois d'automne à s'y acclimater et à l'aménager. On nettoya les lieux de fond en comble. On installa des convoyeurs au-dessus des fours verriers afin de faire sécher les bouses d'Emilia, que l'on utilisait ensuite pour chauffer le hall. Inutile, ainsi, de construire à l'extérieur une fosse à fumier. On aérait les lieux deux fois par semaine de manière à éviter toute nuisance olfactive. Prendre soin de l'éléphante était un plaisir et, plus important encore, elle s'habituait à merveille à son nouvel environnement. On la sortait une fois par jour, si le temps le permettait, et tout allait pour le mieux. Elle était en confiance et en bonne santé. Lucia Lucander put pour une fois se reposer vraiment. Elle aidait certes Taisto Ojanperä dans le magasin, touchant même pour son travail un salaire conforme aux conventions collectives, mais elle pouvait s'absenter chaque fois qu'elle se sentait fatiguée ou devait pour une raison ou une autre s'occuper plus longtemps que d'habitude de nourrir ou de laver Emilia dans l'écurie de la Verrerie de Nakkila.

Lucia Lucander décora aussi son logement à son goût. Elle avait transporté au fond de sa valise, à travers toute l'URSS, puis la Russie, de vieux journaux où figuraient des photos et des reportages sur les heures de gloire du Suomi-Sirkus. Il y avait même un portrait de l'éléphante Pepita et quelques clichés d'Emilia et de sa dresseuse au Grand Cirque de Moscou. Lucia encadra certaines de ces coupures de presse et les accrocha aux murs de sa chambre. La photo d'Igor resta rangée à l'abri des regards.

Lucia portait volontiers un pantalon de cuir noir et une veste assortie. C'était une tenue non seulement très sexy, mais aussi pratique : les odeurs d'éléphant n'y adhéraient pratiquement pas, elle était solide, protégeait de la pluie et des premières neiges mouillées de l'automne et de l'hiver et coupait efficacement le vent du nord.

Lucia recouvrit le sol de sa chambre d'épais tapis du Turkestan qu'elle fit venir de pays de la région. Elle y avait encore des contacts et, maintenant que les systèmes ferroviaires et postaux russes fonctionnaient de nouveau, on pouvait y faire du troc. Des outils tels que les haches et les pelles finlandaises y étaient par exemple très appréciés. Et l'on se rappelait bien, sur les rives de la Caspienne, la belle Lucia et la douce Emilia.

La jeune femme demanda à Taisto de visser au plafond de sa chambre deux solides crochets auxquels elle suspendit un trapèze. Elle aimait s'y balancer, les yeux fermés, et s'imaginer la puissante rumeur du public et les cuivres de l'orchestre du Grand Cirque de Moscou, auxquels se mariaient le hennissement des chevaux, le rugissement des lions et le barrissement des éléphants.

En novembre, la pluie commença à se mêler de neige et toute la région se teinta d'un gris sale et boueux. Le soleil continua cependant de briller dans les cœurs et, à l'approche de Noël, les vastes plaines céréalières du Satakunta se couvrirent d'un épais linceul blanc. On alluma des bougies aux fenêtres. La Finlande se préparait pour l'hiver : neige, gelées et rafraîchissants vents du nord. Avec son salaire de vendeuse, Lucia s'acheta un douillet manteau en peau de mouton qui complétait à merveille son ensemble de cuir noir.

À la mi-décembre, Laila Länsiö rendit une visite surprise à la supérette. Les retrouvailles furent chaleureuses, l'on évoqua les souvenirs de l'été passé, à la ferme. Lucia fit visiter la verrerie à l'agricultrice. Elle faisait une bien meilleure écurie à pachyderme que le poulailler où régnaient un incessant caquetage et une forte odeur de fiente de volaille. On dit que les éléphants ont la mémoire longue, ils n'oublient jamais les mauvais traitements qu'ils ont subis, ni les bontés qu'on leur a prodiguées. Emilia, en tout cas, reconnut tout de suite Laila. Elle grogna de plaisir, enroula son immense trompe autour de ses épaules, l'attira à elle et la souleva de terre. Il y avait dans son geste toute sa puissance d'éléphant, mais en même temps de la douceur ; sa trompe, chaude et protectrice, ne serrait pas plus que nécessaire. Laila caressa et gratouilla sa peau épaisse.

Emilia, curieuse comme toutes les femelles, avait découvert dans les réserves de la verrerie un vieux stock de plus de mille pots de chambre de l'époque des tsars. Elle entreprit, pour passer le temps, de les classer en catégories de son invention. Avec sa trompe sensible, elle disposa dans un coin les vases de nuit sans anse, rassembla dans un autre les ébréchés et contempla son œuvre d'un regard d'esthète. Elle disposa les pots à trois reprises dans des endroits différents, attendant à chaque fois, en bon artiste, les cris d'admiration.

Puis Lucia, Laila et Emilia sortirent se promener. C'était l'après-midi, leur balade les conduisit à quelques kilomètres de là, dans la forêt. Les grandes traces de pattes de l'éléphante et les minuscules empreintes des chaussures des deux femmes s'imprimèrent dans le manteau blanc du sol. Lucia et Laila frottèrent de neige les flancs et le ventre d'Emilia. Cela lui plut tant qu'elle se roula joyeusement dans la poudreuse. Sur le chemin du retour, Lucia demanda à Laila comment elle s'en sortait avec Oskari.

« C'est quand même un cas. Plusieurs fois par semaine, il s'enferme tout seul dans le poulailler, enfin, tout seul avec mille poules, et, quand il en sort, au milieu de la nuit, il traverse la cour glissante en titubant et tombe endormi tout habillé sur le canapé.

— Tu as bien de la patience, de le supporter. »

Elles garnirent la litière d'Emilia de paille sèche et propre et lui donnèrent pour dîner des pommes de terre, des carottes, des navets fourragers et plusieurs brassées de foin. Après avoir terminé son mash, assoiffée par sa promenade, l'éléphante but de l'eau au tuyau d'arrosage pendant dix bonnes minutes.

Les femmes rentrèrent à pied à la supérette. Elles avaient beaucoup à se dire. Elles revinrent sur les événements de l'été et sur leur fuite nocturne. Puis elles se racontèrent les faits marquants de leur enfance et de leur jeunesse. Ce n'était pas ce qui manquait. Il leur vint aussi l'idée d'organiser un arbre de Noël. On pourrait faire d'Emilia un magnifique éléphant de parade vêtu d'étoffes et de rubans multicolores, chevaucher sur son dos jusque dans la cour de l'école de Hormistonmäki, allumer des quantités de bougies et de cierges magiques et offrir une fête plus exotique qu'à l'accoutumée à tout le village, et même aux habitants des alentours, ou au moins aux enfants des écoles ! Lucia s'enthousiasma : ce ne serait pas la première fois qu'Emilia se produirait lors de festivités. Elle connaissait des dizaines de tours merveilleux, et elle aimait les applaudissements du public.

Les deux femmes s'attelèrent avec une joie de petites filles aux préparatifs de l'arbre de Noël.

Elles envoyèrent des invitations aux villages voisins et reçurent des réponses enchantées : les élèves de nombreuses écoles se rassembleraient à Hormistonmäki pour chanter des noëls traditionnels et surtout admirer l'éléphant décoré. Lucia et Laila cousirent pour Emilia un immense caparaçon rouge ourlé de rubans jaunes aux coins duquel elles suspendirent des grelots dorés. Le jour dit, elles fixèrent sur le dos et les flancs de l'éléphante de petits photophores dans lesquels elles allumèrent des bougies et lui posèrent sur la tête une immense couronne illuminée de dix grands cierges.

Tout cela était bien sûr un peu puéril, mais les derniers Noëls de Laila et de Lucia, à vrai dire depuis dix ou quinze ans, avaient été plutôt tristes. Lucia était en tournée au loin, à l'étranger, et Laila solitaire et délaissée auprès d'un mari alcoolique de plus en plus lamentable. C'était à peine si Oskari venait s'asseoir à la table du réveillon pour grignoter sans appétit son poulet rôti. Aucune des deux femmes n'avait eu le moindre cadeau de Noël depuis des éternités. Mais le moment était venu de faire vraiment la fête, avec en vedette Emilia, barrissant joyeusement dans la cour enneigée de l'école de Hormistonmäki où se pressaient des centaines de personnes et surtout d'écoliers avec leurs enseignants. Tous prenaient du bon temps.

En bordure du terrain de sport, Taisto Ojanperä faisait griller des saucisses offertes par Rauno Ruuhinen au nom des Viandes et charcuteries du Satakunta. Le chef de projet était en fin de compte un brave homme qui n'avait rien contre les éléphants vivants. Les enfants se bousculaient pour monter sur le dos d'Emilia. Ils pouvaient aussi faire de la luge et chacun eut droit à un petit cadeau. Les adultes buvaient du vin chaud. On chanta des chants de Noël et on dansa des rondes autour du sapin dressé dans la cour de l'école. Emilia esquissa quelques pas de danse au rythme de la musique. Les garçons lançaient des boules de neige et jouaient aux lutins farceurs dans le petit bois derrière le terrain de sport. La fête ne se termina que tard dans la soirée, quand l'éléphante somptueusement décorée et illuminée repartit vers la chaleur de la verrerie sous les applaudissements de la foule.

En arrivant à la chapelle de Hormistonmäki, Laila raconta à Lucia qu'on avait utilisé pour la construire des madriers de la vieille église de Nakkila, démolie en 1937. Les fenêtres, portes, bancs et autres éléments du petit bâtiment blanc provenaient aussi de l'ancien sanctuaire.

Laila ajouta que c'était le grand-père du politicien conservateur Ilkka Suominen, l'industriel J.W. Suominen, qui avait fait don à la paroisse des fonds nécessaires à l'édification de la nouvelle église de Nakkila. Il était hélas mort avant son achèvement, à la fin des années 1930. Les matériaux de l'église démolie avaient donc servi à élever la chapelle de Hormistonmäki. Lucia fut stupéfaite d'apprendre qu'un mécène privé avait financé un édifice religieux d'une telle importance.

«On est généreux, dans le Satakunta, quand ça nous prend», expliqua Laila. La chapelle, elle, n'avait jamais vraiment été utilisée comme lieu de culte et avait surtout servi de salle paroissiale, où l'on avait tenu des cours et examens de catéchisme et des assemblées de fidèles.

Laila se rappelait que dans sa jeunesse, en revenant du bal à bicyclette, entre filles, on se faisait des frayeurs en regardant à l'intérieur par les fenêtres. On avait peur des fantômes, mais on scrutait néanmoins avec curiosité l'obscurité pleine de secrets.

Lucia déclara qu'elle n'avait pas peur des cadavres, elle en avait vu suffisamment autour de la Caspienne, puis en Sibérie. Il y avait beaucoup d'habitants en Russie. Et aussi beaucoup de mourants.

Lucia arrêta Emilia devant la chapelle. Les fenêtres recouvertes de givre étaient opaques, le bâtiment vide semblait nimbé de mystère. L'immense ombre de l'éléphante illuminée de bougies dansait sur les murs en bois blancs, l'air effrayant.

«Et si on chantait un beau cantique», suggéra Laila.

Les deux femmes entonnèrent à mi-voix le magnifique *Du haut du ciel je viens ici*. Aucune étoile ne brillait au firmament, les nuages cachaient la lune, mais les photophores décorant Emilia éclairaient les alentours. L'éléphante déploya ses oreilles et se laissa bercer par la musique. Elle leva la trompe, lança une note sonore vers le ciel et dansa le gopak au rythme du choral de Noël, comme elle l'avait appris en Russie.

12

Les pompiers
lavent l'éléphante malade

L'on continua après Noël et le Jour de l'an de profiter pleinement des joies de l'hiver. Quand le gel se faisait trop mordant, on gardait Emilia à l'intérieur. C'était un animal des pays chauds dont les oreilles et la fine peau du ventre, surtout, étaient sensibles au froid. Mais si le thermomètre n'affichait que quelques degrés au-dessous de zéro, on pouvait la promener une demi-heure, et encore plus longtemps en cas de température positive. On lui mettait de toute façon toujours sur le dos, pour sortir, le caparaçon confectionné pour Noël.

Lucia et Laila s'achetèrent des luges en plastique avec lesquelles elles prirent l'habitude de dévaler du haut de la colline de Hormistonmäki vers la tourbière de Tullerinsuo. On avait beau être dans le Satakunta, surtout connu pour ses grandes plaines agricoles et ses côtes plates bordées de forêts, la pente permettait de belles descentes : le dénivelé était d'une vingtaine de mètres, sur une distance d'à peine cent mètres. Les deux femmes tentèrent de convaincre l'éléphante de glisser elle aussi sur les fesses, mais elle regardait ces jeux d'hiver d'un air étonné, sans comprendre ce qu'on attendait d'elle. Après avoir observé pendant deux jours les amusements des deux femmes sur la pente, elle décida finalement malgré tout d'essayer elle aussi. Ce fut au tour de Lucia Lucander et de Laila Länsiö d'être étonnées. Au lieu de descendre la pente sur les fesses, Emilia se mit tranquillement à quatre pattes, le derrière en l'air, et s'élança. Elle dévala la piste à genoux, la trompe et les oreilles au vent, en poussant à pleine gorge de puissants barrissements. Arrivée en fanfare en bas dans la tourbière, elle se remit dignement debout et regarda autour d'elle comme dans l'attente d'applaudissements. On voyait qu'elle avait apprécié l'exercice et, maintenant qu'elle avait percé les secrets des sports d'hiver, elle n'hésita pas à remonter au sommet de la colline et à la redescendre à quatre pattes, le ventre frôlant la neige. Quand le temps s'y prêtait, Emilia pouvait ainsi dévaler la pente jusqu'à cinq ou six fois par jour.

Elle décida de prendre Laila Länsiö sous son aile et de lui enseigner la luge à la mode éléphantine. Elle la considérait comme un pachyderme à deux pattes et tenta de lui apprendre à glisser comme elle sur la neige en toute sécurité.

Taisto Ojanperä, de son côté, fit l'acquisition d'un quad à six roues motrices équipé d'une selle à deux places, d'une benne basculante et d'une remorque. C'était un puissant véhicule tout-terrain qui passait aisément, sans jamais s'enliser, dans les chemins champêtres enneigés. On pouvait remplir la benne et la remorque de suffisamment de foin pour nourrir Emilia pendant au moins huit jours, soit trois à quatre cents kilos. Une ou deux fois par semaine, Lucia prenait le quad pour aller dans les villages voisins acheter du fourrage aux agriculteurs. Laila l'accompagnait souvent. À deux, charger le foin était plus rapide, et on mettait de toute façon plus de cœur à l'ouvrage avec une amie qu'en solitaire, par ces belles journées d'hiver.

Les joies de la saison prirent fin à leur heure, pas très glorieusement. En mars, Emilia attrapa la grippe. La salmonellose de la souris est déjà une maladie grave, mais ce n'est rien comparé à la fièvre éléphantine. Emilia éternuait comme un obusier à chargement par la culasse. Des litres de larmes coulaient de ses yeux, elle avait mal à la trompe et avait perdu l'appétit. Elle souffrait en plus de diarrhée, et un puissant jet malodorant fusait à intervalles réguliers de son fondement. Lucia Lucander mettait toute son énergie à nettoyer le coin qui lui servait d'écurie, mais dès qu'elle avait réussi à récurer le sol et à étaler de la paille propre, on entendait dans le ventre de l'éléphante un gargouillis de mauvais augure et une nouvelle giclée frappait à l'horizontale les murs de la verrerie. L'odeur était si atroce que Lucia devait ouvrir les fenêtres et fuir le pire à l'extérieur. Emilia était désolée du désordre qu'elle semait, elle était consciente que la vie ne tournait plus rond, mais qu'y faire ? La grippe hivernale est une rude épreuve non seulement pour les humains, mais aussi pour les animaux.

Taisto Ojanperä téléphona au vétérinaire Seppo Sorjonen, à Pori. Il expliqua que le malade était un éléphant de trois tonnes six, qui avait de la fièvre et les intestins dérangés. Sorjonen promit de venir d'urgence à la Verrerie de Nakkila. Il calcula en chemin que si le patient avait réellement un poids vif de plus de trois tonnes, quelques cachets d'antibiotiques ne suffiraient pas. Il fallait se préparer à employer les grands moyens si l'on voulait obtenir des résultats. Il s'arrêta dans une pharmacie pour acheter un demi-litre de pénicilline liquide. Il avait l'habitude de soigner des trotteurs et pensait qu'un remède de cheval ferait l'affaire pour un éléphant.

Une puanteur indescriptible régnait dans la verrerie, qui était malgré tout pour le reste relativement propre. Sorjonen ouvrit les fenêtres et expliqua que la forte fièvre et la diarrhée avaient visiblement modifié l'acidité du suc gastrique de l'éléphante et qu'un processus de fermentation s'était enclenché. Il glissa dans la gorge d'Emilia un long endoscope grâce auquel il put l'observer de l'intérieur. Aucun doute, son estomac avait tout d'un grand tonneau de vinasse. Le vétérinaire lui fit boire deux litres de liquide neutralisant.

« Ça devrait être efficace. La dose suffirait pour une baleine bleue. »

Emilia avait 39,7° de fièvre. C'était plutôt beaucoup pour un éléphant. Après lui avoir injecté l'antibiotique, Sorjonen conseilla de laver la malade à l'eau tiède deux fois par jour, de ne lui faire absorber pour l'instant que de l'eau bouillie et de ne pas lui donner de fourrage avant quelques jours.

Occupé par son magasin, Taisto Ojanperä n'avait pas le temps de venir donner un coup de main dans l'immédiat, et Laila Länsiö était incapable d'entrer dans la verrerie sans vomir. Lucia commençait à flancher sous le poids de la tâche, et voilà qu'il aurait en plus fallu doucher Emilia deux fois par jour, sans oublier de faire bouillir et refroidir cent litres d'eau pour l'abreuver. Elle demanda à Sorjonen s'il croyait vraiment que l'on puisse suivre ses prescriptions.

Le vétérinaire réfléchit un moment. Puis il eut une idée.

«Appelez les sapeurs-pompiers volontaires d'Ulvila, ils vous aideront sûrement et ça ne vous coûtera pas très cher. Je peux d'ailleurs m'en occuper, j'ai moi-même été soldat du feu à Nokia, près de Tampere, quand j'étais étudiant.»

Dans l'après-midi, une lourde autopompe s'arrêta, sirènes hurlantes, dans la cour de la verrerie. Moins de bruit aurait suffi, songea Lucia, mais Emilia était heureusement une éléphante de cirque habituée à tout et il en aurait fallu plus pour l'affoler. Elle s'était produite d'innombrables fois devant des foules d'un millier de personnes, au son des tonitruantes fanfares de l'orchestre. À côté d'un tel vacarme, l'avertisseur sonore des pompiers faisait l'effet d'un flûtiau.

Le camion portait sur son flanc l'inscription « SPV d'Ulvila ». Le chef des sapeurs-pompiers volontaires, Tauno Riisikkala, sauta à terre et se présenta à Lucia, prêt à l'action.

« On nous a appelés pour laver un éléphant. »

Il s'avéra que c'était la première alerte des SPV d'Ulvila depuis l'Épiphanie. L'autopompe était restée au garage tout l'hiver. Les pompiers de la caserne de Pori s'étaient chargés d'éteindre les quelques incendies qui s'étaient déclarés ces derniers mois dans le secteur. La citerne du véhicule était pleine, vingt mille litres d'eau tiède ! Le camion manœuvra rapidement pour se placer devant la porte principale de la verrerie. L'odeur de bouse d'éléphant fermentée était si forte que les pompiers enfilèrent leurs combinaisons étanches et leurs masques à gaz. Ainsi équipés, ils déroulèrent le tuyau d'incendie dans le hall d'usine, et bientôt Emilia eut droit à un lavage complet. Elle était de toute évidence ravie de la douche tiède. Quand les pompiers dressèrent une échelle en aluminium afin de lui brosser soigneusement le dos et les flancs, elle gémit de bonheur. Ils terminèrent l'opération en rinçant le sol d'un coup de jet d'eau sous pression et en débarrassant par la même occasion les grilles surmontant les fours du crottin sec qui s'y était incrusté. L'horrible puanteur se dissipa.

Enfin, on ferma les portes et on laissa l'éléphante dormir en paix.

Les pompiers promirent de revenir la laver le lendemain matin, puis deux fois par jour comme le vétérinaire Seppo Sorjonen l'avait recommandé.

« On vous facturera le travail à prix coûtant, l'eau est gratuite et le carburant ne revient pas non plus très cher », déclara le chef des SPV Tauno Riisikkala. Dans le civil, il était professeur d'éducation physique au lycée d'Ulvila. Il souligna que la mission des pompiers ne consistait pas uniquement à éteindre les incendies. Il était bon d'acquérir à toutes fins utiles une expérience plus générale d'autres usages de l'eau. Pour illustrer la diversité des tâches qui leur incombaient, il raconta qu'ils avaient, l'été précédent, pompé le contenu de la cuve de fermentation de la brasserie de Pori, dans laquelle étaient tombés par mégarde cent kilos de levure de bière de trop. Cette fois-là aussi, ils avaient dû utiliser des combinaisons étanches et des bouteilles d'oxygène. L'odeur qui flottait dans la brasserie était si forte qu'ils en seraient tous ressortis ivres morts sans équipements de protection modernes.

« C'est quand même la première fois qu'on lave un éléphant, mais je crois qu'on a fait du bon boulot », se félicita Riisikkala avant de partir, et il porta la main à la visière de son casque.

13

Vols de fourrage
au cœur de la nuit

Entre les mains énergiques des SPV d'Ulvila, Emilia guérit rapidement. Sa fièvre tomba, elle retrouva l'appétit, ses embarras gastriques prirent fin et ses bouses s'asséchèrent. Le gérant de supérette Taisto Ojanperä paya la facture des pompiers. Elle se montait à peu de chose, mais les fonds de Lucia étaient tout simplement épuisés. Elle dépendait entièrement de la générosité de Taisto. Laila, de son côté, ne pouvait pas l'aider financièrement, car son mari Oskari Länsiö ne lui donnait pratiquement pas d'argent. Il buvait tous les revenus tirés de la vente d'œufs à la coopérative avicole. Et le lait des quelques vaches de Laila ne rapportait pas assez, malgré toute sa bonne volonté, pour nourrir un éléphant affamé.

Lucia n'avait pas les moyens d'acheter du fourrage aux agriculteurs des villages voisins. Elle ne voulait pas non plus demander constamment à Taisto des augmentations de salaire, d'autant plus qu'elle n'avait pas beaucoup de temps pour l'aider à la supérette, avec les soins qu'exigeait Emilia. Pour charger la benne et la remorque du quad, Laila et elle se rendaient dans des fermes de plus en plus éloignées, se servaient en général de plus de foin que prévu et allaient même souvent de nuit, sans autorisation, compléter leurs réserves. Elles en firent vite une mauvaise habitude. À la fin de l'hiver, elles étaient devenues des voleuses de fourrage quasi professionnelles.

Une fois par semaine, voire deux, elles partaient pour leurs pillages nocturnes. Elles écoutaient attentivement les prévisions météo. Le plus sûr était de se mettre en route avant une averse de neige qui masquerait leurs traces. Le mari de Laila, Oskari, dormait en général ivre mort. Taisto, de son côté, n'entendait pas Lucia sortir, ou du moins faisait semblant. En étoile du cirque expérimentée, elle ne faisait d'ailleurs pas beaucoup de bruit en se préparant pour ses raids. Laila et elle s'habillaient chaudement et emportaient des sandwiches et un thermos de café. Elles parlaient parfois du sujet sensible de leurs activités illicites. Lucia, qui avait toujours été jusque-là d'une honnêteté presque ridicule, s'étonnait d'en être venue à voler du foin, et même de la paille. Laila se rappelait avoir chipé un peu de monnaie à son père, quand elle était petite, pour s'acheter des bonbons. Le jour où il l'avait prise sur le fait, il lui avait donné un gros billet et déclaré qu'on ne parlerait jamais de cette affaire à personne, et surtout pas à maman.

« Papa était si gentil, et drôle. Il n'arrêtait pas de faire des blagues. »

Son père était mort depuis seulement trois ans, enterré au cimetière de Luvia. Oskari Länsiö ne s'était pas rendu une seule fois sur sa tombe. Laila, en revanche, y allait plusieurs fois par an, avec toujours les larmes aux yeux. Sa mère, heureusement, était encore en vie, bien que maintenant pensionnaire de la maison de retraite de Luvia.

Lucia et Laila avaient pris l'habitude de passer, lors de leurs expéditions, par la vieille chapelle de Hormistonmäki. Elle ne leur faisait plus peur. Le cantique qu'elles avaient chanté à Noël avait transformé le bâtiment désert en un sanctuaire accueillant qui dispensait une paix indulgente.

« Adolescente, j'avais la foi, confia Laila alors qu'elles s'y étaient à nouveau arrêtées. Je me suis ensuite éloignée de la religion, mais depuis qu'Oskari s'est mis à boire et à devenir méchant, j'ai recommencé à prier. Presque tous les soirs. C'est un réconfort. »

Lucia avoua qu'elle priait pour Emilia, mais ça ne semblait pas servir à grand-chose.

« Même si d'un autre côté c'est sûrement la Providence qui a mis Taisto sur mon chemin. Ça n'existe pas, des hommes aussi bons, dans la vraie vie, je veux dire.

— Effectivement. On croirait le Christ.

— Il est à toi, si tu veux, déclara Lucia. J'ai assez à faire avec Emilia. »

Laila ne répondit rien, mais resta songeuse.

En silence, les deux femmes demandèrent pardon à Jésus pour leurs larcins, mais que pouvaient-elles faire d'autre ? Rassérénées, elles remontèrent sur leur quad et prirent avec détermination, par les petites routes, le chemin de Kyllijoki, puis Matomäki, Hiirijärvi et enfin Kiukainen. Un peu avant d'y arriver, il y avait à Köylypolvi une grosse ferme où elles savaient pouvoir trouver assez de fourrage pour tout un troupeau d'éléphants, au besoin. L'exploitation était à une quinzaine de kilomètres de Hormistonmäki. Soit trente kilomètres aller-retour dans la nuit.

Les deux femmes étaient équipées d'outils de cambriolage classiques : une lampe torche, une pince universelle, une hache et un pied-de-biche ainsi qu'un balai et deux fourches à manche court. En pouffant nerveusement, elles forcèrent le cadenas de la porte de la halle à fourrage et se glissèrent à l'intérieur avec leur véhicule. Des ballots de foin étaient empilés en une muraille de plusieurs mètres de haut. Elles en firent rouler quelques-uns sur le sol, coupèrent les liens qui les entouraient et remplirent à la fourche la benne et la remorque du quad. Quand elles eurent terminé, elles ressortirent sur leur engin. Elles refermèrent les battants de la porte et remirent le cadenas en place en espérant qu'on ne s'apercevrait pas tout de suite qu'il était cassé. Elles balayèrent les traces de roues dans la neige, devant la halle, et regagnèrent la grand-route, tous feux éteints. Sur le chemin du retour, à Hiirijärvi, elles coupèrent à travers champs jusqu'à la lisière de la forêt, où elles s'arrêtèrent pour se restaurer et boire le café de leur thermos. Elles étaient soulagées. Elles avaient de nouveau réussi à se procurer du foin pour un bon moment.

« Le printemps et l'été seront bientôt là. Emilia pourra brouter dehors, soupira Lucia.

— Et on pourra arrêter nos pillages », conclut Laila.

À la mi-avril, les voleuses de fourrage se firent prendre la main dans le sac. L'agriculteur Paavo Satoveräjä était assis à son bureau, dans sa ferme, et examinait en silence le calendrier des cultures de l'été. Le domaine s'étendait au total sur six cents hectares, dont deux cent vingt de champs. Même pour le riche Satakunta, Köylypolvi était une grosse exploitation. Aux anciens temps, un troupeau de deux cents vaches aurait meuglé dans l'étable, une vingtaine d'ouvriers agricoles auraient travaillé la terre et, dans la maison, une nuée de servantes auraient obéi au doigt et à l'œil à leurs maîtres, et surtout à leur patronne Kaarina Satoveräjä. Mais ce n'était plus le cas. Tout juste pouvait-on maintenant, au pic de la saison des semailles et des récoltes, embaucher deux ou trois hommes pour conduire les tracteurs et la moissonneuse-batteuse, et Paavo lui-même devait trimer du matin au soir. C'était plus facile pour sa femme, les dernières vaches laitières de la ferme avaient été vendues depuis déjà dix ans. Le seul animal restant était un chat. Les enfants du couple avaient eu aussi pris leur envol, l'aîné, Lauri, avait fait des études d'ingénieur, et le cadet, Ilmari, était pasteur. Eh oui ! il était devenu prêtre, vicaire de la paroisse de Vammala.

Kaarina Satoveräjä était une femme mince, d'un peu plus de quarante ans, que l'on pouvait qualifier de belle. Des cheveux raides d'un noir de jais, un nez pointu, un caractère plutôt réservé, mais, quand elle se mettait en colère, elle crachait feu et flammes. Là, elle avait à parler à son mari.

« Ces deux folles sont encore venues piquer du foin cette semaine, deux fois. »

Paavo Satoveräjä la regarda d'un air interrogatif.

« Je sais bien que tu refuses de me croire. Ce sont ces saltimbanques. »

L'agriculteur savait en réalité parfaitement de quoi il retournait. D'après sa comptabilité, des tonnes de fourrage avaient disparu de ses réserves au cours de l'hiver. Il se doutait bien de leur destination. Il avait à son insu nourri un éléphant. On ne parlait que de ça dans tout le Satakunta. Paavo Satoveräjä beugla qu'il n'était pas là pour alimenter des pachydermes. Il n'avait pas la moindre obligation d'entretenir les morfals tout juste bons à transformer le foin en bouses de gens du cirque au chômage ! Les agriculteurs de ce pays avaient déjà bien assez de difficultés à gagner leur propre pain.

Paavo Satoveräjä râlait pour le plaisir de râler, ça lui faisait du bien. Il n'avait hélas en général que peu de raisons de piquer des colères noires. Heureusement, cette fois, il y avait vraiment de quoi.

Mais le pire de sa fureur retomba vite. Il savait depuis longtemps ce qu'on trafiquait dans sa halle à fourrage. Ayant retrouvé tout son calme, il se mit à réfléchir à la manière de régler cet épineux problème.

Les vols avaient sans doute duré tout l'hiver. Le préjudice portait sur plusieurs tonnes. C'était une grosse quantité, mais la ferme de Köylypolvi était une grosse exploitation. Quelques milliers de kilos de foin ne pesaient pas lourd dans sa production. Paavo ne voulait en tout cas pas mêler la police à l'affaire. En fin de compte, il lui semblait presque équitable d'aider ainsi à nourrir un animal exotique. Au fond, il comprenait très bien les difficultés de l'étoile du cirque désargentée.

Il lui fallait quoi qu'il en soit trouver une solution, puisque sa femme le réclamait. Le vol était un délit et, en tant que tel, n'était pas acceptable. Paavo était habitué aux exigences de son épouse, qu'il n'avait pas d'autre choix que de satisfaire, d'une manière ou d'une autre. Kaarina était copropriétaire de l'exploitation et cette dernière était si grande que ni l'un ni l'autre ne pouvait envisager de s'engager dans des disputes ou dans le divorce qui aurait pu en résulter. Une séparation aurait entraîné le démembrement du domaine ancestral centenaire de Köylypolvi.

Paavo Satoveräjä téléphona à la supérette de Hormistonmäki, où l'étoile du cirque Lucia Lucander travaillait et à l'étage de laquelle elle habitait, d'après la rumeur. Le gérant Taisto Ojanperä lui indiqua qu'elle se trouvait pour l'instant à la Verrerie de Nakkila, où il n'y avait pas le téléphone. Paavo Satoveräjä chargea donc deux tonnes de foin dans la remorque d'un tracteur et prit le chemin de l'ancienne usine.

En arrivant, il surprit Lucia Lucander et Laila Länsiö en train de nourrir Emilia de fourrage volé. Paavo Satoveräjä se présenta, puis gueula qu'il ne pouvait pas tolérer qu'on pille ses biens sans vergogne. Il avait toujours vécu honnêtement et en exigeait autant des autres. Le vol était un délit et, yeux bleus ou pas, ça méritait la prison.

La colère de l'agriculteur fut de courte durée. Il grommela pour finir qu'on n'aurait plus jamais besoin de venir lui dérober nuitamment du fourrage.

« Dorénavant, je vous livrerai en tracteur autant de foin que cette bête peut en avaler. Il y a bien assez d'excédents, à Köylypolvi, pour nourrir un éléphant. »

14

Agapes à la mode
du Satakunta

Paavo Satoveräjä contemplait Emilia avec des yeux ronds. Elle était vraiment gigantesque. Si on attelait un animal aussi puissant à une charrue à quatre corps, songea-t-il, la terre argileuse des champs du Satakunta s'ouvrirait comme un rien, les résultats seraient au rendez-vous. Si ses lointains ancêtres avaient eu un tel mastodonte à leur disposition au milieu du XIXe siècle, par exemple, il n'y aurait jamais eu de famine dans la région. Avoir un éléphant comme bête de trait aurait été un gage de prospérité.

Emilia, debout au fond de la verrerie sur sa litière, solide et tranquille, regarda Paavo avec des yeux confiants et émit un grognement bienveillant. Elle savait choisir ses amis et reconnaître d'instinct les braves gens, même quand ils avaient tendance à beugler. Elle tendit sa trompe musculeuse en direction de l'agriculteur.

« C'est sa façon de dire bonjour », expliqua Lucia Lucander.

Paavo Satoveräjä s'approcha de l'éléphante

d'un pas hésitant et lui serra prudemment la trompe. C'était une poignée de main assez particulière. Emilia inspira profondément et gronda d'un air satisfait.

Laila Länsiö demanda timidement comment le propriétaire de Köylypolvi avait bien pu découvrir que Lucia et elle venaient se servir dans les stocks de foin du domaine. Lucia aussi était curieuse de le savoir. Les deux femmes pensaient avoir agi en toute discrétion, couvert leurs traces et dissimulé leurs vols de fourrage aussi bien que les criminels les plus endurcis. Paavo Satoveräjä répliqua qu'en Finlande, ou en tout cas dans le Satakunta, aucune activité inhabituelle ne passait inaperçue. Tout était surveillé et dûment noté, rien ne restait jamais secret.

« Qu'est-ce qui va se passer ? » s'enquit Lucia Lucander, inquiète. Laila et elle étaient terrifiées par l'éventualité d'une sanction et d'une honte publique. D'un autre côté, l'agriculteur leur avait déjà presque pardonné leurs larcins, il avait même déposé dans la cour de l'usine un gros chargement de foin.

Paavo Satoveräjä les rassura, il comprenait très bien qu'un énorme éléphant avait besoin de beaucoup de nourriture. Le plus sage était d'oublier les pillages de l'hiver. L'été approchait, qu'avaient-elles prévu pour l'éléphant ?

Lucia dut avouer que l'on n'avait plus besoin d'Emilia dans ce monde. Elle était venue avec elle de loin, en train, de l'interminable Transsibérien au port de Mäntyluoto à Pori. Le but était de l'embarquer sur un porte-conteneurs et de l'expédier dans un pays chaud, par exemple l'Afrique du Sud. Mais il avait fallu y renoncer car il n'y avait pas, sur ce genre de navires, d'espace sûr pour un éléphant, et les équipages refusaient de s'occuper dans si peu de place d'un animal ayant autant d'appétit. Par gros temps, Emilia aurait en outre risqué de s'écraser contre les conteneurs ou d'autres marchandises, ou contre les cloisons de la cale. Dans sa détresse, sa maîtresse avait même envisagé d'envoyer l'éléphante à l'abattoir, mais la pitié et l'amitié l'avaient empêchée au dernier moment de tuer sa vieille camarade.

Lucia ne savait vraiment plus que faire d'Emilia. Elle ne voulait pas la condamner à la boucherie. L'idée avait été dès l'origine trop horrible, ce n'était même plus la peine d'en parler.

Paavo Satoveräjä se déclara prêt à nourrir l'éléphante jusqu'à ce que l'on trouve une solution plus pérenne. Pour l'instant, autant s'en tenir aux arrangements actuels. Emilia se trouvait bien dans la verrerie, c'était évident. Avant de partir, l'agriculteur invita les deux femmes à venir déjeuner à Köylypolvi, en compagnie de Taisto Ojanperä, et pourquoi pas d'autres protagonistes de l'aventure. En réfléchissant tous ensemble, ils trouveraient sûrement une solution satisfaisante au problème. Le dimanche suivant leur irait-il, à la sortie de l'église ?

Le jour dit, le petit groupe se rassembla à Köylypolvi. Le corps de ferme était un imposant bâtiment en bois de plain-pied, peint en ocre comme un manoir ou un presbytère. Long d'au moins trente mètres, il se dressait sur une petite éminence, entouré de bouleaux et de sapins centenaires qui le cachaient presque entièrement. Une longue allée plantée de bouleaux y conduisait de la grand-route. Des champs drainés s'étendaient de tous côtés à perte de vue. Plusieurs dépendances, au total plus d'une dizaine, entouraient la cour de ferme : une étable en pierre, des mazots, des granges, une halle à fourrage, un hangar à machines, un sauna. Le domaine de Köylypolvi formait à lui seul un petit hameau, paisible et harmonieux. Paavo Satoveräjä et sa femme Kaarina accueillirent les arrivants sur le perron. Ils les invitèrent à entrer dans la maison, où un déjeuner à la mode du Satakunta les attendait.

Lucia Lucander, Laila Länsiö, Taisto Ojanperä, Tauno Riisikkala et Seppo Sorjonen pénétrèrent dans la salle, dont tout indiquait qu'elle était vieille d'au moins cent ans. Dans le fond, il y avait une grande table entourée de chaises à haut dossier. Dans un coin se dressait un immense four à pain chaulé, avec à côté une cuisine moderne entièrement équipée. Le fauteuil à bascule était d'un modèle local, dit de Nakkila. Des tapisseries de laine, ainsi que quelques tableaux, ornaient les murs. En face du four, il y avait un piano et une bibliothèque. Le plancher était recouvert de longs tapis en lirette.

« Vous pouvez garder vos chaussures, je dois de toute façon laver les tapis d'ici la Saint-Jean », déclara la maîtresse de maison.

Un gros chat gris tigré souhaita la bienvenue aux visiteurs en miaulant et en se frottant tout particulièrement contre le bas du pantalon de cuir de Lucia Lucander. Était-ce l'odeur d'Emilia qui l'intéressait ? Kaarina Satoveräjä houspilla le matou, qui s'éloigna, vexé.

Elle avait préparé un déjeuner traditionnel local. Comparé aux tables de banquet du Savo, de Carélie ou même de Laponie, il pouvait paraître modeste, mais Kaarina avait fait de son mieux pour faire honneur aux invités.

« Servez-vous donc de *sallatti*, pour commencer », déclara Paavo. La *sallatti*, que l'on appelle *rosolli* dans le reste de la Finlande et *vinegret* en Russie, est servie dans le Satakunta avec un pain d'orge séché, le *kakko*, qui n'est d'ailleurs pas mauvais, en soi. Il y avait bien sûr également sur la table des rollmops, province maritime oblige. Mais la région est aussi agricole, et Kaarina avait donc cuisiné une grande chaudronnée de viande de porc, accompagnée d'un gratin de rutabagas dans lequel elle encouragea ses invités à piocher largement.

« Allez-y sans chipoter ! »

Comme boisson, il y avait du lait caillé, de la bière de ménage et de l'eau. Et pour clore le repas, de la soupe de semoule d'orge au lait.

Après le dessert, on passa à l'ordre du jour : élaborer une solution pour l'avenir d'Emilia. Le bail de la Verrerie de Nakkila arrivait à terme fin mai, il fallait lui dénicher d'ici là un nouveau lieu d'hébergement. Paavo Satoveräjä déclara qu'il y avait de la place pour elle à la ferme de

Köylypolvi, par exemple dans l'étable, qui était vide. Elle pourrait se promener dans les forêts du domaine. Avec un peu d'imagination, on trouverait sûrement à l'employer intelligemment à des travaux agricoles. Sans aller jusqu'à l'atteler à une charrue, on pourrait au moins lui faire jouer les débroussailleuses.

Le vétérinaire Seppo Sorjonen approuva cette excellente idée.

« Les éléphants ont justement besoin d'énormément de fibres. »

Il expliqua que l'espèce pouvait brouter sans problème des trembles et des bouleaux de l'épaisseur du poignet. Contrairement aux autres mammifères, les mâchoires de l'éléphant ne se mouvaient ni verticalement ni latéralement, mais d'avant en arrière, et ses dents fonctionnaient un peu comme un rabot. C'était pour cette raison qu'il mangeait autant.

Après avoir remercié pour le déjeuner, Taisto Ojanperä invita toutes les personnes présentes à venir le dimanche suivant, à la même heure, à sa supérette. D'ici là, on aurait sûrement trouvé un logement estival pour Emilia.

Paavo Satoveräjä semblait avoir eu un coup de cœur pour l'éléphante.

« En plus, ça nous ferait de la compagnie, qu'est-ce que tu en dis, Kaarina ?

— Je n'ai pas trop l'habitude des éléphants. J'ai déjà bien assez de mal à supporter le chat », répondit l'agricultrice, et elle entreprit de débarrasser la table.

15

De l'utilité d'un éléphant
dans une exploitation agricole

Paavo Satoveräjä jouait avec l'idée de féconder artificiellement Emilia afin d'élever des éléphanteaux. Et s'il installait un petit troupeau de pachydermes à la ferme de Köylypolvi ? On pourrait utiliser leur force de traction pour labourer ses vastes champs… mais bon, Kaarina n'adhérerait jamais à un tel projet. De nos jours, dans les exploitations agricoles, ce n'était plus le patron qui décidait seul, la voix de la patronne comptait au moins autant, sinon plus.

Pour le reste non plus le sort des agriculteurs n'était guère enviable, sous ces latitudes élevées, surtout depuis que l'Union européenne se mêlait de décider de leur vie. La tradition multiséculaire d'une paysannerie libre et indépendante, propriétaire de ses terres, ne signifiait plus rien depuis déjà longtemps, et ne serait bientôt plus qu'un pitoyable objet de risée.

Non loin de la ferme de Köylypolvi s'étendait le lac de Köyliö, dont le nom semblait provenir de la même origine. Deux monuments s'y élevaient à l'opposé l'un de l'autre, en l'honneur de vieux ennemis. Le mémorial de saint Henri d'Uppsala se dressait sur la rive est, et la statue de Lalli, le paysan qui l'avait tué, sur la rive ouest. Avec un soupir, Paavo Satoveräjä songea qu'il ne naissait plus aujourd'hui d'hommes de la trempe de Lalli, capables de se dresser contre l'autorité. Lui-même sentait la gestion de son exploitation lui échapper. Une fois les invités partis, sa femme avait en effet décrété d'un ton sans appel que l'on ne prendrait jamais d'éléphant comme animal de compagnie à Köylypolvi. Kaarina — que beaucoup dans le coin surnommaient ironiquement la reine Catherine, d'après Catherine Månsdotter, plus connue en Finlande sous le nom de Kaarina Maununtytär, autrement dit Kaarina fille de Maunu — avait plus que son mot à dire dans les affaires de l'exploitation. Il fallait bien avouer qu'avec ses manières cassantes elle avait quelque chose de cette souveraine de Suède. Elle n'avait certes pas épousé un roi, mais elle était issue d'une riche famille. Son grand-père Maunu Hamskeri avait jadis été un entreprenant contrebandier d'alcool qui, pendant la prohibition, débarquait clandestinement des boissons interdites dans les îlots de l'archipel, au large de Pori, et avait fait fortune pendant ces années aux relents de gnôle. Il avait ensuite acheté un domaine agricole dans les terres, au hameau de Köylypolvi, où il avait mené une vie de citoyen honnête et respecté, car à l'époque il en avait les moyens. Après la mort de ce père contrebandier, son fils avait poursuivi l'exploitation de la ferme. Il

lui était né une jolie petite fille que l'on avait baptisée Kaarina et, comme il y avait dans la famille une
célébrité prénommée Maunu, on l'avait vite taqui-
née en l'affublant du nom de la reine Catherine,
elle aussi d'origine paysanne.

Mais Kaarina était trop altière pour se contenter du rôle d'une agricultrice et maîtresse de maison ordinaire. Elle s'arrogeait le droit de décider
de laisser ou non un éléphant se promener dans
les champs de Köylypolvi. Elle était attachée à
son domaine, à sa grandeur et à son mode de vie
immuable, ainsi qu'à son propre statut d'héritière
fortunée.

Taisto Ojanperä disposait d'un spacieux appartement au-dessus de sa supérette. Il se composait
d'un grand séjour et de trois chambres, plus un
petit studio indépendant où logeaient les vendeuses, et donc pour le moment Lucia Lucander.
Le gérant et l'étoile du cirque avaient préparé un
délicieux déjeuner du dimanche, mais avec cette
fois, au lieu de recettes du Satakunta, un assorti-
ment de mets de l'est de la Finlande, avec pour
commencer du caviar de corégone, puis divers
poissons salés et pour finir de la daube carélienne.
Sanna Tarkiainen, alias Lucia Lucander, était originaire des franges orientales du pays, pas tout à
fait de Carélie du Nord, mais de la région de
Lappeenranta. Elle aurait aimé servir de l'agneau
à la mode de Lemi, son village natal, mais c'était
impossible car on ne trouvait même pas, dans le
Satakunta, le plat à four en bois indispensable à sa
cuisson.

Les invités se présentèrent peu après midi. La table de fête carélienne leur fit venir l'eau à la bouche et presque les larmes aux yeux. Ils s'attaquèrent de bon cœur aux spécialités servies et bientôt de joyeuses exclamations fusèrent dans le séjour, accompagnées de flots de plaisanteries. Le vétérinaire Seppo Sorjonen avait apporté un ouvrage de Wolfgang Puschmann, *Rüsseltiere und Unpaarhufer*, qu'il avait potassé pendant ses études à l'école supérieure vétérinaire de Berlin dans les années 1980 et qui traitait, comme son titre l'indiquait, des proboscidiens et des périssodactyles. Il l'avait retrouvé en fouillant dans ses vieux cartons de livres de cours. Il lut pendant le repas quelques extraits qu'il en avait traduits au cours de la semaine. L'assemblée apprit par exemple que la hauteur au garrot d'un éléphant adulte dépassait en général les trois mètres et que, même si Emilia pesait trois mille six cents kilos, d'après la balance à marchandises des chemins de fer sibériens, les plus grands représentants de l'espèce pouvaient atteindre sept tonnes.

« Les éléphants ont une large tête, avec une boîte crânienne composée d'os alvéolés au tissu spongieux pneumatisé. Leurs sinus sont en partie tapissés de muqueuses et contribuent à la finesse de leur odorat. »

Ce n'est qu'à ce moment que Sorjonen se rendit compte qu'il avait lu des passages assez peu compatibles avec un repas gastronomique. La description des muqueuses des éléphants n'était sans doute pas de nature à ouvrir l'appétit. Le vétérinaire présenta donc ses excuses et en vint aux yeux des pachydermes.

«Leurs paupières sont dotées de longs cils souples qui leur donnent un regard doux et émouvant. Certains prétendent que les éléphants sont capables de pleurer, ce qui a fait l'objet de nombreux débats partout dans le monde.»

Emilia, comme tous ses semblables, avait de grandes oreilles en éventail. Sorjonen expliqua qu'en les agitant les pachydermes parvenaient, grâce aux vaisseaux sanguins qui les irriguaient, à abaisser leur température corporelle et à supporter ainsi les fortes chaleurs qui régnaient, surtout l'après-midi, dans les pays du Sud. Mais quand ils étaient mécontents, ils battaient aussi des oreilles pour effrayer et mettre en fuite leurs ennemis et, si ce n'était pas suffisant, chargeaient l'intrus au pas de course. Dans ce cas, si l'on n'avait pas le temps de se mettre à l'abri ou que l'on n'était pas muni d'un fusil à éléphant, c'était la fin assurée.

Lucia ajouta qu'ils avaient beau avoir l'air raide et, selon certains, d'une gaucherie émouvante, ils étaient en réalité incroyablement agiles et capables de détruire pratiquement tout adversaire, aussi fort soit-il. Un gros éléphant pouvait pulvériser une maison ou renverser un autocar, si l'envie lui en prenait.

Après le repas, Sorjonen poursuivit son exposé sur l'anatomie des proboscidiens.

«La lèvre supérieure et le nez se sont réunis et allongés pour former la trompe, qui est donc totalement distincte de la cavité buccale, contrairement à ce que l'on croit souvent. C'est un organe olfactif grâce auquel l'éléphant peut aussi palper des objets, et elle lui sert en quelque sorte de main, car elle est préhensile. L'animal l'utilise pour porter la nourriture à sa bouche et pomper de l'eau, ainsi que pour communiquer et même se battre. »

Après ces histoires de trompe, on en vint à l'examen du problème principal, l'été d'Emilia. Paavo Satoveräjä annonça qu'il avait réfléchi à la possibilité de fonder une réserve d'éléphants à Köylypolvi, mais avoua, en voyant la mine de sa femme, que c'était sans doute un rêve puéril. Kaarina Satoveräjä prit ensuite la parole. Elle avait à proposer une solution intéressante.

«Il est hors de question de transformer la ferme en parc animalier, ce qui ne veut pas dire pour autant que l'on soit obligé d'envoyer Emilia à l'abattoir. On va l'expédier en Afrique à bord d'un cargo, mais pas depuis Mäntyluoto. L'embarquement se fera à Lappeenranta, avec une première étape de navigation sur le canal de Saimaa. »

16

L'été d'Emilia s'organise

La reine Catherine, ou disons quand même plutôt Kaarina Satoveräjä, rappela à son mari et aux autres personnes présentes que son grand-père avait travaillé dans la marine marchande. Sans s'attarder sur le côté illicite des exploits navals de son aïeul, elle précisa que cette tradition s'était perpétuée dans la famille. Elle-même était certes née comme son père dans un environnement rural, mais plusieurs représentants de la deuxième génération de descendants du vieux contrebandier d'alcool, et même maintenant de la troisième, avaient conservé des activités dans le secteur maritime. Kaarina avait un cousin qui était capitaine d'un petit cargo pour marchandises diverses naviguant sur le canal de Saimaa. Elle l'avait contacté dans la semaine. L'avenir d'Emilia semblait assuré, si l'on voulait réellement la relâcher dans la nature, ou au moins l'expédier en Afrique ou quelque part du côté de l'Inde.

L'objectif étant donc de transporter au loin un éléphant vivant, le cousin en question, Armas

Toivonen, avait promis une fois remis de sa stupéfaction de se renseigner sur les moyens de régler la question de la manière la plus rationnelle et la plus économique possible.

« Les gros porte-conteneurs qui partent de Mäntyluoto ne prennent pas volontiers d'animaux à bord, et c'est pourquoi ils n'ont pas voulu d'Emilia. Les règlements sanitaires constituent à eux seuls un obstacle insurmontable. »

Les petits cargos qui venaient chercher des marchandises dans l'arrière-pays par le canal de Saimaa avaient des pratiques plus souples. Rien ne les empêchait de transporter des animaux, y compris à destination de l'étranger, à condition qu'ils aient des papiers au moins à peu près en règle.

« Je peux délivrer à Emilia tous les certificats de vaccination et autres nécessaires », s'empressa de déclarer Seppo Sorjonen. Selon lui, l'hiver passé à la verrerie suffisait amplement comme quarantaine, même compte tenu des voyages de l'éléphante dans les wagons du Transsibérien.

Il fallait maintenant déterminer quand et comment conduire Emilia jusqu'au canal de Saimaa. Kaarina Satoveräjä avait cru comprendre, au dire de son cousin, qu'on pouvait l'embarquer presque à n'importe quelle escale. Les quais étaient en béton, de nos jours, et supportaient sans mal des poids de dizaines de tonnes. La plupart des bateaux qui empruntaient le canal transportaient du papier ou de la pulpe de cellulose. Ils ne pouvaient donc pas prendre d'éléphant à bord, et d'ailleurs ils ne naviguaient qu'entre l'arrière-pays et de grands ports d'exportation tels que Kotka ou Hamina. Mais il circulait aussi sur le canal un certain nombre d'autres cargos dont la taille et les cales étaient parfaitement adaptées au transport d'un pachyderme. Mieux encore, ils se rendaient en général à l'étranger, souvent à Rostock ou dans d'autres villes allemandes, et même jusqu'en Angleterre ou aux Pays-Bas. Et là-bas, on trouvait tout ce qu'on voulait comme gros navires marchands pouvant embarquer en plus du reste de leur cargaison un troupeau entier d'éléphants pour l'acheminer à destination, en Afrique ou en Inde. Le fret ne reviendrait même pas très cher.

Le professeur d'éducation physique et chef des pompiers volontaires d'Ulvila, Tauno Riisikkala, émit des doutes sur l'intérêt d'expédier Emilia au loin, en Afrique. Selon lui, un animal qui avait vécu toute sa vie en captivité dans des cirques ne s'adapterait pas à la vie sauvage. Ses congénères risquaient de ne pas l'accepter dans leur harde. Lucia Lucander était d'avis résolument contraire. Emilia était d'un caractère accommodant, elle s'entendait aussi bien avec les humains qu'avec les autres animaux et avait déjà eu affaire, quand elle était jeune, à des éléphants adultes.

«Elle a certes été élevée et dressée dans des cirques, mais elle n'aura sûrement aucune difficulté à se joindre à un troupeau d'éléphants du cru.»

Lucia ajouta qu'Emilia serait à coup sûr capable de se faire une place dans n'importe quelle harde, elle était grande, intelligente et agile, et ne resterait pas facilement la dernière dans l'ordre de picorage, ou plus exactement, dans son cas, dans la concurrence entre trompes.

« Je suis sûre qu'Emilia prendra vite le commandement d'une troupe de femelles, si on la laisse exprimer ses talents », déclara-t-elle.

Tauno Riisikkala dut admettre que c'était en effet possible, mais il y avait un autre danger à prendre en compte.

« En Afrique, il y a jusque dans les parcs nationaux des braconniers qui tuent les éléphants, on le sait depuis des années. Mieux vaut bien réfléchir avant de leur envoyer de nouvelles proies depuis les pays nordiques. » Les défenses d'Emilia étaient remarquablement grandes pour une éléphante de son âge, longues de près d'un mètre et épaisses de dix centimètres, et donc précieuses.

Le prix de l'ivoire avait atteint des niveaux stratosphériques, inutile de le nier, surtout depuis l'interdiction de la chasse aux éléphants. À l'initiative de l'ONU, on avait mis en place un programme de protection interdisant le commerce de l'ivoire partout dans le monde. Il en avait hélas résulté une hausse des tarifs et une tentation d'autant plus grande de tuer clandestinement des pachydermes pour leurs défenses.

Lucia Lucander s'était renseignée dès l'automne sur la question. Il y avait en Afrique du

Sud, en tout cas, plusieurs réserves naturelles où la surveillance était draconienne. Les sanctions étaient sévères, les troupeaux d'éléphants suivis par hélicoptère et les braconniers pris au collet dès qu'ils parvenaient à s'introduire dans la zone protégée.

Les participants à la réunion admirent que les préoccupations de Riisikkala étaient fondées, mais vendre Emilia à un abattoir était-il une meilleure solution ? L'inexplicable passion des Chinois pour l'ivoire menaçait tout à fait concrètement l'éléphante domestiquée qu'elle était. Sa lignée remontait à des millions d'années, bien plus loin que les hommes qui, dans leur misérable vanité, convoitaient ses défenses et les réduisaient même en poudre pour en faire des aphrodisiaques.

On passa au problème suivant, les frais de transport. Kaarina Satoveräjä fit remarquer que, pour l'instant, nourrir Emilia coûtait des sommes folles, cent kilos de foin ou plus y passaient sans doute chaque jour, et ce n'était pas gratuit.

Paavo Satoveräjä répliqua qu'il n'y avait pas de quoi s'inquiéter. La production de fourrage de la ferme de Köylypolvi était plus que suffisante. Et une fois Emilia rendue à la vie sauvage, ses frais de bouche ne seraient plus un souci. L'agriculteur pensait aussi que l'on trouverait facilement l'argent du fret, et dans le cas contraire, au pire, il ouvrirait son propre porte-monnaie.

Sa femme lui lança un regard noir, histoire de lui rappeler que ce généreux porte-monnaie était aussi en partie le sien. Elle s'abstint cependant de s'engager dans une dispute sur la question. Taisto Ojanperä promit lui aussi de participer aux frais de transport maritime de l'éléphante, s'ils n'étaient pas excessifs.

Comment faire parvenir jusqu'au canal de Saimaa le fourrage nécessaire à Emilia pour la traversée ? Comment transborder un mastodonte de près de quatre tonnes d'un bateau fluvial à un navire hauturier ? Emilia pourrait-elle descendre dans la cale par ses propres moyens ou faudrait-il utiliser une grue ? Et surtout, comment l'amener jusqu'au canal de Saimaa ? Fallait-il louer un semi-remorque de grande largeur à la centrale nucléaire d'Olkiluoto ou tenterait-on de l'acheminer jusqu'à Lappeenranta par le train ?

Lucia Lucander jugea qu'il valait mieux renoncer à cette option, car les wagons à bestiaux finlandais étaient trop petits pour un éléphant. Dans les trains russes, Emilia avait voyagé dans un wagon plus haut que la normale, construit à l'origine pour transporter des blindés, qu'elle avait loué et avec lequel elles étaient pour finir venues à Mäntyluoto. On ne trouvait sans doute pas de matériel roulant de ce type en Finlande, et ça ne valait pas la peine d'en louer un en Russie pour un trajet aussi court. Un transport en camion, d'un autre côté, reviendrait bien trop cher. D'autant plus qu'il faisait un noir d'encre, dans les semi-remorques, et qu'Emilia aurait à coup sûr le mal des transports si elle ne pouvait pas regarder dehors et se maintenir en équilibre dans les cahots. Elle risquait même de mourir de panique dans l'obscurité.

Le moins coûteux, et le plus facile à la belle saison, serait de traverser à pied le sud du pays, du Satakunta à la Carélie. Ce serait l'idéal pour Emilia, car en cours de route elle reprendrait contact avec une nature vivante et relativement sauvage, même si les lacs et les forêts de Finlande étaient assez différents de la savane africaine.

Paavo Satoveräjä déclara que si Lucia Lucander voulait faire voyager Emilia par ses propres moyens, il pourrait veiller à son ravitaillement tout au long du périple. Il pourrait aussi participer à l'expédition, après avoir fini d'emblaver ses champs. Taisto Ojanperä conseilla au couple de se procurer un téléphone de poche portable, comme le sien. C'était un excellent moyen de rester en contact.

La reine Catherine fit remarquer à son mari que s'il comptait réellement accompagner l'éléphant jusqu'au bateau, il devrait avant cela s'occuper des travaux agricoles de printemps de Köylypolvi, des labours et des semailles, et être de retour avant la saison des moissons et de l'hivernage.

« Bien sûr. Et on embauchera deux ouvriers agricoles pour l'été. On pourrait trouver un étudiant, au centre de recherche agricole de Jokioinen, pour conduire le tracteur », proposa Paavo Satoveräjä.

Laila Länsiö calcula sur une carte routière qu'il y avait environ quatre cents kilomètres de

Pori à Lappeenranta. En marchant à travers bois, le trajet était bien sûr beaucoup plus long, mais Lucia pensait que l'éléphante n'aurait aucun mal à effectuer la randonnée dans le courant de l'été.

« On voyagera de nuit pour que les curieux ne se pressent pas en masse sur les talons d'Emilia.

— Oui, bonne idée, s'enthousiasma Paavo Satoveräjä. Ce ne sont pas les forêts qui manquent en Finlande ! »

17

Randonnée test
au lac de Köyliö

L'agriculteur Paavo Satoveräjä se consacra ce printemps-là avec plus d'ardeur que jamais aux travaux des champs. Il mena à bien en un temps record les labours, le hersage et les semailles et trouva encore l'énergie de s'occuper de multiples façons de sa nouvelle protégée, Emilia. Il livrait à l'écurie de la verrerie de pleines remorques de raves, de pommes de terre, de céréales et de foin. L'enthousiasme de son mari faisait sourire Kaarina Satoveräjä, mais elle se demandait malgré tout parfois s'il s'agissait seulement d'amour des animaux. L'étoile du cirque Lucia Lucander était une gracieuse jeune femme qui avait parcouru le vaste monde et connu bien des aventures. Elle ne possédait cependant aucune terre agricole argileuse dans le Satakunta. De ce point de vue, elle était inoffensive, même si elle pouvait paraître dangereusement séduisante, en tout cas aux yeux d'un péquenot naïf.

L'éléphante mangeait chaque jour jusqu'à deux cents kilos de fourrage. Paavo Satoveräjä s'en étonna auprès de Seppo Sorjonen, un jour qu'ils se trouvaient par hasard au même moment à la verrerie pour voir Emilia et Lucia.

Le vétérinaire était devenu un assez bon expert en pachydermes, après s'être penché à l'aide d'ouvrages sur le sujet dans l'étude de l'anatomie et même du caractère de ces étranges créatures. Il expliqua à l'agriculteur que les éléphants n'avaient pas de canines. Les incisives de leur mâchoire supérieure, extrêmement développées, formaient deux défenses recourbées vers le haut. Celles d'Emilia, qui n'avait pourtant que dix ans, étaient particulièrement grosses. Les molaires et prémolaires étaient toutes ovales, avec une couronne basse, un peu en forme de miche de pain — Sorjonen ouvrit la bouche de l'éléphante et montra du doigt ses grandes dents massives.

« Elles sont constituées de lamelles dures, en émail, qui forment des sortes de crêtes. Les jeunes éléphants en ont quatre, les vieux éléphants d'Asie jusqu'à vingt. Il n'y a dans chaque mâchoire qu'une dent fonctionnelle, remplacée, avec l'âge, par une nouvelle qui pousse derrière elle et avance peu à peu. »

Sorjonen lâcha les babines d'Emilia. Elle coucha ses grandes oreilles et présenta aux deux hommes son énorme derrière. Elle n'aimait visiblement pas qu'on lui tripote le museau.

Le vétérinaire ajouta que les dents des éléphants ne pouvaient effectuer qu'un mouvement de va-et-vient et non broyer latéralement la nourriture comme les vaches, par exemple.

« L'éléphant ne rumine pas, il engloutit ses aliments à la manière d'une moissonneuse-batteuse, c'est pour ça qu'il consomme des quantités aussi invraisemblables de fourrage, et comme il les avale sous forme de fibres brutes, son estomac n'a pas le temps de tout digérer. »

Paavo Satoveräjä tapota la croupe d'Emilia et déclara qu'il ne cherchait pas à mégoter sur la quantité de fourrage, il s'étonnait juste de son appétit insatiable. L'éléphante se tourna à nouveau vers les deux hommes. Elle leur pardonnait l'examen dentaire qu'ils lui avaient infligé.

Fin mai, quand les labours et les semailles furent terminés, Paavo Satoveräjä et Lucia Lucander décidèrent de tester ce que pouvait donner en pratique une randonnée avec Emilia. L'agriculteur proposa d'aller d'abord, dans la nuit d'été, de Hormistonmäki à Kiukainen, puis de là à Köyliö. On passerait la journée au bord du lac à se reposer et on reviendrait la nuit suivante à Nakkila.

Paavo stocka dans les broussailles de la rive du lac de Köyliö deux cents kilos de nourriture : carottes et pommes de terre cuites, quelques boisseaux d'orge et deux balles de foin. Emilia trouverait dans le lac de quoi boire et se baigner.

Ils partirent dans la clarté du soir d'été. Paavo Satoveräjä souleva Lucia pour l'asseoir sur la trompe d'Emilia, qui la déposa sur son dos. Muni d'une carte et d'une boussole, il prit la tête de l'expédition, en direction de Köylypolvi. Après avoir longé le grand domaine de Matomäki, ils traversèrent les forêts de Kaunismaa et de Myllymaankulma jusqu'à Köylypolvi, d'où ils se dirigèrent vers Köyliö. Arrivé aux vastes champs de Mäkelä, Paavo s'orienta vers le sud-est et les forêts de Korvenkylä, puis le bourg de Kaanaanmaa. L'aube pointait quand ils atteignirent la rive nord du lac de Köyliö, où les cultures venaient mourir et où ils purent dresser le camp dans un petit bois, près du village de Vinnari. Ils avaient parcouru dans la nuit une bonne vingtaine de kilomètres et franchi plusieurs grandes routes ainsi qu'une voie ferrée. Tout s'était bien passé. Emilia n'était même pas fatiguée, mais Lucia se plaignit de son postérieur : le dos de l'éléphante avait beau être large et sûr, son garrot était long et saillant et fatiguait les fesses, un peu comme une selle de vélo trop dure et d'un modèle inadapté.

Les pommes de terre et les carottes déposées à l'avance par Paavo attendaient Emilia dans les taillis, avec une bonne quantité de céréales et de foin. Comme friandise supplémentaire, elle cueillit aussi habilement de l'herbe fraîche : elle saisissait une touffe à la fois avec sa trompe, la couchait avec la patte de devant et l'arrachait comme au moyen d'une faucille. Elle évitait ainsi d'aspirer dans sa trompe de la terre ou des racines. Après avoir mangé avec appétit, elle entra dans le lac et s'y avança si loin qu'on ne vit plus que sa trompe, le sommet de son crâne et ses yeux. Paavo alluma sur la berge un petit feu de camp sur lequel Lucia et lui firent griller des saucisses et bouillir de l'eau pour le café, qu'ils complétèrent par des sandwiches.

Un solide vieillard s'approcha, longeant la rive, et vint solennellement leur serrer la main. Il jeta un coup d'œil en direction d'Emilia qui se prélassait dans le lac et déclara :

« Vous êtes venus faire prendre un bain à l'éléphant, j'imagine ? »

Paavo Satoveräjä et Lucia Lucander ayant acquiescé, le fermier s'assit sur une souche. L'étoile du cirque lui servit du café dans un gobelet en carton. Ils savourèrent leur boisson dans le silence de l'aube. Lucia demanda s'il régnait toujours un calme aussi idyllique à Köyliö.

« En général, oui, mais un hiver, le propriétaire du domaine de Saari, là-bas sur l'autre rive, a tué un Anglais. Un gros ponte. »

La curiosité de Lucia s'éveilla. Le meurtrier avait-il été arrêté ?

« On n'a même pas essayé. On a applaudi l'exploit.

— Applaudi ?

— Oui, et on l'applaudit encore. »

Lucia voulut savoir qui était la victime.

« Un homme d'Église, un curé, peut-être, certains disent même un évêque. Je ne sais pas, ça s'est passé bien avant ma naissance. »

Une fois le fermier parti, on fit sortir Emilia de l'eau et, quand elle se fut séchée et couchée, Lucia et Paavo s'installèrent contre son flanc tiède pour se reposer. L'agriculteur raconta à l'étoile du cirque la légende de l'évêque Henri et du fermier Lalli. Il se vanta d'avoir mis en musique sa propre version du poème narrant la terrible tragédie qui s'était produite sur la glace du lac au XIIᵉ siècle, près de mille ans plus tôt, et la chanta à Lucia. Lalli, le maître du domaine de Saari, était parti en voyage. À son retour, il avait appris qu'un ennemi des dieux des Finnois, qui se prétendait évêque, était venu chez lui. Sa femme lui avait raconté que cet évêque Henri avait ordonné à ses valets de voler le pain et la viande de la maisonnée. Lalli avait chaussé ses skis, saisi sa hache et couru sus au brigand ! Il l'avait rattrapé sur le lac de Köyliö et lui avait fendu le crâne sans autre forme de procès. Il avait aussi tué les trois valets — il n'y en avait pas plus — qui tentaient de s'interposer. C'était le prix à payer pour le pain et la viande.

Paavo Satoveräjä, contrairement à la tradition ecclésiastique, termina par une coda le dernier couplet de la ballade.

Hiirijärvi, le lac des Souris, se trouvait à quelques kilomètres de Köyliö. Dieu s'était demandé comment venger la mort de l'évêque. Lalli était un gaillard qui n'avait pas peur de manier la hache, il était inutile de lui envoyer des assassins ou même des loups, le châtiment serait resté lettre morte. Mais Dieu, en homme rusé, avait missionné pour l'attaquer mille souris et trois cents rats. Impossibles à tuer à coups de hache. Le héros avait fui dans la forêt, mais ces satanés rongeurs l'avaient pourchassé sans pitié. Il n'avait pas eu d'autre choix que de grimper dans un arbre, au bord d'un petit lac. Rats et souris l'avaient suivi. Lalli, fou de rage, s'était précipité dans l'eau la tête la première.

« Il s'est noyé, et les rongeurs avec. D'où le nom du lac. »

Un historien des religions s'était à un moment mis en tête que la légende de Lalli et de l'évêque Henri était une pure invention. Aucune preuve fiable de la réalité de l'événement n'avait selon lui subsisté jusqu'à nos jours. D'après Paavo Satoveräjä, il ne fallait prêter aucune attention à ces affirmations. Un historien pouvait-il réellement espérer qu'il reste autre chose, depuis le Moyen Âge, que la tradition rapportée par la population elle-même ? Aurait-il fallu retrouver la mitre ensanglantée de l'évêque ou la hache de Lalli ? On n'arrivait déjà pas à prouver des échauffourées plus récentes. Le grand-père de Kaarina, par exemple, connu dans tout le pays pour ses exploits de contrebandier, n'avait jamais été réellement condamné pour ses forfaits, faute de preuves.

Lucia remercia Paavo pour ce récit autrement vivant que celui du vieux fermier.

Le soleil était maintenant levé. Lucia, Paavo et Emilia paressèrent toute la journée à l'ombre des arbres. Le soir venu, ils allèrent tous ensemble se baigner et, dans la nuit, ils reprirent le chemin de l'écurie de la verrerie. Cette fois, l'agriculteur monta lui aussi sur le dos de l'éléphante. À cru, c'était un exercice délicat qui malmenait les fesses.

18

L'itinéraire de la chevauchée
à dos d'éléphant se précise

Toute la semaine qui suivit, Lucia et Paavo eurent quelques difficultés à marcher, car ils avaient tous les deux le postérieur endolori par la chevauchée à dos d'éléphant. Il ne fallait même pas songer à traverser la Finlande sans selle ou, plus précisément, sans au moins un semblant de palanquin. La randonnée test au lac de Köyliö avait aussi apporté d'autres enseignements. Bien qu'ils aient dormi au chaud et à l'abri contre le flanc d'Emilia, il leur fallait s'équiper plus sérieusement pour camper en pleine nature. Des vêtements de rechange, des provisions, une liste d'hôtels et de campings, des cartes... le plus important était cependant de se procurer un palanquin à deux places.

Nakkila était connu pour ses fauteuils à bascule, les plus beaux et les plus solides de Finlande, et donc du monde entier, véritables chefs-d'œuvre issus de la tradition séculaire de maîtres menuisiers. Il était donc naturel de demander au plus habile fabricant de fauteuils à bascule de Nakkila, Elias Leistilä, de prendre les mesures d'Emilia et de créer un palanquin pour deux personnes, équipé de sacoches et d'une échelle pour y accéder. On ne saute pas en selle comme un cow-boy du Far West quand il faut se jucher à plus de trois mètres de hauteur.

Elias Leistilä avait déjà quatre-vingt-cinq ans et résidait à la maison de retraite du bourg de Nakkila. Il utilisait l'atelier de menuiserie du centre scolaire voisin pour fabriquer des fauteuils à bascule, mais aussi des horloges de parquet et bientôt, donc, des palanquins. Le gérant de supérette Taisto Ojanperä conduisit Elias à la verrerie en voiture et l'aida à prendre les mesures d'Emilia. Lucia et Paavo étaient présents, et ils expliquèrent au maître artisan de quel genre d'ouvrage il s'agissait.

Elias ne fut guère surpris de la commande, car il se murmurait déjà dans le bourg que le propriétaire de Köylypolvi s'apprêtait à traverser la Finlande à dos d'éléphant, en amoureux, avec l'étoile du cirque. Mais le calendrier était serré, le palanquin devait être livré en trois semaines. Le travail était complexe, il fallait concevoir, réaliser et tester le harnachement. Elias était déjà âgé, mais il assura que si on lui faisait confiance, le résultat serait au rendez-vous. Il se vanta d'avoir une fois fabriqué un fauteuil à bascule en deux jours, et encore, c'était surtout parce qu'il avait fallu laisser aux patins le temps de sécher.

Lucia éclata de rire. Des patins de fauteuil à

bascule ne séchaient pas en deux jours, elle le savait bien, elle qui avait grandi dans une ferme à Lemi, la mémoire du maître menuisier devait le trahir.

Elias Leistilä concéda que le bouleau encore vert ne séchait certes pas tout à fait aussi vite, mais il avait fait ce fauteuil-là en genévrier, qui est par nature un bois sec. L'objet avait en outre l'avantage de se balancer en souplesse et, quand on ne s'y prélassait pas, on pouvait utiliser ses patins comme arc double pour tirer des flèches. Un jour, il avait chassé avec son fauteuil à bascule suffisamment de perdrix pour en remplir un sac entier. Deux oiseaux à chaque coup, avec les deux patins.

Emilia laissa docilement Elias prendre ses mesures. Le vieil homme grimpa avec agilité sur son dos, muni d'un mètre enrouleur, et lança les chiffres à Taisto Ojanperä, au sol, qui les nota dans les dernières pages restées vierges d'un vieux livre de comptes. Quand ils eurent terminé, Taisto ramena le maître artisan à la maison de retraite, où ce dernier se lança aussitôt dans la conception du palanquin. Le gérant de supérette s'apprêtait à repartir quand la directrice de l'établissement entra dans la chambre d'Elias afin de lui demander où il avait disparu tout l'après-midi, sautant même un repas. Le vieil homme en profita pour solliciter un congé d'été de trois semaines, afin de mener à bien un chantier intéressant. Il demanda à Taisto Ojanperä si celui-ci pouvait l'héberger pendant tout ce temps et l'assister dans son travail, le soir, au sous-sol du groupe scolaire. Le gérant était d'accord. Il déclara que c'était un grand honneur, et une occasion unique dans une vie, de servir d'apprenti à un maître menuisier de Nakkila.

Fin mai, Paavo Satoveräjä et Lucia Lucander mirent la dernière main à l'itinéraire et aux autres détails de la randonnée à dos d'éléphant. Il fallut pour cela de nombreuses réunions dans les bureaux de la verrerie. L'agriculteur s'était procuré un gros paquet de cartes d'état-major couvrant la chevauchée projetée. Pour une vision plus générale, il avait aussi trois cartes routières de la série G, numéros 4, 5 et 3, d'ouest en est. Il les avait toutes soigneusement étudiées, chez lui, et il proposa à Lucia un itinéraire au départ du lac de Köyliö, qu'ils connaissaient déjà. De là, ils piqueraient vers le nord en direction du lac Sääksjärvi, puis de Nokia et de la région de Heinola, via Tampere.

« Une fois dans le Häme, il faudra voir si on contourne Tampere par le nord ou par le sud. »

Après, de Kangasala, ils traverseraient les forêts s'étendant au nord de Heinola jusqu'au village natal de Lucia, Lemi.

« C'est fantastique, je vais enfin revoir ma maison d'enfance, après toutes ces années d'absence. Dommage qu'il n'y habite plus personne, je suis orpheline. Mon père est mort quand j'étais toute petite et ma mère il y a trois ans. »

De Lemi, il n'y avait plus qu'un court chemin jusqu'à Luumäki et Lappeenranta, ou plus exactement jusqu'à l'écluse de Mustola, où se trouvait le premier port du canal de Saimaa sur le territoire finlandais.

«Et à Mustola, embarquement d'Emilia, trompe pointée vers l'Afrique sauvage!» conclut Paavo Satoveräjä, impatient de voir si Lucia approuverait son projet. L'itinéraire lui convenait parfaitement, assura-t-elle. Restait à déterminer la distance exacte entre le Satakunta et la Carélie et le temps que prendrait la marche.

Paavo déplia les cartes routières sur une table. Lucia humidifia un mince fil de laine et le plaça sur le parcours sinueux proposé par l'agriculteur. On coupa le fil à Lappeenranta, on le tendit et on le compara à l'échelle de la carte. On obtint ainsi un chiffre assez précis : trois cent quatre-vingt-dix kilomètres. On y ajouta trente pour cent de petits zigzags des chemins, ce qui donna par calcul un trajet total de cinq cent sept kilomètres. Soit une randonnée estivale d'un demi-millier de kilomètres! À raison de vingt kilomètres par nuit, il faudrait vingt-cinq jours, plus une semaine ou deux pour les intempéries, retards imprévisibles et jours de repos. Il fallait donc compter un mois et demi pour traverser le sud de la Finlande. Mais ça en valait à coup sûr la peine! La plus belle aventure que l'on puisse imaginer les attendait!

Lucia et Paavo débordaient d'enthousiasme. Ils allèrent dans le hall d'usine annoncer à Emilia que l'on se mettrait en route avant même la Saint-Jean. Les travaux agricoles du printemps étaient terminés, le bail de la verrerie touchait à sa fin, l'été finlandais s'ouvrait à eux.

Emilia ne comprenait évidemment pas pourquoi Lucia et Paavo étaient aussi excités, mais elle était sensible à l'ambiance. Elle avait de nouveau l'impression d'être au cirque.

19

Le menuisier en fauteuils
à bascule fabrique un palanquin

Le maître menuisier Elias Leistilä dessina un palanquin pour deux personnes. Il commanda à la proche tannerie Friitala des dizaines de mètres de lanière de cuir de quatre millimètres d'épaisseur et de trois pouces de large, dans lesquelles il fit confectionner des sangles. Il tailla le bât proprement dit dans du sorbier, car c'était un bois à la fois flexible et solide, et la rambarde dans du bouleau bien sec. Pour le siège lui-même, il choisit chez un marchand de meubles de Pori un canapé-lit Rondo à deux places, un meuble léger destiné aux chambres d'étudiant. Elias Leistilä demanda que les factures de toutes ces fournitures soient envoyées à l'agriculteur Paavo Satoveräjä à la ferme de Köylypolvi.

Paavo régla sans rechigner les premiers achats, car il savait qu'il s'agissait de matériaux pour le palanquin. Mais quand il reçut la note d'un magasin de meubles pour un canapé-lit, il ne fit pas le rapprochement avec le travail du maître menuisier. Stupéfait, il se dit que son épouse avait poussé l'outrecuidance jusqu'à lui faire payer le divan dont elle avait besoin pour sa vie dissolue. Paavo et Kaarina Satoveräjä avaient mutuellement des doutes sur leur fidélité conjugale depuis déjà des années. L'agriculteur se considérait lui-même comme un relativement bon mari qui ne prenait que rarement le chemin du lit prometteur d'autres femmes vers lequel ses désirs le poussaient. Il soupçonnait en revanche depuis longtemps sa femme de le tromper, même s'il n'en avait jamais eu de preuve jusque-là. Quoique... peut-être fallait-il voir un signe dans le fait qu'elle avait fait construire un petit mazot pour les invités à la lisière des bois, à l'écart des autres bâtiments, dans un endroit hors de vue où un homme de passage pouvait se glisser en secret, directement depuis la route, pour faire ses micmacs. Mais cette fois l'infidèle était allée trop loin ! Elle avait eu le front de commander un canapé pour baiser dans le mazot ! Le visage cramoisi, Paavo se rua hors de son bureau, la facture à la main, et entra en trombe dans la salle où Kaarina, l'air faussement innocent, dressait le couvert pour le déjeuner.

Il jeta la facture sur la table et se mit à hurler avec une violence peu commune pour un paysan du Satakunta, accusant sa femme d'infidélité, de perfidie, d'impudence et de bien d'autres péchés qu'il n'est sans doute pas nécessaire de répéter ici. Il lui reprocha entre autres, dans sa furieuse diatribe, de précipiter par sa débauche le domaine familial centenaire dans la ruine, faisant se retourner dans leur tombe les corps sacrifiés de dizaines d'ancêtres, en attendant la prévisible vente aux enchères forcées de leurs terres.

La reine Catherine examina la facture du canapé-lit avec un calme surjoué et fit remarquer d'un ton sec que c'était le maître menuisier Elias Leistilä qui l'avait apparemment commandé dans un magasin de meubles de Pori. Elle la tendit à son mari, qui la regarda plus attentivement et dont le visage, quand il vit la signature d'Elias, passa du rouge de la jalousie au triste gris de la repentance.

« Je t'ai laissé t'exciter tout le printemps à préparer ton expédition de clown sans en faire toute une histoire, et toi, tu viens me hurler dessus à propos d'une facture dont je ne sais rien », constata Kaarina sans élever la voix.

Paavo se précipita dehors, déboussolé. Du vestibule, il entendit la conclusion laconique de sa femme :

« Tu aurais mieux fait de prendre un chat pour l'été, plutôt qu'un éléphant. »

L'esprit en ébullition, Paavo Satoveräjä fila à la verrerie. Il poussa la porte et alla trouver Emilia. Celle-ci accueillit par un grognement chaleureux le visiteur devenu familier. L'agriculteur lui raconta qu'il venait de faire sans aucune raison une scène terrible à sa femme. Il parlait à l'éléphante comme il aurait parlé à un cheval — animal souvent plus sensible aux états d'âme de son maître que sa propre épouse. Emilia aussi eut l'air de comprendre, et elle l'entoura de sa trompe.

Sur ces entrefaites, Lucia Lucander, Taisto Ojanperä et Elias Leistilä firent leur apparition. Ils apportaient à la verrerie des pièces du palanquin : le bât, toutes sortes de petites fournitures et un paquet de sangles livrées par la tannerie Friitala. On lava Emilia au tuyau d'arrosage et on la laissa sécher avant de procéder à l'ajustement du harnachement sur son corps massif. Elias Leistilä prit de main de maître la direction des opérations. Lucia, perchée en habituée sur le dos de l'éléphante, tirait les sangles de cuir le long de son flanc pour les faire passer de l'autre côté, où Taisto les serrait. Une camionnette du magasin de meubles vint s'arrêter dans la cour de l'usine. On en sortit un canapé-lit Rondo à deux places que l'on porta à l'intérieur. Elias signa le bon de livraison.

Le soir tombait, mais personne n'avait envie de partir avant d'avoir fini d'assembler le palanquin. Paavo Satoveräjä n'était pas non plus pressé de retrouver sa femme. Il l'appela malgré tout avec le téléphone portable afin de lui annoncer que le mystérieux canapé-lit était arrivé de Pori et qu'on était en train de l'installer.

« Il se peut que je ne rentre que dans la nuit, ne m'attends pas pour te coucher.

— Tu peux rester aussi longtemps que tu voudras, personne ici n'est pressé de t'entendre râler, mon chéri. »

Emilia contemplait le harnachement avec une

curiosité tranquille. Elle était consciente d'être au cœur de l'action, comme du temps du cirque. On dit que les éléphants ont la mémoire longue, plus longue que de nombreux humains. C'est possible. Emilia obéissait aux ordres, se tournant et s'agenouillant quand on le lui demandait. Elle n'attendait qu'une chose, qu'on la guide pour l'essayage. Toute cette agitation, autour d'elle, la comblait.

Elias Leistilä expliqua que harnacher l'éléphante ne prendrait pas chaque fois aussi longtemps. Il s'agissait pour l'instant de la dernière phase de montage du palanquin. Une fois les sangles serrées et toutes les pièces mises en place et testées, on pourrait hisser le bât et son canapé sur le dos d'Emilia en cinq minutes.

À deux heures du matin, on fit sortir l'éléphante de la verrerie. Elias Leistilä et Taisto Ojanperä prirent dans la camionnette de ce dernier un grand rouleau de toile de store bleue. C'était un dais destiné à protéger les cavaliers de la pluie et du soleil, un baldaquin pour le canapé-lit à deux places. On l'étala sur le sol dans la cour de l'usine.

On ordonna à Emilia de se mettre à genoux, puis Elias grimpa sur son dos avec sous le bras quatre tubes en aluminium qu'il planta dans les douilles situées aux coins du bât. Taisto Ojanperä et Paavo Satoveräjä lui passèrent la toile, et il la tendit sur les tubes. Le résultat, charmant, était digne des plus beaux *howdah* des éléphants de parade des maharadjahs de l'Inde.

« Il ne manque qu'un guidon », s'écria le maître menuisier.

Tout était prêt. Elias descendit, Lucia et Paavo montèrent s'installer côte à côte sur le canapé-lit déplié. Emilia se redressa et se mit en route.

20

La reine Catherine
équipe les randonneurs

Aux petites heures de la nuit, Lucia Lucander et Paavo Satoveräjä chevauchèrent à dos d'éléphant de Hormistonmäki à la ferme de Köylypolvi. Ils étaient accompagnés du gérant de supérette Taisto Ojanperä et du maître menuisier Elias Leistilä, monté avec lui dans sa camionnette. Emilia marchait sur la route déserte afin que ceux qui la suivaient en voiture puissent observer la manière dont se déroulait la promenade et dont le palanquin s'adaptait à son dos.

Le soleil se leva, rougeoyant, à l'horizon des vastes champs. La grande silhouette de l'éléphant se découpait en bleu et son sombre baldaquin ressemblait à une petite maison se balançant au rythme de son pas tranquille. Lucia Lucander et Paavo Satoveräjä étaient assis enlacés sur le canapé. Elias Leistilä songea que s'il avait été plus jeune, il se serait lui aussi trouvé un éléphant, lui aurait fabriqué le même modèle de palanquin et y aurait attiré comme compagne de voyage une jeune femme du genre de Lucia.

La belle vie ! Taisto Ojanperä était d'accord, lui non plus n'aurait pas refusé une balade à dos d'éléphant, mais avec son magasin à gérer, il n'avait pas de temps pour de tels amusements.

À mi-chemin, on s'arrêta pour rajuster les sous-ventrières, qui s'étaient desserrées, et l'on vérifia par la même occasion la position du bât. Il fallut le tirer de cinquante centimètres vers l'avant afin qu'il s'ajuste plus naturellement au garrot d'Emilia. Elias était content de son ouvrage. Il ne frottait pas, et les sangles ne gênaient pas l'éléphante.

À Köylypolvi, Lucia et Paavo emmenèrent Emilia se nourrir et se reposer dans un champ proche de la maison. Kaarina, qui était déjà debout, prépara le petit déjeuner. Après le café, Taisto Ojanperä et Elias Leistilä souhaitèrent bon voyage à Lucia et Paavo et retournèrent à la verrerie pour y faire le ménage.

Lucia se fit un lit dans le palanquin. Elle s'y endormit comme dans un berceau, balancée par les mouvements de l'éléphante qui broutait des branches de tremble à la lisière du bois. Paavo alla se coucher chez lui, à sa place dans le lit conjugal. La dispute avec Kaarina à propos du canapé était maintenant oubliée. Elle ne le rejoignit cependant pas dans la chambre, préférant se préparer pour la journée qui l'attendait. Elle lui annonça qu'elle allait s'occuper de quelques derniers préparatifs pour l'expédition. Lucia et lui pourraient la retrouver dans la salle à l'heure du déjeuner. D'ici là, tout serait prêt, promit-elle.

Pendant que Lucia et Paavo dormaient,

Kaarina téléphona à une compagnie d'assurances, à Pori, et souscrivit pour eux une police voyage. Emilia n'entrait pas dans le contrat, ça aurait coûté beaucoup trop cher. Aux yeux des assureurs, un éléphant était assimilable à un cheval de course et la prime, calculée en fonction de son poids, se serait montée à près de mille marks. Kaarina décida que, si l'animal se cassait le cou et en mourait, ce ne serait pas une très grande perte pour sa propriétaire, qui ne pourrait être que soulagée par un tel accident. Les savanes africaines n'avaient pas besoin d'un éléphant mort.

Paavo Satoveräjä avait déjà de son côté téléphoné à différentes personnes, dans les localités jalonnant l'itinéraire prévu, afin d'organiser le ravitaillement d'Emilia. La chevauchée les conduirait d'abord au lac de Köyliö, où ils avaient emmené l'éléphante se baigner une première fois, puis au lac de Sääksjärvi et à Nokia, d'où ils contourneraient Tampere par le nord vers Kangasala et ensuite Heinola, Lemi, Luumäki, Lappeenranta et enfin le canal de Saimaa. Emilia embarquerait pour son voyage à destination de l'Afrique au port de l'écluse de Mustola.

Il fallait maintenant se renseigner sur les bateaux qui naviguaient en cette saison sur le canal, ou qui y seraient à la fin de l'été. Fallait-il réserver dès maintenant une place à bord, ou valait-il mieux attendre quelques semaines afin de connaître plus précisément la date des escales ? Kaarina Satoveräjä appela son cousin, le capitaine de bateau fluvial Armas Toivonen, qui lui assura qu'il pouvait charger l'éléphante à peu près n'importe quand. Son cargo, le *Marleena*, transportait des marchandises diverses jusqu'à Rostock une fois par semaine. De l'ancien port hanséatique, il y avait de nombreuses liaisons avec tous les points du globe. On pourrait y transborder l'éléphante sur un navire au long cours, à destination de l'Inde ou de l'Afrique.

«L'aller jusqu'en Allemagne ne coûte pas grand-chose, et en tant que cousin je te ferai une ristourne», promit Armas Toivonen.

Kaarina mit des vêtements propres dans la valise de Paavo. Après avoir hésité entre la combinaison qu'il utilisait pour les travaux des champs et une tenue de randonnée plus légère, elle opta pour cette dernière. La marche de l'éléphant attirerait sûrement l'attention des habitants des campagnes, mais aussi celle de la presse locale et peut-être même de la radio et de la télévision. Il aurait été d'une humilité exagérée d'envoyer le propriétaire de Köylypolvi parcourir le monde en salopette agricole et bottes boueuses. Les gens auraient pu croire que son épouse n'était pas capable de l'équiper correctement pour une telle randonnée.

Kaarina avait acheté dès le début de l'été deux glacières, quelques sacoches de vélo et plusieurs bidons à eau en plastique. Il fallait bien sûr remplir ces derniers, prévoir de solides provisions pour deux personnes, au moins pour une semaine, et donc garnir les deux glacières de charcuterie, de poisson et de fromage. Tout cela prit la matinée, mais Kaarina réussit à s'occuper en même temps du déjeuner. Quand Lucia et Paavo se réveillèrent, chacun de son côté, tout était prêt.

Avant le repas, l'agriculteur alla prendre une douche et déversa sous la trompe d'Emilia des carottes, des patates et des pommes un peu fripées provenant du magasin de Taisto Ojanperä.

Après le déjeuner, on harnacha l'éléphante. Paavo était admiratif: comment Kaarina avait-elle réussi à tout préparer si efficacement? Il avait honte de l'avoir soupçonnée d'infidélité alors qu'elle se démenait pour organiser au mieux ce voyage qui devait lui prendre tout l'été, en compagnie d'un pachyderme et d'une jeune femme. C'était la preuve, s'il en fallait, que Kaarina était une épouse dévouée et confiante qui aimait son mari et ne voulait de mal à personne.

On attacha les bagages sur les flancs d'Emilia, à des crochets fixés au rebord inférieur du bât, en répartissant équitablement les charges des deux côtés afin d'assurer l'équilibre du palanquin. On plaça dans le coffre de rangement du canapé du linge de lit fraîchement calandré par Kaarina — des draps, des taies d'oreiller et deux couvertures matelassées. Il y avait aussi un pyjama pour Paavo. On casa dans la malle située à l'arrière du bât des serviettes de toilette, le nécessaire de rasage de l'agriculteur, du savon et d'autres produits d'hygiène. Lucia y ajouta sa trousse de maquillage et quelques menus objets personnels.

«J'allais oublier la boîte à pharmacie», cria Kaarina depuis le perron. Elle l'apporta aux voyageurs, dans la cour, et en profita pour leur signaler qu'elle y avait glissé de la crème et de l'huile antimoustiques. Elle n'avait pas prévu de répulsif pour Emilia, car d'après Seppo Sorjonen celle-ci avait la peau trop épaisse pour que les moustiques finlandais arrivent à la piquer, et elle était de toute façon trop grosse pour qu'on puisse l'enduire de produit.

«C'est vraiment très généreux», soupira Lucia Lucander, ce à quoi Kaarina répliqua qu'à Köylypolvi on ne laissait pas l'homme de la maison partir les poches vides, et qu'en plus on n'était pas du genre à mégoter.

«Paavo paiera tous les frais, c'est bien ce qu'on avait dit, non?»

À la tombée du soir, tout était prêt. Lucia ordonna de nouveau à Emilia de s'agenouiller et s'installa dans le palanquin. Kaarina, en embrassant son mari, lui donna un téléphone portable, un Nokia dernier cri. Lucia hérita du vieux téléphone de Paavo, et par la même occasion de son numéro. La reine Catherine avait pris pour son mari un nouvel abonnement, et donc un nouveau numéro. Elle s'était aussi offert le même modèle d'appareil. Son mari la remercia, la gorge serrée par l'émotion.

«C'est beaucoup trop», bégaya-t-il.

Paavo déplia une carte d'état-major et s'assit sur le canapé. Lucia grimpa sur la rambarde du palanquin et claqua de la langue. Emilia leva la trompe vers le ciel et lâcha avec satisfaction un puissant barrissement. Elle avait besoin d'exercice après le long hiver passé dans la verrerie. Elle comprenait, à l'excitation qu'il y avait dans l'air, que quelque chose d'agréable se préparait. Les forains partent toujours en tournée, l'été venu.

Kaarina accompagna la cavalcade en voiture jusqu'à Köyliö. Arrivée à la petite route bordée de bouleaux qui partait de la statue de Lalli, elle fit ses adieux à son mari, lui envoya une dernière pluie de baisers volants et regarda encore longtemps l'éléphante s'éloigner sur l'étroite voie ombragée conduisant à l'île principale du lac de Köyliö. Comme pour s'assurer du bon départ de l'expédition. Quand la colossale monture et ses cavaliers eurent disparu derrière le premier tournant, elle reprit le volant et rentra à Köylypolvi. En chemin, elle passa un coup de fil depuis son nouveau téléphone portable.

Quand elle arriva, une voiture attendait devant le corps de ferme. Le fringant professeur d'éducation physique et chef des pompiers volontaires d'Ulvila Tauno Riisikkala en descendit. Il ouvrit la portière arrière du véhicule et prit sur la banquette un bouquet de fleurs d'un jaune éclatant qu'il tendit, le rose aux joues, à la reine Catherine. Une brassée d'odorants narcisses de printemps !

21

L'enterrement
du petit corniaud

L'éléphante et ses cavaliers arrivèrent dans la
nuit à Kullaa, où se trouvait une grande tombe
royale de l'âge du bronze. C'était un amas de
pierres de plusieurs mètres de large et de trois
ou quatre mètres de haut qui ressemblait à un
champ de galets. Quand il était enfant, Paavo
Satoveräjä avait, avec des copains, manipulé ces
étranges cailloux funéraires sans comprendre
que dessous reposaient peut-être les ossements
de dizaines d'anciens chefs de clan.

Paavo se lança à l'intention de Lucia dans un
exposé sur les antiques tribus finnoises. Elle
l'écouta attentivement. Son vieux valet de train
Igor lui avait aussi raconté, dans le Transsibérien, des histoires sur le passé de la Russie,
quand l'irrationnel et la sorcellerie régnaient sur
le monde. Emilia, qui écoutait avec la patience
d'un éléphant de cirque cette causerie nocturne,
décida d'y participer. Elle se mit à réarranger à
sa façon les pierres de la tombe royale, et Paavo
et Lucia la laissèrent faire. La trompe des

pachydermes est un outil bien plus pratique que la main de l'homme. Fruit d'une fusion de la lèvre supérieure et du nez, elle s'est allongée au cours de l'évolution jusqu'à devenir un organe extraordinaire, ne contenant pas d'os mais plus épais que la cuisse d'un cheval. La trompe se termine par deux excroissances semblables à des doigts. Grâce aux deux narines qui se nichent à l'intérieur, l'éléphant peut boire de l'eau, pomper du sable et de la boue et effectuer toutes sortes de tâches complexes. C'est en outre une arme de bataille redoutable, mais aussi le siège d'un odorat développé, aussi sensible que la truffe d'un loup. La trompe se tourne, s'enroule et se tortille comme un serpent, mais n'est pas venimeuse.

Paavo et Lucia avalèrent quelques sandwiches et donnèrent à Emilia deux boisseaux de pommes de terre que Kaarina avait fait cuire pour la route. Puis ils reprirent leur marche.

Les chiens des hameaux qu'ils traversaient faisaient un vacarme d'enfer sur leur passage. Ils n'avaient pas l'habitude des éléphants. Emilia répondait par un barrissement d'avertissement qui faisait taire les jappements et envoyait les cabots se terrer en silence dans leur niche. Par l'ouverture, on voyait dans l'obscurité briller de petits yeux aux reflets jaunes et luire une truffe noire humide de peur.

Les voyageurs avaient l'intention de dormir dans la journée à Häyhtiönmaa, près du lac Sääksjärvi, mais ils n'en eurent pas l'occasion. Ils tombèrent en effet sur un petit corniaud qui courait en liberté. C'était un intéressant mélange de teckel à poil dur, de terrier et de spitz, un cocktail génétique canin caractérisé par une entrée en bouche brutale et une efficacité foudroyante. Ayant aperçu l'éléphant qui marchait tranquillement dans les champs, monté par ses deux cavaliers, il n'hésita pas une fraction de seconde à le provoquer en duel.

Déjà de loin, on l'entendit aboyer furieusement. Le malheureux ne comprenait pas que les voyageurs qui faisaient route vers Lappeenranta n'étaient animés que d'intentions pacifiques. Il considérait qu'il était de son devoir de stopper l'étrange équipage. Ses glapissements stridents restant sans effet, il attaqua, babines retroussées, la queue d'Emilia qui pendait jusqu'à terre — ses mâchoires n'étaient pas assez grandes pour pouvoir se refermer sur ses grosses pattes. C'est plus qu'il n'en faut pour fâcher un éléphant. Emilia grogna et leva la trompe vers le ciel, tentant ainsi de chasser le malotru.

Le cabot ne se laissa pas décourager. Il avait un caractère forgé par des millénaires d'ancêtres loups et une combativité exacerbée par les vicissitudes de la vie. Il tournait autour de l'éléphante tel un frelon, la tirait par la queue et osa même viser ses mamelles. C'en était trop pour Emilia. Elle s'emballa.

Avec un barrissement caverneux, elle fonça sur l'effronté corniaud, qui fut obligé de fuir de toute la vitesse de ses pattes. Elle le poursuivit d'un trot régulier, accélérant progressivement. Toute la campagne résonnait des échos de la charge. Mais le clébard était trop agile pour l'éléphante, il fila dans la forêt, où elle le suivit. Les branches de sapin fouettaient le visage de ses cavaliers. Le baldaquin se détacha avec fracas des coins du palanquin. Lucia cria à Paavo :

« Prends ma main, on saute ! »

D'une poigne solide, l'étoile du cirque arracha l'agriculteur du dos de leur monture emballée. La forêt craquait, le chien aboyait et Emilia mugissait, mais bientôt les bruits s'éloignèrent, puis se turent complètement. Lucia et Paavo revinrent sur leurs pas, ramassèrent et roulèrent la toile de store et restèrent à se regarder, éberlués de s'en être tirés vivants.

Paavo téléphona chez lui, où Kaarina répondit.

« Emilia s'est sauvée. »

Il lui raconta brièvement ce qui s'était passé. Il pensait avoir besoin d'aide pour retrouver l'éléphante. Fallait-il alerter la police, ou peut-être les pompiers d'Ulvila ?

La reine Catherine porta son doigt à ses lèvres humides et jeta un coup d'œil au chef des pompiers Tauno Riisikkala, qui se prélassait à côté d'elle en tenue d'Adam. Elle chuchota que le pachyderme avait pris la poudre d'escampette. Paavo risquait de rentrer à la maison à tout moment. Au téléphone, elle dit :

« Ne t'inquiète pas. Emilia va vite se calmer. Ce n'est en tout cas pas la peine d'appeler les SPV, la radio locale a annoncé qu'ils s'entraînaient au repêchage de cadavres... à Kirjurinluoto. »

Lucia et Paavo partirent sur les traces d'Emilia. Elle avait laissé derrière elle une trouée nettement visible. Ils portaient le dais de leur baldaquin sur l'épaule. Ils n'avaient pas d'autres bagages, tout l'équipement et les provisions étaient dans le palanquin et les sacoches de l'éléphante. Lucia l'appela, mais elle ne répondit pas. Dix minutes plus tard, ils entendirent de nouveau les aboiements saccadés du corniaud. Guidés par le bruit, ils débouchèrent dans une petite clairière où se dressait une grande et belle ferme avec, dans sa cour, un cellier extérieur recouvert d'un toit de tourbe.

Le chien tournait hargneusement autour d'Emilia, lui mordillant la trompe et lui tirant la queue. Elle était impuissante. Paniquée et prise de phobie. Les éléphants sont terrifiés par les petits animaux agressifs, ils détestent les souris et les rats, dont ils ont encore plus peur que des lions. Lucia tenta de la calmer, mais elle était si furieuse qu'elle n'écoutait même plus sa maîtresse.

Dans son désespoir, Emilia décida de grimper sur le toit du cellier, espérant échapper ne serait-ce qu'un moment à son agresseur. Elle n'aurait pas dû, car la structure n'était pas faite pour supporter un éléphant de près de quatre tonnes. Elle passa à travers et tomba à grand fracas au fond de la cave. Elle lâcha un barrissement stupéfait et resta là, debout dans les décombres. Sa trompe, sa tête, son garrot et son palanquin dépassaient du trou.

Ce coup de théâtre décupla la hargne du cabot. Il sauta sur le palanquin, pissa sur le canapé, mordit les oreilles d'Emilia. Mais, dans son enthousiasme sans frein, il oublia toute prudence et tomba lui aussi dans le cellier. Il s'écrasa sur le sol en béton avec un glapissement strident, mais se remit vite sur ses pattes et continua de japper d'un ton suraigu dans l'obscurité. Il était d'une nature héroïque, le gigantisme de son adversaire ne lui faisait absolument pas peur, il ne s'avouait pas vaincu. Emilia dansait nerveusement d'un pied sur l'autre dans l'espace exigu, faisant malgré tout attention de ne pas marcher sur son assaillant. Lucia et Paavo tentèrent d'attirer ce dernier dehors, mais il n'écoutait pas leurs appels. Et ce qui devait arriver arriva, le petit corniaud finit aplati sous la patte de l'éléphante. On entendit un hurlement déchirant, puis plus rien.

À ce moment, un couple sortit de la maison, l'homme tenait sous le bras un fusil de chasse à l'élan. Ils s'approchèrent du cellier.

« Nous sommes les Riekkinen, Tauno et Eeva », dit la femme. L'homme demanda si l'éléphant était dangereux et s'il fallait l'abattre. Lucia expliqua qu'Emilia était tout à fait inoffensive, elle était domestiquée. Elle s'était juste emballée parce qu'un chien errant excité l'avait attaquée. La femme se risqua à tapoter la trompe d'Emilia. Celle-ci s'était maintenant calmée. Elle semblait comprendre que mieux valait ne pas bouger.

Inutile d'essayer de se tirer de ce trou, elle était incapable d'en sortir d'un bond. Un éléphant n'est pas un kangourou.

Tauno Riekkinen et Paavo Satoveräjä repêchèrent d'entre les pattes d'Emilia les restes de son agressif adversaire. C'était le corniaud des voisins, Rekku, un animal tout à fait sympathique, mais parfois belliqueux quand il s'y mettait. Le cadavre du chien ressemblait à une crêpe pleine de poils. On aurait pu le glisser dans un porte-documents.

Lucia parlait d'un ton rassurant à Emilia. Eeva lui apporta un seau d'eau, qu'elle but aussitôt.

Paavo téléphona chez lui et annonça à sa femme qu'Emilia avait été retrouvée et que tout allait bien. Kaarina soupira de soulagement. Le chef des pompiers pourrait rester à Köylypolvi. Dans la soirée, ils iraient ensemble au sauna.

Tauno Riekkinen constata qu'il allait falloir construire une rampe suffisamment solide pour que l'éléphante puisse sortir de la cave par ses propres moyens. L'on se mit sans tarder au travail. On alla en tracteur chercher dans la forêt quelques arbres tombés au cours des tempêtes de l'hiver, qui s'avéraient maintenant bien utiles. On s'attellerait aux travaux de construction le lendemain matin. Les éléphants peuvent rester sans problème debout une semaine entière, au besoin, ils dorment plantés sur leurs pattes, et Emilia pouvait donc passer la nuit dans le cellier écroulé. Lucia et Paavo décidèrent de dormir dans le palanquin pour lui tenir compagnie.

Une ribambelle d'enfants venus de la maison voisine surgit dans la cour des Riekkinen. Ils cherchaient Rekku qui s'était sauvé. En découvrant le cadavre qui gisait dans l'herbe, ils éclatèrent en sanglots. La plus jeune était une petite fille de quatre ans à peine, ensuite venait un garçon d'environ un an de plus, puis l'aînée, qui devait avoir une dizaine d'années. Lucia et Eeva ramassèrent Rekku, sur la pelouse, et le placèrent dans une boîte en carton. Les enfants décidèrent d'organiser un enterrement pour leur chien. Paavo et Tauno creusèrent une tombe à la lisière de la forêt. Eeva promit de servir un café de réconfort. Les enfants coururent chez eux annoncer le terrible événement. Eeva leur demanda d'inviter leurs parents à la triste cérémonie.

Les funérailles de Rekku furent un instant émouvant. Il se faisait déjà tard. Les voisins et de nombreux gamins du village s'étaient rassemblés. On déposa le chien dans le trou, dans la boîte en carton sur les côtés de laquelle ses jeunes maîtres avaient dessiné de grandes croix au feutre noir. On referma la tombe. Les enfants déposèrent sur le petit tertre des fleurs qu'ils avaient cueillies dans les champs. On chanta et on pleura. Le pugnace chemin terrestre de Rekku prit ainsi fin dignement.

La nuit était sans nuages. Lucia et Paavo dormirent sous de chaudes couvertures dans le canapé-lit du palanquin, sur le dos d'Emilia. Le firmament étoilé se déployait au-dessus des champs. À l'horizon, au sud, la constellation d'Orion brillait d'un éclat incroyablement vif. L'éléphante ronflait tranquillement. Lucia murmura que Rekku était sûrement maintenant au paradis des chiens. Paavo était d'accord. On pouvait presque entendre résonner dans le ciel les aboiements clairs et joyeux d'une meute de petits corniauds.

22

Travaux de reconstruction

Tauno Riekkinen et Paavo Satoveräjä aménagèrent dès le lendemain matin une rampe solide. Quand elle fut terminée, Lucia attira Emilia hors du cellier. Elle en sortit sans difficulté. On inspecta ses pattes, elle n'était pas blessée. Les plantes de pied des éléphants sont dotées d'épais coussinets élastiques qui protègent le métatarse et les phalanges des orteils. Ils servent aussi à amortir les chocs subis par les articulations des chevilles. On prend d'ailleurs souvent à tort ces dernières pour des genoux, car la patte de l'éléphant se plie à cet endroit vers l'arrière, ce qui lui permet de se mettre sur les chevilles, et non sur les genoux, comme l'homme.

Il restait dans le cellier quelques centaines de kilos de pommes de terre. Paavo demanda à Tauno s'il était disposé à les lui vendre. Il voulait aussi payer la réfection de la cave.

« Pour les patates, je vous les donne. Et si tu m'aides à réparer les dégâts, on sera quittes. »

C'était déjà la semaine de la Saint-Jean. Les deux hommes s'attelèrent à la construction d'un nouveau toit. Dans une exploitation agricole bien tenue, il y a toujours du bois de sciage en réserve pour ce genre d'imprévus. Avec son tracteur, Tauno déchargea une pile de planches devant le cellier. On ordonna à Emilia de déblayer les débris. Elle ne comprit d'abord pas ce qu'on attendait d'elle, mais quand Lucia et les deux hommes lui montrèrent en la tenant par la trompe comment elle devait arracher les poutres vermoulues restantes et les déposer en tas sur la pelouse, elle saisit l'idée. La trompe de l'éléphant est un organe incroyablement souple et sensible. Elle se plie dans tous les sens imaginables. Son extrémité aspirante permet même à l'animal de palper des objets qu'il ne voit pas, mais qu'il peut reconnaître par le toucher. La trompe est non seulement tactile, mais aussi dotée d'une force colossale. Quand elle a solidement saisi une poutre, par exemple, celle-ci se détache avec fracas, se soulève dans les airs et atterrit à l'endroit voulu. C'est ainsi qu'en deux heures Emilia démonta les restes de l'ancien toit. En récompense, on lui donna vingt kilos de pommes de terre. Ce n'étaient pas les stocks qui manquaient.

Paavo entreprit de fabriquer des fermes pour la charpente. Il en fallait une douzaine, de quatre mètres de long. On les plaçait en général à soixante centimètres d'intervalle, mais comme elles devaient supporter un lourd toit de tourbe, on décida de ne les espacer que de trente.

Emilia se promenait avec Lucia et Eeva en lisière d'un champ voisin, broutant du regain. Les deux femmes riaient, elles semblaient bien s'amuser. Tauno Riekkinen raconta à Paavo que le père et la mère d'Eeva, ses beaux-parents, donc, étaient des Räisänen de Räisälä. Lui-même était un Riekkinen de Kivennapa. Ils étaient donc tous les deux des descendants de réfugiés caréliens. Leurs parents, qui étaient maintenant morts, avaient déjà la quarantaine quand ils avaient dû fuir la guerre et s'étaient vu attribuer ici, à la frontière entre le Satakunta et le Pirkanmaa, de nouvelles terres qu'ils avaient cultivées jusqu'à leurs vieux jours. L'exploitation était maintenant gérée par la deuxième génération d'exilés, qui n'avait toujours aucun espoir de pouvoir retourner dans l'isthme de Carélie.

« Ce serait pourtant bien, de pouvoir travailler sur les terres de ses ancêtres, soupira Tauno. Mais elles appartiennent depuis trop longtemps aux Russes, elles ne valent plus rien. Mon père, ajouta-t-il, a labouré ces champs-ci, dans les années 1950, avec un Fordson Major. Une mécanique puissante, pour l'époque. D'ailleurs je le restaure petit à petit, j'espère pouvoir le remettre en état de marche. »

Paavo s'intéressa au vieux tracteur. Il se rappelait en avoir vu un de ce genre à l'œuvre quand il était petit. Les deux hommes interrompirent leur besogne pour aller dans le hangar à machines, au fond duquel était remisé un grand tracteur agricole gracile, un Fordson Major bleu. Ils l'admirèrent de concert, puis décidèrent d'essayer plus tard de le démarrer et de faire une petite virée dans les champs.

De retour sur le chantier de construction, Paavo raconta que ses ancêtres vivaient dans le Satakunta depuis aussi longtemps que les registres de l'Église permettaient de l'établir. La famille de sa femme aussi était de la région de Pori, de Reposaari, très exactement.

«Je me dis quelquefois que je pourrais être un descendant de Lalli. Les noms de lieu et d'autres détails concordent.»

Paavo confia qu'il était en un sens l'alter ego de Lalli. Ce paysan du Moyen Âge était lui aussi d'un caractère irascible, il s'énervait facilement et n'attendait pas pour agir, au besoin vigoureusement. Ce diable d'évêque Henri s'était invité chez lui et avait exigé qu'on lui serve à manger. C'était un comportement inadmissible, surtout quand il n'y avait sur place que de faibles femmes et des valets de ferme effrayés. La vengeance du maître de maison outragé avait été immédiate. L'évêque avait perdu sa tête sur la glace du lac de Köyliö.

Tauno déclara en riant qu'il n'était pas impossible qu'il y ait aussi des meurtriers dans sa famille, mais quand même pas des tueurs d'évêque.

Les femmes vidèrent les bacs du cellier des pommes de terre qu'ils contenaient et balayèrent la terre et les éclats de bois vermoulu qui y étaient tombés. Eeva prépara des lits pour les invités dans un vieux mazot qui venait d'une ferme de

166

Länkipohja, en Finlande centrale. Paavo dormirait dans l'ancienne chambrée des valets, Lucia dans celle des servantes. On passa autour de la patte de devant gauche d'Emilia une chaîne que l'on fixa à un crampon en U planté dans le mur du mazot. S'il lui prenait l'idée, pour une raison ou une autre, d'essayer de s'enfuir pendant la nuit, les occupants de la dépendance se réveilleraient et pourraient la tranquilliser. On lui laissa un baquet de cinquante litres d'eau pour étancher sa soif, ainsi que vingt kilos de pommes, et l'on défit pour son dîner une grosse balle de foin.

Dans la nuit, Lucia se glissa hors de sa chambre pour aller rejoindre Paavo et se blottit contre lui dans son lit. Elle s'était mise à réfléchir à la situation d'Emilia et ne trouvait pas le sommeil. L'agriculteur lui fit de la place. Selon lui, tout allait de nouveau bien pour l'éléphante, elle avait juste paniqué parce que Rekku lui avait mordu la queue.

Lucia fit remarquer qu'Emilia ne s'était jamais jusque-là emballée de cette manière, pas même au Grand Cirque de Moscou ou en Sibérie.

« J'ai peur qu'elle ne soit en train de devenir folle. »

Paavo s'efforça de la rassurer. Les humains piquaient facilement des colères, alors pourquoi pas les éléphants. Il savait ce que c'était.

« Mais toi, tu te calmes vite. Les éléphants ont la mémoire plus longue que toi. »

Paavo répliqua qu'il n'avait pas non plus la mémoire qui flanchait, il se rappelait toutes sortes de vieux incidents pénibles.

Rassérénée, Lucia ne tarda pas à s'endormir contre le flanc de l'agriculteur, où elle ronflota le reste de la nuit.

Au matin, ils se régalèrent d'un copieux petit déjeuner carélien : pirojkis, poisson salé, fromages, gelée et thé au miel. Puis les femmes allèrent promener Emilia et les hommes reprirent la réfection du toit du cellier.

Tauno alla acheter des pièces de bois supplémentaires à la scierie voisine : on avait besoin de quelques pannes, de frisette de sapin pour le plafond et de solides planches à emboîtement de vingt-huit millimètres, imprégnées, pour la couverture de l'ouvrage. Après avoir déchargé ces fournitures, les deux hommes hissèrent aux coins du cellier quatre grosses pierres reposant sur un lit de sable grossier, sec et bien tassé. Sur ce socle, ils placèrent les pannes, puis les fermes fabriquées par Paavo, auxquelles ils clouèrent, par en dessous, la frisette. Puis ils les couvrirent de deux couches de feutre bitumé, posées par recouvrement, afin d'empêcher la structure de pourrir sous l'effet de l'humidité. Sur cet isolant, ils déroulèrent un tapis de laine de verre de vingt centimètres d'épaisseur. Ils terminèrent par un voligeage tapissé de deux nouvelles épaisseurs de feutre bitumé. Il ne restait plus qu'à fixer au bas du toit un bord de vingt centimètres de haut, destiné à retenir une couche de quinze centimètres de gravier surmontée de dix centimètres d'humus dans lequel Tauno sema des graines de trèfle, et le cellier fut réparé.

23

La nouvelle étable
des vaches des Riekkinen

Les Riekkinen avaient un important élevage de vaches laitières qu'ils s'apprêtaient à agrandir encore. La reconstruction de la cave ayant été menée à bien avec rapidité et compétence, Tauno Riekkinen proposa à Paavo Satoveräjä de rester quelques jours de plus, jusqu'à la Saint-Jean, pour l'aider à poser le toit de la nouvelle étable à stabulation libre de la ferme. C'était bien sûr un ouvrage tout à fait différent du toit de tourbe du cellier, mais il était convaincu que Paavo était tout aussi qualifié pour le réaliser. Il avait lui-même construit au début de l'été les fondations du bâtiment et sa structure en lamellé-collé cintré. Il attendait maintenant la livraison des matériaux du toit. Quelques hommes avaient été réquisitionnés pour faire le travail, mais une paire de bras de plus serait d'une grande aide.

Paavo demanda à Lucia ce qu'elle en pensait. Celle-ci n'avait rien contre le projet. Quoi de plus agréable que d'attendre la Saint-Jean chez les Riekkinen ! Elle s'entendait bien avec Eeva, et Emilia aurait ainsi le temps de s'habituer à vivre en liberté à la campagne.

Les éléments du toit arrivèrent le lendemain matin. C'étaient des plaques de tôle, étroites et légères, avec une âme isolante en plastique cellulaire. Chacune mesurait plus de dix mètres de long, mais à peine un de large, et pouvait donc être facilement manipulée par un homme seul. L'étable faisait très exactement soixante-deux mètres cinquante sur vingt-deux. Tauno expliqua qu'on pourrait y loger en hiver quatre-vingt-dix vaches. Pour cet été, le bétail se contentait de regarder le chantier depuis les prés. En cas de pluies diluviennes, il pouvait malgré tout se réfugier dans la vieille étable en pierre.

«Avec Eeva, on a conçu ce nouveau système dans le but principal de réduire autant que possible la main-d'œuvre. Il était aussi important que les vaches puissent accéder facilement à la station de traite, qu'il n'y ait pas de file d'attente et que tout se passe au mieux», expliqua Tauno à Paavo et au reste de l'équipe. Il débordait d'enthousiasme, car le travail avançait vite. Une partie des hommes, sur le plateau du camion, aidaient le chauffeur à accrocher les éléments à son bras de grue, les autres les réceptionnaient et les assemblaient aussitôt. Paavo, perché sur le faîte du bâtiment, dirigeait les opérations. Il avait l'autorité naturelle d'un chef de chantier, mais posait en même temps autant de tôles qu'il le pouvait.

Le premier jour, l'équipe travailla jusque tard dans la soirée à terminer la couverture de l'étable. On avait promis des averses dans la nuit, mais heureusement elles ne vinrent pas. Au sauna, Tauno expliqua que la pluie n'était pas une bonne chose pour le bâtiment, à ce stade, même s'il ne craignait pas la moisissure. Plié en deux par la chaleur de la vapeur, il déclara, satisfait :

« Le plastique cellulaire supporte même les pires intempéries, c'est un bon isolant thermique qui garantit l'absence de condensation, y compris par grands froids, et ne gondole pas sous la canicule, l'été. C'est ce qu'on m'a juré à l'usine. »

Pour se rafraîchir, les hommes allèrent admirer le travail de la journée. Dans le crépuscule, le nouveau toit brillait tel un miroir mat, l'air précieux et élégant. Tauno expliqua que dans les étables à stabulation libre les vaches devenaient parfois agressives et s'empêchaient mutuellement de manger. Il espérait échapper à ce genre de problèmes, car dans son nouveau bâtiment les tables d'alimentation seraient placées sur les côtés, entre les arcs en lamellé-collé. Dans ces renfoncements, même une vache mal lunée ne parviendrait pas à perturber le repas de ses congénères. Mais, avec ou sans beaux bâtiments bien conçus, la vie des agriculteurs restait difficile.

« L'Union européenne nous oblige à rédiger toutes sortes de rapports stupides, est-ce qu'on ne pourrait pas se passer de toutes ces paperasses ? » se demandèrent-ils tout en se promenant, la serviette autour des reins, sur le chantier de la nouvelle étable.

De retour au sauna, le chauffeur du camion-grue raconta qu'il n'avait jamais eu aussi peur de sa vie que tôt ce matin en venant livrer son chargement sur le chantier des Riekkinen. Il avait vu dans la forêt un éléphant en chair et en os.

« J'ai failli me retrouver dans le fossé, je me suis d'abord demandé si c'était un rocher ou un véritable éléphant ! »

Il avait stoppé son lourd véhicule et vu deux femmes dans la forêt avec l'animal. Elles lui avaient indiqué le chemin de la ferme des Riekkinen et appris que le pachyderme s'appelait Emilia et que c'était une ancienne artiste de cirque parfaitement dressée.

« Une fois, je me suis retrouvé au milieu d'une harde de cinq élans, mais là, c'est vraiment du lourd ! » s'exclama le chauffeur en jetant une louchée d'eau sur les pierres encore brûlantes du sauna. Avec un léger sifflement, le poêle cracha pour le plaisir des ouvriers fatigués tout ce qui lui restait dans le ventre.

« Qu'est-ce qui leur est arrivé, à ces élans ? demanda Paavo.

— Que voulez-vous qu'il leur arrive, ils ont filé à travers champs jusque dans la forêt. »

Le chauffeur expliqua qu'il était moins dangereux, sur la route, de tomber sur plusieurs élans que sur un seul. Dans un groupe, il y en avait toujours un pour remarquer la présence d'un véhicule et alerter les autres, alors qu'un animal solitaire allait son chemin sans se soucier de rien.

Après le sauna, le chauffeur se rhabilla et déclara qu'il allait reprendre dès cette nuit le volant de son camion-grue. Il souhaita à tous une belle Saint-Jean et s'en fut.

La fête était pour le surlendemain. La charpente de l'étable avait été recouverte avec les éléments préfabriqués de la toiture et il ne restait plus grand-chose à faire. Paavo et deux autres hommes posèrent les tôles de faîte et de rive. Un zingueur s'occupa d'installer les conduits d'aération. Dans l'après-midi, tout fut terminé. Les ouvriers rentrèrent chez eux se préparer pour la Saint-Jean.

Lucia et Eeva allèrent dans les bois voisins avec Emilia. Elles abattirent deux jeunes bouleaux qu'elles dressèrent en l'honneur de la fête de part et d'autre du perron de la maison. Elles confectionnèrent aussi pour le sauna des bouquets de branches de bouleau dont quelques-uns finirent dans l'estomac de l'éléphante, qui se nourrit en outre avec appétit de feuillage frais.

Les deux femmes étaient de bonne humeur. Le cellier avait été réparé et un beau toit tout neuf scintillait au-dessus de l'étable. Tauno et Paavo savaient ce qu'ils faisaient. C'étaient des hommes honnêtes et travailleurs. Toujours occupés à quelque chose. Ils se dirigeaient d'ailleurs justement, tout nus, vers le hangar à machines. Qu'avaient-ils donc l'intention d'y faire ?

Tauno et Paavo accrochèrent leurs bleus de travail à un clou. Ils ne voulaient pas les tacher d'huile de tracteur. Leur but était de faire démarrer le vieux Fordson. Ce dernier roulait au pétrole. Ils ajoutèrent dans le réservoir un cinquième d'essence. Paavo déclara savoir par expérience que corser le mélange ne pouvait pas faire de mal, l'antique moteur ne pouvait que se mettre plus facilement en marche si le pétrole contenait un ingrédient un peu plus puissant. Fier de ses muscles, il empoigna le manche de la manivelle. Tauno grimpa sur le siège de l'engin et versa du mélange dans le carburateur. On fit un essai.

Hoquetant péniblement, le vieux moteur accepta de faire quelques tours, mais sans plus.

«Il faudrait de l'éther, ça le réveillerait, suggéra Tauno.

— Remets-lui un godet, tout ce qu'il faut, c'est du muscle», souffla Paavo, le dos luisant de sueur, en tournant la manivelle à l'avant du Fordson. L'engin, apparemment réceptif, toussa deux ou trois fois, mais s'éteignit aussitôt. De la fumée bleue planait dans le hangar à machines. Les deux hommes se reposèrent un moment.

Les femmes vinrent avec l'éléphante regarder par la porte ce qu'ils fabriquaient. Emilia flaira de sa trompe sensible la puissante odeur de pétrole. Eeva et Lucia ne comprenaient pas pourquoi il aurait fallu remettre en marche ce tas de ferraille rouillé. Ce n'était pourtant pas les machines neuves qui manquaient, à la ferme.

Paavo, la nuque cramoisie, se remit à la manivelle du moteur récalcitrant, Tauno versa un nouveau verre à liqueur de carburant dans le système. Soudain le tracteur démarra. Emilia prit peur et s'éloigna avec Eeva et Lucia. Le grondement pétaradant du vieux Fordson faisait résonner tout le hangar à machines. Avec des cris de joie, les deux hommes sortirent le véhicule dans la cour. Miracle, il fonctionnait à merveille! Tauno descendit du siège. Paavo et lui entreprirent de régler le carburateur. Ils se penchèrent sur le moteur qui tournait à plein régime, secoué de spasmes. C'est alors que le carter se fendit, aspergeant d'huile noire tous les alentours. Les mécanos s'en retrouvèrent enduits de la tête aux pieds, seul le blanc de leurs yeux ressortait au milieu de leurs visages ahuris.

Après avoir tristement cogné deux ou trois fois, le moteur s'éteignit. Les femmes contemplèrent la mine des deux héros. Quelle belle paire d'idiots! On leur avait pourtant bien dit que ce n'était pas la peine d'essayer de remettre en route cette antiquité. Les hommes étaient impossibles! Comment réussirait-on jamais à les nettoyer, avec la Saint-Jean qui s'annonçait, en plus!

Toute la soirée, Lucia et Eeva lavèrent Tauno et Paavo au savon de pin, après leur avoir ordonné de se coucher sur la pelouse. Le lubrifiant noir leur collait au ventre, au dos et aux membres. La cour fut bientôt luisante d'huile. Les deux hommes réclamèrent de la bière.

«Et par-dessus le marché, vous voudriez vous soûler, c'est hors de question.»

Les dernières taches d'huile ne partirent que tard dans la nuit, au sauna. Eeva et Lucia y rejoignirent les deux malheureux héros, apportant de la bière.

Au matin, les Riekkinen invitèrent les randonneurs à rester fêter la Saint-Jean avec eux, mais ceux-ci étaient maintenant pressés de repartir, ils n'avaient déjà passé que trop de temps à la ferme. Ils devaient reprendre la route s'ils voulaient arriver à temps au canal de Saimaa.

Tauno Riekkinen aurait voulu verser à Paavo Satoveräjä le même salaire qu'aux autres hommes qui avaient participé à la construction du toit, mais celui-ci refusa l'argent.

« J'en ai suffisamment, je n'ai pas besoin de plus, mais tu pourrais nous donner des pommes de terre pour Emilia. »

Tauno déclara que les vieilles pommes de terre que l'on avait sorties du cellier seraient pour l'éléphante. Il y en avait près d'une tonne. Il y avait aussi dans les bacs deux quintaux de pommes de l'automne précédent. Elles commençaient à se faire vieilles, on les avait un peu oubliées.

Il fut convenu que Paavo préviendrait Tauno par téléphone portable, après la Saint-Jean, de l'endroit où livrer en tracteur les pommes et les patates. Ils examinèrent la carte et estimèrent que l'éléphante et ses cavaliers seraient à la fin juin aux alentours de Nokia. Après de chaleureux adieux, on hissa le palanquin et son dais sur le dos d'Emilia. Lucia et Paavo y grimpèrent. L'éléphante avait le ventre plein, la Saint-Jean s'annonçait belle. Les randonneurs décidèrent de chevaucher dans la soirée et la nuit jusqu'au lac Sääksjärvi. C'était le plus grand de la région et, sur sa rive est, ils pourraient peut-être trouver un endroit agréable où se reposer tranquillement.

La veille, Lucia était allée avec Eeva au bourg de Harjavalta faire des achats pour la fête. Elle avait même prévu deux bouteilles de champagne. En arrivant sur la rive ouest du lac Sääksjärvi, à Kuovinniemi, les randonneurs en débouchèrent une et se servirent à boire. Paavo examina la carte. Le lac mesurait un peu moins de dix kilomètres de long, et peut-être cinq de large. Il y avait au sud-ouest quelques petites îles, mais pour le reste les eaux étaient libres. Un camping était indiqué à la pointe sud-est, au fond d'une baie. On pourrait y passer la journée de la Saint-Jean. Paavo et Lucia en étaient à se demander par quel côté il valait mieux contourner le lac quand Emilia trancha la question à sa manière. Elle leva la trompe vers le ciel et entra fièrement dans l'onde. Elle voulait traverser à la nage. L'eau était bonne, il n'y avait pas un souffle de vent. Et donc pourquoi pas, conclurent les occupants du palanquin. La baignade était une excellente idée.

Emilia pataugea dans le lac peu profond sur au moins deux cents mètres avant de pouvoir réellement se mettre à nager. Elle appréciait de toute évidence la fraîcheur de l'eau et la douceur du soir. Quelques canards s'engagèrent dans son sillage. Ils étaient visiblement habitués à ce qu'on leur jette de la nourriture, ils étaient apprivoisés. Emilia avait l'air de trouver leur compagnie amusante. Elle les aspergea avec sa trompe. La troupe prit peur et s'envola. L'éléphante sembla fâchée et un peu honteuse d'avoir fait fuir les confiants volatiles.

Paavo, muni d'une boussole, visait la rive sud-est. Emilia, en revanche, avait décidé de se diriger vers le milieu du lac. Elle était têtue et, en l'honneur de la Saint-Jean, ses cavaliers la laissèrent faire à son idée. Ils levèrent leurs verres et contemplèrent enchantés la beauté du solstice d'été. Des feux s'allumaient sur les rives. On entendait au loin de la musique et des chants. L'énorme pachyderme qui nageait avec béatitude dans les eaux profondes du lac ridait sa surface calme de jolies vaguelettes. Un gros brochet sauta juste à côté de sa trompe. Emilia n'en eut cure. La magie de la Saint-Jean opérait à plein mais, comme chacun sait, la fêter à la finlandaise est fondamentalement un sport dangereux.

24

L'éléphante s'empêtre
dans des filets à brèmes

La nuit de la Saint-Jean aurait pu rester longtemps paisible, qui sait, si Emilia n'avait pas
rencontré des filets de pêche. Cela se produisit
à mi-chemin environ de la traversée, alors que
l'on apercevait, au sud, une longue presqu'île
s'avançant dans le lac. Elle se trouvait à environ
un kilomètre. Les pêcheurs de Sääksjärvi, qui
n'avaient pas chômé, avaient posé tout au long
des rives d'interminables filières. Il y en avait
des dizaines. Les solides pattes de devant de
l'éléphante s'emmêlèrent dans leurs ralingues
et, malgré tous ses efforts pour s'en débarrasser,
elle s'empêtrait à chaque instant dans de nouvelles nappes dont les mailles étaient apparemment pleines de poissons, de grosses brèmes.

Au début, la situation fit rire Paavo et Lucia.
Ils levèrent leurs verres de champagne pour
encourager Emilia. Les pêcheurs de Sääksjärvi
avaient pris dans leurs filets un pachyderme de
près de quatre tonnes. C'était l'histoire de pêche
du siècle !

Ils s'aperçurent cependant vite qu'il n'y avait pas de quoi rire. Emilia s'était si bien emmêlée dans les engins de pêche qu'elle n'arrivait plus à nager. Sa tête disparut sous l'eau, la malheureuse était à deux doigts de se noyer. Heureusement, elle avait une longue trompe et beaucoup de patience. Elle réussit à se dresser sur ses pattes de derrière dans la vase du fond. Dans cette position malcommode, elle tenta de se libérer des filets à brèmes entortillés autour de ses membres antérieurs. Quelques lambeaux s'étaient même pris dans sa trompe.

Lucia et Paavo vidèrent d'un trait leurs verres de champagne. L'agriculteur se mit à beugler en direction des gens qui faisaient la fête sur les rives du lac, les appelant à mettre immédiatement leurs barques à l'eau et à souquer ferme pour venir couper les filets qui entravaient l'éléphante. D'une voix de stentor, il les menaça de terribles représailles s'ils tardaient un seul instant à lancer les opérations de secours.

Lucia saisit dans le sac d'ustensiles de cuisine un tranche-lard à longue lame et arracha ses vêtements, ne gardant pour voiler son corps musclé que sa petite culotte. Elle se prépara à plonger dans les eaux troubles du lac.

« Ne crie pas si fort, imbécile, Emilia va de nouveau s'emballer ! »

Lucia se laissa souplement glisser le long de la trompe et des défenses d'Emilia et disparut dans les vagues. Paavo baissa un peu la voix, mais ne se tut pas pour autant.

« À l'aide, tout de suite ! Il y a un éléphant qui se noie ! Prenez vos couteaux ! »

Sur la rive sud, on se mobilisa rapidement. Une flottille de fêtards fit force de rames vers le lieu de l'accident. Emilia se tenait dans l'eau sur ses pattes de derrière tandis que Lucia plongeait pour trancher avec son couteau l'écheveau de filets qui lui enserrait les pattes de devant et la trompe. Paavo exhortaient les rameurs à ne pas mollir. Sept embarcations approchaient. Emilia respirait lourdement. Elle s'épuisait à se maintenir debout sur deux pattes dans la vase et à supporter les deux tonnes de son avant-train — même s'il était en grande partie immergé et pesait donc moins lourd que sur la terre ferme.

Lucia avait plongé plusieurs fois et réussi à défaire le plus gros de l'enchevêtrement de filières quand les sauveteurs atteignirent le lieu de l'accident. Dans la mêlée, deux barques chavirèrent, mais sans ralentir les opérations, car tous voulaient aider. Des hommes éméchés plongèrent le couteau entre les dents et déchiquetèrent le reste des filets à brèmes. Paavo se laissa lui aussi glisser dans l'eau, tout habillé. Dans la panique, il avait oublié de se dévêtir.

Emilia salua sa libération par un ronflement de trompe soulagé et se remit à nager. Lucia et Paavo crawlèrent à ses côtés vers la rive, avec les équipages des deux barques renversées qui barbotaient déjà dans le lac. Les embarcations étaient pleines d'eau. Heureusement, personne ne se noya, pas même Emilia. Mais elle était si épuisée par sa longue traversée à la nage et ses efforts pour se dégager des filets qu'elle se coucha sur le flanc avant même d'être complètement sortie de l'eau.

À plusieurs, on lui ôta son palanquin et on le porta sur la terre ferme. Les sauveteurs trempés se réchauffèrent autour du feu de la Saint-Jean des pêcheurs de Sääksjärvi, allumé à quelques mètres de là. Emilia retrouva rapidement des forces et se hissa sur la berge. Elle se coucha dans la tiédeur des flammes et ferma les yeux avec un soupir. Lucia et Paavo allèrent la trouver et lui parlèrent d'un ton rassurant. Lucia la caressa tendrement derrière l'oreille. Emilia soupira de nouveau, puis sembla s'endormir. Pas étonnant qu'elle soit fatiguée, elle avait nagé pendant des heures avant de devoir se débattre désespérément, prise au piège.

Les pêcheurs retirèrent les grosses brèmes des lambeaux de filet, tout en bavardant entre eux. Ils comprenaient, en un sens, le comportement de l'éléphante, mais ils auraient aimé que les randonneurs remboursent les dégâts. Un filet à brèmes neuf coûte cher. Ils en avaient perdu une dizaine, si ce n'est une quinzaine.

Paavo Satoveräjä ne put s'empêcher d'entendre leurs propos. Il entra dans une rage folle. Il s'approcha du groupe de pêcheurs et exigea des explications. Ne voyaient-ils pas qu'il s'agissait d'un simple accident qui aurait pu être évité si les filières avaient été clairement signalées et si on avait ménagé entre elles des chenaux suffisants pour laisser passer un éléphant, par exemple ?

« Venez donc vous frotter à moi », brama Paavo.

Il s'ensuivit une sévère prise de bec, qui tourna au pugilat. Lucia se précipita à la rescousse. Elle agita d'un air menaçant son tranchelard et déclara qu'elle scalperait quiconque ne laissait pas son compagnon de voyage tranquille. Elle se vanta d'avoir déjà eu le dessus sur bien des hommes, notamment lors de ses voyages sur le Transsibérien. Même les haltérophiles du Grand Cirque de Moscou avaient eu peur d'elle.

Emilia se réveilla et tourna son énorme tête vers le groupe d'hommes en colère. Quand elle vit que Lucia et Paavo se trouvaient parmi eux, dans la lumière du feu de la Saint-Jean, elle poussa un barrissement de détresse, et de grosses larmes coulèrent de ses yeux. Elle regarda, impuissante, la rixe en cours. Elle n'avait plus la force de se relever, elle ne pouvait que pleurer. Cela stoppa net la dispute. Un silence stupéfait s'abattit autour du feu. Personne n'avait jamais vu un innocent animal pleurer, et tous en furent indiciblement émus.

Douchés, les pêcheurs de brèmes proposèrent à Lucia et Paavo de cesser les hostilités. Jamais ils n'exigeraient le remboursement des filets, ils comprenaient bien que ce n'était qu'un accident. Même l'agriculteur finit par se calmer, on se serra la main et on fit la paix. Lucia et Paavo rejoignirent Emilia, lui tapotèrent l'encolure et le front et lui parlèrent tendrement. Lucia sécha ses larmes avec une serviette. L'éléphante soupira profondément et referma les yeux. Tous se sentaient à nouveau bien, Paavo, Lucia, Emilia et même les pêcheurs de Sääksjärvi — ils avaient après tout à leur disposition plusieurs seaux pleins de brèmes du lac que l'on fit griller sur les braises du feu tout au long de la nuit.

25

Réjouissante Saint-Jean
dans les forêts finlandaises

Le jour de la Saint-Jean, la reine des forêts, une ourse intrépide, perdit deux fois sa couronne, et il s'en fallut de peu que ses petits ne trépassent dans l'aventure. Voici ce qu'il advint : ayant flairé un grand élan mâle qui se repaissait à proximité de jeunes pousses de bouleau, elle avait décidé de le tuer.

Avant de se lancer à sa poursuite, elle fit grimper ses deux oursons, qui avaient la taille d'un agneau, au haut d'un pin aux branches couvertes de lichen barbu. Prenant cela pour un jeu amusant, ils regardaient avec curiosité le paysage forestier qui s'étendait sous eux. Ils étaient tout particulièrement intéressés par le spectacle de leur mère galopant furieusement vers l'élan qui, dans sa boulaie, ne se doutait de rien. Leur attention fut cependant vite attirée par le puissant grondement qui s'échappait d'un gros engin jaune, une abatteuse Ponsse. Cette machine polyvalente avait été baptisée, à l'origine, d'après un chien errant qui, à Vieremä, s'était pris d'amitié pour Einari Vidgrén, un bûcheron travaillant dans un atelier de construction mécanique. L'homme avait donné le nom de ce fidèle et racé compagnon à l'engin forestier qu'il avait inventé.

Le conducteur de la Ponsse était présent sur le front de coupe car il voulait, avant de profiter de la pause de la Saint-Jean, déplacer sa machine vers une nouvelle parcelle où un fermier de Sääksjärvi avait vendu une pinède de six hectares à l'entreprise UPM-Kymmene. En chemin, il abattit quelques pins, juste pour le plaisir. Il se trouva vite au pied de l'arbre à la cime touffue duquel la reine des forêts avait ordonné à sa progéniture de grimper se mettre à l'abri.

D'une poigne de fer, la Ponsse saisit la base du grand pin, la coupa, enserra le tronc de ses griffes, l'ébrancha et le découpa en billons. Les branches et les oursons volèrent, ce qui sauva l'élan. Face à la catastrophe en cours, l'ourse revint ventre à terre de sa partie de chasse. Sans hésiter, elle attaqua l'abatteuse pour protéger ses petits qui couinaient dans la bruyère.

Un ours a beau avoir la force de neuf hommes — et une ourse celle de dix —, ce n'est pas assez pour terrasser un solide engin forestier. Le conducteur vit l'animal s'en prendre au grappin de chargement, mais ne s'en alarma pas plus que ça. Il acheva tranquillement de débiter le pin en billons de cinq mètres et poursuivit son chemin jusqu'au pied de l'arbre suivant. À ce moment, les oursons affolés grimpèrent en gémissant sur le dos de leur mère et s'accrochèrent griffes et dents à son épaisse fourrure gris-brun.

L'ourse renonça à malmener la Ponsse et s'enfuit au galop par la route forestière toute proche, frôlant presque l'élan dont elle avait eu l'intention de faire sa proie. La mission première d'une mère ourse est de protéger ses petits. Ceux-ci, ébahis, s'agrippaient en grognant à son dos. Mais il arrive parfois qu'en fuyant un monstre d'acier on tombe sur un éléphant.

Il y avait péril en la demeure. L'ourse secoua sa nichée de ses épaules et se rua sur le pachyderme en qui elle voyait un ennemi. Mais déjà que la Ponsse était trop forte pour elle, que dire d'Emilia ! Elle enroula sa trompe autour de la reine des forêts en une prise serrée et la jeta dans les taillis, d'où l'élan qui avait tout écouté de ses grandes oreilles décampa d'un bond. L'ourse n'eut pas d'autre choix que de rassembler ses petits et de grimper dans le pin le plus proche. Tous trois grognèrent furieusement en direction de l'éléphante, qui, sans plus s'inquiéter de cette rencontre, poursuivit calmement son chemin sur la route forestière déserte.

Lucia et Paavo regardèrent avec des yeux ronds la famille ours escalader l'arbre à toute allure. La jeune femme constata que les plantigrades finlandais étaient bien meilleurs grimpeurs que ceux des cirques moscovites. L'agriculteur renchérit, leur force sauvage et leur forme physique n'avaient rien à voir avec celles de leurs congénères dressés à faire des tours.

Ils laissèrent le spectacle derrière eux, et croisèrent bientôt un engin forestier jaune dont le conducteur coupa le moteur, préférant aller de ce pas fêter la Saint-Jean. Il était un peu étonné d'avoir croisé en l'espace de quelques minutes trois ours et un éléphant.

Lucia et Paavo avaient prévu de chevaucher jusqu'au lac Kiimajärvi, qui se trouvait à une vingtaine de kilomètres. L'éléphante était en pleine forme et semblait avoir oublié l'épisode des ours et la pénible épreuve de natation de la veille.

Les immenses plaines du Satakunta avaient fait place aux profondes forêts rocailleuses du Pirkanmaa. L'éléphante marchait d'un pas sûr. La trompe au vent, elle progressait tranquillement sur le terrain accidenté sans pratiquement jamais poser la patte sur des pierres tranchantes. Son instinct était aussi infaillible que si elle avait arpenté toute sa vie la taïga finlandaise. L'air était délicieusement pur, le soleil était chaud mais ne tapait pas trop fort. Une douce brise agitait les sombres sapinières. Les oiseaux chantaient à pleins poumons, leurs petites poitrines comme prêtes à éclater de joie. Ils avaient des nids et des territoires et nourrissaient leurs petits, et, dans les clairières les plus vastes, on pouvait voir les alouettes monter dans le ciel à des hauteurs infinies et revenir se poser en tirelirant d'une voix claire.

Sur les collines rocheuses poussaient par endroits des pinèdes particulièrement touffues et impénétrables. Souvent, Emilia reculait, un peu irritée, puis prenait son élan et fonçait furieusement au travers, si bien que dans le palanquin il fallait s'accrocher pour ne pas tomber. Il y avait, tous les vingt ou trente mètres, des fourmilières plus hautes les unes que les autres, et partout ailleurs de plus petites. Tout cela rendait l'éléphante nerveuse, mais Lucia lui caressait les oreilles et la calmait. Les randonneurs remarquèrent qu'il y avait des tunnels creusés au niveau du sol à la base des plus grands dômes, comme si un ours ou un blaireau y avait fourragé pour se régaler d'œufs de fourmi. Paavo téléphona au vétérinaire Seppo Sorjonen afin de lui demander de quel animal il pouvait bien s'agir, et s'il était vrai que les éléphants avaient horreur des fourmis.

Sorjonen put aussitôt lui expliquer que l'aversion naturelle des grands mammifères pour les insectes, surtout les fourmis, ainsi que les souris et les rats, était due au fait qu'il s'agissait, de leur point de vue, de parasites contre lesquels ils étaient impuissants. Le vétérinaire ajouta que l'on pouvait en dire autant des femmes terrifiées par les serpents. Les fourmis, les serpents et les poux étaient la plaie des femelles de mammifère, dont Emilia et la moitié de l'humanité faisaient partie.

Sorjonen réclama un peu de temps pour approfondir la question de savoir pourquoi on avait creusé, et de plusieurs côtés, le pied des fourmilières. Une heure et demie plus tard, le téléphone sonna, et on eut l'explication.

« Ce n'est ni un ours, ni un serpent, ni un blaireau, mais un pic noir. »

Sorjonen s'était renseigné auprès de l'Association des amis des guillemots, à Pori. Il nota au passage que le chef des pompiers volontaires d'Ulvila, Tauno Riisikkala, lui avait aussi apporté ses lumières.

Au printemps, les pics noirs s'introduisent à l'intérieur des fourmilières pour y trouver les protéines indispensables à leur alimentation. Ils se rapprochent discrètement des dômes mis à nu par la fonte des neiges, introduisent leur bec avide, et même souvent leur corps entier, dans les profondeurs du nid et se régalent d'œufs, à la manière des ours. Des expériences ont montré qu'après un tel repas leur voix se fait plus aiguë, et leur nidification réussit mieux.

Sorjonen ajouta un détail intéressant : comme les pics noirs, les pélicans du delta du Danube se délectaient d'œufs de fourmi, mais les insectes se faisant rares dans la région, ils avaient pris l'habitude de voler jusqu'en Ukraine pour s'en mettre plein la poche. Ils effectuaient parfois jusqu'à trois ou quatre virées par mois du côté de Kiev, à des fins purement gastronomiques.

Le vétérinaire avait tiré cette intéressante information d'une série d'ouvrages publiés par un scientifique estonien. Du fait de sa conscience professionnelle aiguë, la phobie des insectes des éléphants l'interpellait tout particulièrement.

Enfin sortis des forêts infestées de fourmis, les randonneurs atteignirent le petit lac Kiimajärvi. Emilia le franchit à la nage. Il mesurait environ deux kilomètres de long, mais à peine cinq cents mètres de large. Pendant la traversée, Lucia et Paavo eurent néanmoins le temps de partager suffisamment d'intimité dénudée pour faire honneur au nom du lac, qui évoquait le rut des animaux.

À la tombée du soir, ils arrivèrent dans les forêts du Häme, près de Kylmäkoskenmaa. Ils dressèrent le camp au lac Ritajärvi. C'était un petit plan d'eau d'une merveilleuse beauté. Ses rives étaient plantées de sorbiers et, un peu plus au sud, de beaux pins au tronc élancé. À l'ouest scintillait un autre lac, encore plus petit, et c'est sur la langue de terre les séparant que Lucia et Paavo s'installèrent.

Ils mirent à sécher, accrochées à des branches d'arbre, les affaires qui avaient pris l'eau à Sääksjärvi. Lucia se chargea de faire à manger, Paavo emmena Emilia se baigner. Il se déshabilla lui aussi et lui lava soigneusement tout le corps. C'était un gros travail. Les marques laissées par les filets à brèmes sur les pattes de devant de l'éléphante avaient disparu. Le cuir d'un pachyderme n'a pas grand-chose à voir avec la peau d'une femme. Il est épais de quatre centimètres et, même s'il est sensible aux attaques d'insectes agressifs, il supporte les chocs, y compris violents. L'éléphant est fait pour vivre et se déplacer dans le monde sauvage, au sein de l'immense nature, et peu lui importe que son chemin passe par l'Afrique, la Sibérie ou le Pirkanmaa.

Quand Paavo eut lavé Emilia, il la ramena au camp. Lucia avait achevé de préparer un roboratif dîner de plein air. Ils avaient d'ailleurs très faim, mais, avant de passer à table, Paavo ouvrit le sac de fourrage de l'éléphante et lui donna des pommes de terre du cellier des Riekkinen ainsi que de l'herbe, de l'odorant regain fauché par Tauno pour la route. Il en restait encore cinquante kilos. Emilia enroula sa trompe souple autour de la taille de l'agriculteur et le souleva à deux mètres du sol pour lui manifester son amitié animale.

Lucia avait fait cuire des pelmenis sur les braises du feu de camp. C'était Igor, qui était bon cuisinier, qui lui avait appris à les confectionner sur le Transsibérien. Où pouvait-il bien vadrouiller aujourd'hui ? Elle mentionna, au passage, qu'Igor était son veuf.

En plus des pelmenis, il y avait des brèmes fumées que les pêcheurs de Sääksjärvi leur avaient généreusement données. C'étaient en fin de compte de braves gens, même s'ils avaient pensé un moment réclamer le remboursement de leurs filets.

Dans la chaleur du feu, Lucia et Paavo savourèrent leur repas. Emilia dormait au bord du lac. Elle semblait faire des rêves d'éléphant, sa trompe frémissait et ses oreilles s'agitaient au rythme des reflets changeants de l'eau. Lucia soupira qu'elle ne pourrait plus jamais imaginer transformer ce touchant animal en saucisson. Elle ne comprenait pas comment elle avait pu, à Luvia, vouloir l'envoyer à l'abattoir. On ne pouvait pas mettre fin par un meurtre à une amitié de plusieurs années. Paavo fit remarquer que, dans les exploitations agricoles, les éleveurs devaient chaque année se séparer des veaux qu'ils avaient soignés. C'était la vie des paysans, la mort de leurs chers animaux.

« C'est en fait pour cette raison qu'avec Kaarina nous n'avons plus de vaches laitières. On ne s'habitue jamais à l'abattage des bêtes. »

Lucia demanda si Kaarina était jalouse. Comment avait-elle pu laisser Paavo partir avec elle pour des semaines à travers la Finlande ? Elle devait bien se douter que deux adultes ne pouvaient pas, dans ces circonstances, rester totalement chastes, surtout quand ils voyageaient jour et nuit dans le même palanquin.

Selon Paavo, sa femme s'était sans doute habituée depuis des années à l'idée qu'il n'était pas forcément toujours très fidèle. Elle avait d'ailleurs peut-être elle-même un amant, qui sait. Mais la terre maintient les agriculteurs soudés. Un divorce aurait entraîné le partage de la ferme, ce qui leur aurait fait perdre leur travail, ou aurait en tout cas réduit leurs revenus de moitié.

« Les exploitants agricoles ne divorcent pas.

— Est-ce que tu m'épouserais si Kaarina te quittait ?

— Je t'épouserais si tu possédais cent hectares de cultures. »

Le soleil ne se coucha que vers minuit, Saint-Jean oblige. Des oiseaux aquatiques nageaient sur le lac. La pinède de la rive renvoyait l'écho du chant mélancolique d'un plongeon. De la brume montait d'une petite anse. Un poisson sauta. Quelques pâles étoiles apparurent dans le ciel. Lucia et Paavo allèrent dormir dans le palanquin d'Emilia. L'air de la nuit était frais, les draps sentaient bon le foin. Lucia marmonna d'une voix ensommeillée :

« Quel bel été ! Même si je ne possède pas de champs. »

Ils dormirent profondément jusqu'au matin. Quand ils se réveillèrent, vers dix heures, le soleil était déjà haut et Emilia pataugeait dans l'eau du petit lac.

Paavo ralluma le feu et nourrit l'éléphante. Lucia prépara le petit déjeuner. Il restait une brème fumée entière de la veille, qu'elle réchauffa à la poêle. Elle fit aussi tiédir du pain, afin que le beurre fonde dessus. Peu de gens imaginent quel régal peut être, au sein de la nature sauvage, un simple poisson accompagné de pelmenis !

26

Une cale à sous-marin
au cœur du Häme

En arrivant dans la région des lacs, Lucia et Paavo tombèrent un matin sur une petite route de terre qui s'élargissait, à un endroit, en une sorte d'aire de parking. Quelqu'un y avait déposé des dizaines de bidons de tôle de deux cents litres, vides. Il y en avait, plus précisément, cent quatorze. À quelle fin les avait-on apportés là ? Il semblait inconcevable qu'une entreprise ait transbahuté dans ce coin perdu autant de fûts vides. On était à l'extrémité du lac Turpulanjärvi, qui n'était en fait que le fond arrondi d'une longue et étroite baie aux allures de fjord, orientée vers le nord-ouest, du grand lac Kulovesi. Difficile de croire que quelqu'un de sensé avait pris la peine de trimballer un tel chargement dans un coin pareil.

Lucia et Paavo suivirent l'étroit chemin jusqu'au bord du lac. Il y avait là plusieurs chalets de vacances, mais ce qui se dressait devant l'un d'eux leur fit se frotter les yeux. Un sous-marin de cinquante mètres de long y était en construction.

Le chalet, plutôt modeste, n'abritait qu'une pièce à vivre et un sauna avec son vestiaire. Derrière, il y avait un carré de pommes de terre et une remise, à la lisière de la forêt. Le terrain était encombré de toutes sortes de matériaux de construction, d'un poste de soudure et d'un tas de gros fers à béton. Une dizaine de bidons métalliques de deux cents litres avaient été découpés et leurs tôles soigneusement empilées. On voyait tout de suite que le stock déposé au bord du chemin devait servir à la construction de la coque externe du sous-marin. Ce dernier était posé, au bord de l'eau, sur de solides chevalets. Côté proue, les tôles des fûts avaient été soudées pour former une enveloppe relativement lisse qui atteignait déjà une quinzaine de mètres de long. La forme du navire était clairement visible. C'était impressionnant. On entendait dans ses entrailles des coups sourds, quelqu'un de musclé y travaillait. Emilia regarda avec intérêt l'énorme carcasse, un peu effrayée par ce monstre bizarre qui ressemblait à une baleine et émettait des bruits de cymbales.

Lucia et Paavo hésitaient à attendre là afin de savoir pourquoi on construisait artisanalement un sous-marin dans le jardin d'un chalet du Häme. Emilia laissa échapper un barrissement étonné. Les coups s'interrompirent et l'on vit surgir du navire en chantier un homme de haute taille, vêtu d'un bleu de travail, qui tenait à la main un marteau de forgeron. Ce fut à son tour d'ouvrir des yeux ronds en découvrant devant chez lui le colossal éléphant et ses deux cavaliers. Il jeta un regard incrédule au couple d'inconnus juchés sur le dos du pachyderme et demanda :

« Euh... vous avez vous aussi l'esprit dérangé ? »

Lucia et Paavo descendirent du palanquin d'Emilia. L'on fit les présentations. Le propriétaire du chalet se nommait Leo Valkama. Il déclara qu'il n'avait jamais jusque-là vu d'éléphant vivant, pas même dans un zoo, et encore moins dans son jardin. Lucia lui raconta l'histoire d'Emilia et expliqua qu'ils étaient en route pour le canal de Saimaa, d'où commencerait son voyage vers le golfe de Finlande et la Baltique, puis l'Afrique.

Paavo interrogea l'homme sur le sous-marin.

« Ça peut avoir l'air de l'activité d'un malade mental, et le fait est que j'ai souffert d'une dépression qui m'a rendu fou, au moment de ma faillite et de mon divorce. »

L'histoire de Leo Valkama et de son sous-marin était plus triste et presque aussi mouvementée que celle d'Emilia. Pendant la terrible crise économique des années 1990, son atelier de construction métallique installé à Tampere avait fait faillite, comme des milliers de petites entreprises ayant souscrit des prêts à l'étranger. Il fabriquait en sous-traitance, pour de grands groupes, divers composants métalliques — tôlerie, boîtiers de toutes sortes, carters de moteur électrique, etc. Il avait employé jusqu'à vingt personnes, au plus fort de son activité. Quand l'affaire avait capoté, Leo avait plongé dans la dépression, et son état s'était encore aggravé quand son mariage avait aussi battu de l'aile. Heureusement, les enfants étaient déjà adultes. Au moment de son divorce, Leo avait quarante ans. Il allait maintenant en avoir cinquante.

Il avait tout perdu, broyé par la récession, et avait été hospitalisé trois mois. Un matin, il s'était dit que puisqu'il était maintenant fou, autant faire quelque chose qui le soit vraiment. Par exemple construire un sous-marin. Il en avait vu un en Allemagne avant de tomber malade.

Lucia et Paavo lui demandèrent s'ils pouvaient passer le reste de la journée, et pourquoi pas la nuit, au bord du lac. Leo Valkama n'avait rien contre. Il vivait seul. Il avait bien un chat pour lui tenir compagnie, mais il s'était sauvé le matin même. Le chalet appartenait à son ex-femme, Tiina, qui l'autorisait à y habiter car elle ne voulait plus mettre les pieds dans leur ancien lieu de vacances. Elle y avait, paraît-il, de trop mauvais souvenirs. De ce point de vue, le divorce avait été plutôt consensuel. Leo n'avait plus de femme, mais il avait appelé son chat Tiina.

Il accepta volontiers de laisser l'éléphante et ses cavaliers camper un jour ou deux dans le jardin et les bosquets du rivage. Il déclara qu'il allait maintenant retourner souder la coque externe du sous-marin, mais que plus tard dans la soirée il ferait chauffer le sauna. On pourrait bavarder plus longuement de pachydermes et de sous-marins.

Paavo alluma du feu dans le barbecue qui se trouvait près du ponton et Lucia prépara à manger. Il ne restait plus de brèmes fumées, mais ils avaient complété leurs provisions en chemin à la boutique de la station-service de Häijää, à Mouhijärvi. Ils avaient toutes les saucisses et la bière nécessaires. Ils arrachèrent quelques pommes de terre nou-velles dans le potager de Leo Valkama. Emilia se procura sa propre nourriture dans la roselière du lac.

À l'heure du repas, Paavo et Lucia se régalèrent avec leur hôte de saucisses, de pommes de terre et de bière. Leo Valkama raconta qu'il construi-sait son sous-marin depuis déjà quelques années. Il espérait pouvoir le mettre à l'eau vers 2005, ou peut-être même avant. Il n'était pas pressé. Il manquait d'argent, le règlement de ses dettes s'éternisait. Le navire lui-même ne lui coûtait pas grand-chose, il avait pu acheter des bidons vides au prix de la ferraille à la déchetterie d'Ekokem à Riihimäki. En fin de compte, construire un sous-marin ne revenait pas aussi cher que la marine finlandaise le croyait.

Le soir, en sortant du sauna, ils s'assirent sur la terrasse du chalet pour prendre le frais, boire encore quelques bières et bavarder. Lucia évo-qua sa vie au Grand Cirque de Moscou et ses aventures dans les pays de la Caspienne et sur le Transsibérien.

Paavo suggéra à Leo de présenter son projet au public. Les gens s'intéressaient bien aux éléphants, alors pourquoi pas à la construction de sous-marins. Ils avaient en commun d'être rares et gros. Le traité de paix de Paris, en 1947, avait interdit à la marine finlandaise de posséder des sous-marins, et l'Union européenne avait maintenant banni les éléphants des spectacles de cirque.

27

Emilia aide Tiina
à descendre d'un arbre

Leo Valkama expliqua avec enthousiasme son projet. Son sous-marin était directement copié sur le *Vesikko* finlandais, qui avait jadis été utilisé par les forces navales et était encore exposé au public à la forteresse maritime de Suomenlinna. Il en avait emprunté les dimensions : quarante et un mètres de long pour quatre de diamètre. Le *Vesikko* déplaçait deux cent cinquante tonnes en plongée et cinquante de moins en surface. Le nouveau sous-marin, le *Vesikko II*, était encore plus léger, deux cents tonnes seulement. Alors que l'original avait un équipage de vingt hommes, Leo jugeait que cinq suffiraient pour le sien. Grâce aux techniques modernes, on pouvait installer des équipements électroniques de pointe dont même les grandes puissances ne pouvaient rêver à l'époque de la Seconde Guerre mondiale. Les moteurs coûteraient bien sûr assez cher, mais le constructeur pensait pouvoir s'en sortir, au fil des ans.

Alors que le *Vesikko* filait à treize nœuds en

surface et huit en plongée, Leo estimait que son sous-marin atteindrait une vitesse de quinze nœuds en surface, mais cinq seulement en plongée. Il prévoyait d'utiliser deux moteurs diesel de trois cents chevaux et deux moteurs électriques Strömberg de sept cents kilowatts. Il avait déjà acheté ces derniers.

Après être passés se rhabiller dans le vestiaire du sauna, Leo, Paavo et Lucia allèrent dans la remise derrière le chalet. Deux impressionnants moteurs électriques y étaient stockés. Leo expliqua que son entreprise avait fourni pendant des années toutes sortes de composants pour les moteurs électriques et autres équipements fabriqués par ABB. Il rappela qu'avant la guerre les Suédois d'Asea avaient pris une importante participation dans la société finlandaise Strömberg. Pendant les hostilités, cette dernière avait retrouvé son indépendance : dans l'industrie militaire, il n'était pas question d'avoir un actionnaire majoritaire étranger. Mais il y avait maintenant une dizaine d'années qu'Asea et le groupe suisse Brown, Boveri & Cie avaient fusionné sous le nom d'ABB. C'était pour ce géant que l'atelier de construction mécanique de Leo avait travaillé comme sous-traitant, et c'est pour ça qu'il avait pu acheter pour presque rien ces deux moteurs électriques d'un modèle ancien, qui n'étaient plus vendables sur le marché. Ils étaient en revanche parfaits pour un sous-marin. Les vieilles relations commerciales valent parfois littéralement de l'or.

Lucia regarda d'un air pensif les puissants moteurs. Elle ne put s'empêcher de demander à Leo où il comptait plonger une fois que le *Vesikko II* serait prêt.

Pendant la première phase d'essai, le constructeur avait l'intention de tester son sous-marin dans le Kulovesi, et peut-être aussi le Näsijärvi. C'étaient deux lacs que le *Vesikko II* pouvait rejoindre en naviguant en surface, il n'y aurait donc pas de frais de transport. Plus tard, quand il aurait été homologué, on pourrait le convoyer par camion jusqu'à la Baltique ou, mieux encore, la mer de Barents. Il faudrait pour cela le découper en trois, mais ce n'était pas un problème. La coque faite de bidons métalliques était facile à tronçonner et à ressouder à l'arrivée.

«Tout a été prévu, j'ai pris mon temps pour dessiner les plans de ce sous-marin», se vanta Leo.

Avec l'ardeur brûlante d'un homme voué corps et âme à sa passion, il exposa son idée. Il n'était pas totalement cinglé, malgré les apparences. Il était juste un entrepreneur au chômage qui s'était trouvé un formidable passe-temps et vivait plutôt heureux, en s'y consacrant, depuis déjà des années.

«On peut dire que ça vaut une épouse, d'autant plus qu'un sous-marin ne vous fait pas de scènes de ménage et ne se montre pas jaloux.»

Leo Valkama n'avait pas pour objectif d'armer son bâtiment en vue d'une guerre navale privée.

Son but était de faire du *Vesikko II* un musée, ambulant et au besoin plongeant, consacré aux sous-marins des mers nordiques. Il entendait y rassembler des ouvrages sur le sujet, ainsi que des photos, des enregistrements sonores et d'autres éléments nécessaires à une activité muséale, et installer des bancs pouvant accueillir pour des conférences et des spectacles, y compris au fond des océans, une vingtaine de personnes.

« Mais comment est-il possible d'y faire entrer autant de monde ? » s'inquiéta Paavo Satoveräjä.

Leo Valkama expliqua que, dans la mesure où il s'agissait d'un projet culturel conçu en temps de paix, il n'y aurait aucun armement à bord.

« Le *Vesikko* était équipé de cinq torpilles d'un diamètre de plus de cinquante centimètres et, sur le pont, d'un canon automatique Madsen de 20 mm ainsi que d'une mitrailleuse lourde. Mais on n'a besoin ni de torpilles, ni de canon, ni de mitrailleuse, ni de stocks de munitions, ni de dispositifs de mise à feu. Mon sous-marin sera un navire pacifique. Je vais vous montrer les plans, vous allez voir, il fera un bon musée, une fois achevé. »

Ils retournèrent dans le chalet. Le fond de la pièce principale était occupé par une bibliothèque contenant, en plus de livres, de nombreux classeurs. Les murs étaient tapissés, au lieu de photos de vacances en famille, de dizaines de photocopies représentant différents sous-marins. Sur un cliché, Leo Valkama posait à Suomenlinna devant le

Vesikko d'origine, avec à la main un marteau de forge et un manomètre de profondeur.

Il y avait quatre classeurs pleins de plans.

On voyait tout de suite sur les dessins que Leo avait génialement adapté la structure de l'ancien *Vesikko* à son projet de musée. Il y avait effectivement largement la place, à l'intérieur, pour une vingtaine de visiteurs venus se plonger — au sens propre du terme — dans l'histoire de la guerre sous-marine.

Une fois lancé, Leo Valkama s'avéra intarissable sur les sous-marins de la Baltique et de la mer de Barents et leurs impressionnants exploits.

Pendant la guerre, les sous-marins de la flotte finlandaise patrouillaient dans le golfe de Finlande et sécurisaient le passage des convois. Le *Vesikko* était l'un de ces six bâtiments. Ils n'avaient pas pour objectif de détruire ou de couler des navires, mais le *Vesikko* avait néanmoins torpillé en juillet 1941 un chaland de transport russe de quatre mille cent tonnes dans la zone de Suursaari, au large de Vyborg. À l'exception du *Vesikko*, les sous-marins finlandais avaient tous été mis à la casse à la fin des années 1940, en application du traité de Paris.

Sous le commandement du capitaine Alexandre Marinesko, le sous-marin russe *S-13* avait coulé à la fin de la guerre deux bateaux qui évacuaient de Prusse des civils et des militaires allemands fuyant la progression de l'Armée rouge. Le premier était le *Wilhelm Gustloff*, à bord duquel neuf mille personnes avaient péri, et le second le *Steuben*, qui en avait emporté quatre mille deux cents dans la mort. Avant cela, un autre sous-marin soviétique avait envoyé par le fond le paquebot *Goya*, dans le naufrage duquel six ou sept mille soldats et civils allemands avaient perdu la vie. Soit au total près de vingt mille morts, avec quelques torpilles. L'accident du *Titanic* n'était rien comparé à ces désastres. L'Allemagne nazie avait payé cher ses conquêtes.

« La guerre est ce qu'elle est. Je n'ai pas l'intention de me lamenter sur ces massacres dans mon futur musée. J'en ai eu l'idée en Allemagne, où j'étais allé après ma faillite pour mettre de l'ordre dans des contrats de fourniture que j'avais là-bas. Un U-434 russe était exposé à Hambourg. C'est un sous-marin de classe Tango, construit en 1976, de près de cent mètres de long. »

Leo avait eu plusieurs mois, à l'hôpital psychiatrique, pour développer son projet de musée maritime. Selon lui, les fous auraient dû se passionner plus souvent pour ce type d'initiatives, ils auraient guéri plus vite et l'on aurait économisé beaucoup de coûteuses journées d'hospitalisation.

Son exposé sur le monde sous-marin aurait pu durer jusqu'au matin si Lucia ne s'était pas aperçue qu'Emilia n'était plus au bord de l'eau. L'on partit en hâte à sa recherche.

L'éléphante n'était pas loin. Elle se tenait dressée sur ses pattes de derrière au pied d'un grand bouleau de la rive et tendait sa longue trompe jusqu'à bien sept mètres du sol, où miaulait le chat disparu de Leo Valkama. Tiina avait grimpé à l'arbre pour s'attaquer aux oisillons d'un nid construit à la fourche d'une branche et les avait probablement croqués, mais n'osait plus redescendre. C'est ce qui arrive souvent aux chats : tout à l'excitation de la chasse, ils ne réfléchissent pas aux difficultés du retour.

Leo était inquiet. Emilia s'apprêtait-elle à s'emparer de son unique ami ? Lucia le rassura, les éléphants ne mangent pas les chats. Elle n'était animée que de bonnes intentions, elle caressait de sa trompe le félin en danger. On voyait que ce dernier n'avait pas peur d'elle. Il tâtait de la patte le bout humide de sa trompe. Il avait visiblement confiance dans cette énorme créature qui ne ressemblait à rien de ce qu'il connaissait.

« Aide-le à descendre », ordonna Lucia. Emilia comprit ce qu'on attendait d'elle. Elle enserra délicatement le chat dans sa trompe, le posa à terre avec précaution et se laissa retomber sur ses quatre pattes. Leo prit dans ses bras son ami affamé par deux jours d'absence, le porta dans le chalet et lui donna du lait tiède. Puis tous allèrent enfin se coucher, Lucia et Paavo dans le palanquin d'Emilia, Leo et son chat dans le vestiaire du sauna qui leur servait de chambre.

Dans la nuit, un violent orage éclata. Les éclairs et le tonnerre durèrent presque jusqu'au matin. Malgré le fracas de la tempête, Emilia resta stoïque, solidement plantée sur ses pattes.

Une pluie diluvienne s'abattit sur le dais du palanquin, qui faillit bien s'écrouler sous le poids des masses d'eau. La foudre tomba plusieurs fois tout près. Les à-pics rocheux, de l'autre côté du lac, se voyaient comme en plein jour. Lucia se blottit dans les bras de Paavo. Tous deux avaient l'impression que la foudre pouvait à tout moment frapper l'éléphante et les carboniser.

Au matin, ils se réveillèrent soulagés d'avoir survécu. Leo Valkama sortit du chalet avec son chat. C'est là que l'on constata que le grand bouleau d'où Emilia avait aidé Tiina à descendre avait été foudroyé. Sa cime avait éclaté et le nid d'oiseau avait volé on ne sait où.

Après le petit déjeuner, les randonneurs se préparèrent à partir. Leo déglutit et suggéra d'une voix timide :

« Et si vous restiez encore au moins une semaine ? Je me sens si abandonné. »

Mais il fallait se dire adieu. Lucia le serra dans ses bras, Paavo lui donna une poignée de main et caressa Tiina, qui se mit à ronronner. Emilia posa sa trompe sur l'épaule de Leo. Puis ils reprirent leur route, laissant derrière eux sur le chantier de son sous-marin, son animal de compagnie dans les bras, un homme solitaire que la crise avait déprimé jusqu'à la folie et qui n'avait pas d'amis. Il n'avait qu'un chat et un Grand Rêve.

Emilia, comprenant la triste solitude de Valkama, revint sur ses pas, l'entoura tendrement de sa trompe et signifia à Lucia et à Paavo que les hommes aussi étaient des animaux grégaires. Elle voulait Leo dans son palanquin.

« Je ne peux pas partir, j'ai un chat et un sous-marin. »

Paavo Satoveräjä raconta à Lucia qu'il avait eu deux ans plus tôt un veau qui s'était écarté du troupeau et avait erré seul pendant un mois et demi. À la saison de la chasse à l'élan, on l'avait retrouvé et laissé en vie. Quand il avait reconnu son maître, il lui avait léché la main.

« Je compte sur vous pour mon voyage inaugural ! » cria Leo à Lucia et Paavo, d'une voix qui se brisa. Emilia s'engagea sur la petite route bordée de bidons vides.

28

Emilia engloutit un quintal
de pommes pourries

Début juillet, Lucia, Paavo et Emilia étaient parvenus au cœur du Häme, près de Tampere. Depuis qu'ils avaient quitté la cale à sous-marin de Leo Valkama, ils voyageaient le soir et la nuit, de manière à arriver à l'étape tôt le matin. En plein été, c'était une bonne solution : il faisait frais, les moustiques et les taons ne vous harcelaient pas comme dans la journée. Et il n'y avait aucun de ces curieux qui, quand ils voyaient l'éléphant, s'étonnaient immanquablement de sa taille gigantesque et voulaient savoir d'où il venait et où il allait, en plus de poser toutes sortes d'autres questions. Heureusement, les randonneurs n'avaient pas jusque-là rencontré de journalistes. Le voyage d'Emilia avait attiré l'attention de la population locale, mais pas du pays entier.

Taisto Ojanperä était venu avec sa camionnette à la station-service de Nokia, à quelques kilomètres de Tampere, déposer un quintal de pommes en cadeau pour Emilia. Il les avait eues pour rien, car elles étaient fripées et n'étaient plus commercialisables. Plutôt que de toujours jeter leurs produits périmés à la poubelle, les gérants de la chaîne de supérettes dont il faisait partie, à Pori, préféraient les donner aux fermiers des environs pour nourrir leurs cochons, et il avait ainsi récupéré un stock de pommes légèrement abîmées dont il pensait qu'elles plairaient à Emilia. Au passage, il avait aussi chargé dans sa camionnette quelques dizaines de kilos de pommes de terre de l'année précédente provenant du cellier des Riekkinen, car il passait devant chez eux et savait par Paavo qu'ils avaient promis de fournir du fourrage à l'éléphante. Tandis qu'il roulait vers Nokia, Taisto sentit monter de son chargement de pommes un parfum de plus en plus puissant. C'était comme si elles avaient commencé à fermenter dans la camionnette surchauffée. C'était une odeur enivrante qui rappelait agréablement celle du cidre. Taisto songea qu'il serait amusant d'essayer de faire du vin de fruits, avec des groseilles ou autres. Il lui restait souvent dans son magasin des invendus qu'il pourrait utiliser. Mais son emploi du temps chargé ne lui laissait guère le loisir de déguster ce genre d'alcools.

Lucia et Paavo ôtèrent son palanquin à Emilia. La station-service avait été choisie comme point de ravitaillement parce qu'elle disposait d'un hall où l'on pouvait laver l'éléphante et surtout parce que son propriétaire, Mikko Korpijaakko, était en relations d'affaires avec Taisto Ojanperä. Les deux hommes se connaissaient, et il était donc naturel d'en profiter.

On installa Emilia dans l'atelier de réparation, dont les portes étaient assez larges et hautes pour la laisser passer. Korpijaakko tenait à l'héberger gratuitement. Il déclara qu'il ne demandait jamais de loyer aux éléphants qui venaient en chair et en os à la station-service. Paavo téléphona à Tampere afin de réserver une chambre au Sokos du centre. La vie à la belle étoile avait ses avantages, mais l'on pourrait, à l'hôtel, se laver plus soigneusement les cheveux et le reste et se reposer des fatigues de la longue randonnée à travers les forêts.

En plus du chargement de pommes, Taisto Ojanperä avait laissé une lettre pour Lucia et Paavo. Il y donnait des nouvelles fraîches du Satakunta. La femme de Paavo, Kaarina, leur adressait toutes ses amitiés. Il y avait en outre un paquet contenant des chaussettes de laine tricotées pour Lucia par Laila, qui pensait qu'elles pourraient lui être utiles dans les bois si elle avait froid aux pieds, la nuit, dans le palanquin.

«Comme c'est gentil», soupira Lucia, même si pour l'instant la canicule régnait et que le besoin de chaussettes de laine n'était pas bien pressant. Taisto Ojanperä avait ajouté qu'il livrerait le chargement suivant du côté de Heinola. Il s'était entendu avec ses collègues du coin afin de récupérer des fruits et des légumes pour le restant du voyage.

Ojanperä avait aussi joint un mot des Riekkinen, dans lequel ils remerciaient aimablement Paavo et Lucia pour leur visite et leur souhaitaient bon voyage, et bon appétit à Emilia.

Lucia coupa une pomme en deux. Sa chair avait un peu bruni, elle dégageait une odeur puissante, qui montait à la tête. Le goût aussi était explosif, comme si on avait croqué dans une graine de grenade.

« Est-ce qu'elles ne sont pas trop pourries ? » demanda Lucia. Paavo goûta lui aussi. À son avis, même un peu fermentées, on pouvait sans danger les donner à Emilia. Son estomac les supporterait sûrement, vu la manière dont elle engloutissait des branches de tremble et de bouleau presque aussi grosses que le poignet. On étala les fruits sur une bâche, au soleil, sur la pelouse de l'arrière-cour de la station-service. L'idée était qu'elles y sécheraient avant d'être mangées.

Lucia montra à l'éléphante le terrain où elle avait la permission de s'ébattre pendant que ses cavaliers iraient à l'hôtel. Elle enseigna aussi à Mikko Korpijaakko quelques-uns des ordres les plus courants auxquels Emilia obéissait. Puis Paavo et elle montèrent dans un taxi, en déclarant qu'ils reviendraient à la station-service à la tombée du soir quand ils auraient dormi tout leur soûl en ville, et pris un petit déjeuner suivi d'un solide repas. Emilia avait suffisamment à manger sur la pelouse de la station-service. Un quintal de délicieuses pommes blettes.

La journée était de nouveau chaude, un vrai temps d'été. Korpijaakko conduisit Emilia au tas de pommes. Elle les goûta avec délice. Elle se les fourrait une à une dans la bouche avec une délicatesse étonnante, écrasait le fruit entre ses dents pour en extraire le jus et l'avalait aussitôt tandis que sa trompe saisissait déjà le suivant. Elle en engloutit en quelques minutes une vingtaine de kilos. Puis elle fit comprendre qu'elle avait soif. Korpijaakko lui posa un seau d'eau sous la trompe. Emilia le vida, et un deuxième dans la foulée. Puis elle se coucha et se remit à manger des pommes. On aurait dit un humain se régalant avec gourmandise, une femme bien en chair de la haute société, alanguie sur son divan à picorer des raisins disposés dans une coupe.

Le festin dura tout le chaud après-midi. Emilia était allongée telle une reine sur la pelouse, grignotant des pommes et réclamant de temps à autre aux employés de la station-service un ou deux seaux d'eau fraîche. Korpijaakko était occupé à vérifier les réglages de son tunnel de lavage et ce n'est que dans l'après-midi qu'il eut le temps de venir voir comment l'éléphante se débrouillait.

«Mon Dieu! mais tu as mangé toutes les pommes!»

Emilia, paresseusement étendue sur le flanc dans l'herbe, regarda d'un air distrait le propriétaire de la station-service. Des pommes, oui, c'est bien ce qu'on m'a servi, semblait-elle se dire. Elle laissa échapper un formidable pet, tout le jus de pomme qu'elle avait avalé fermentait dans ses entrailles. Son gigantesque estomac s'était transformé en brasserie. Korpijaakko craignait qu'un quintal de pommes ne soit un peu trop, même pour un pachyderme. Mais Emilia avait l'air parfaitement satisfaite, et il conclut que les éléphants étaient juste de gros mangeurs.

À la tombée du soir, après avoir dévoré les dernières pommes, Emilia rota et balança dans l'atmosphère tant de gaz imprégnés d'alcool que tous les alentours se mirent à sentir le cidre aigre. Debout pattes écartées, elle ferma les yeux, béate. Elle était ivre et, plus la soirée avançait, plus son ébriété augmentait. C'est à ce moment que Lucia et Paavo arrivèrent. Ils la trouvèrent plantée comme une souche sur la pelouse de l'arrière-cour, vacillant et relâchant dans la nature estivale la pression accumulée dans ses intestins.

29

Conduite en état d'ivresse

Emilia débordait d'énergie. Lucia et Paavo avaient à peine hissé le palanquin et les bagages sur son dos qu'elle était déjà en route. Ils s'installèrent en toute hâte sous le dais et firent au revoir de la main à Korpijaakko, qui les accompagna jusque dans la rue. Lucia dirigea l'éléphante vers la petite route qui longeait la rive nord du lac Pyhäjärvi.

Paavo suggéra de téléphoner à la police de Tampere afin de demander qu'une voiture de patrouille les escorte. Ils avaient l'intention de contourner la ville par le nord en empruntant la route qui passait au bord du lac Näsijärvi. Il risquait d'y avoir assez de circulation pour que ce soit dangereux. À la sortie de Nokia, Emilia accéléra l'allure. La trompe en avant, elle fonçait aussi vite qu'elle en était capable, et ce n'était pas rien. Lucia et Paavo s'agrippèrent effrayés aux poteaux d'angle du baldaquin. L'éléphante trottait l'amble avec une telle fougue que le dais avait du mal à suivre le mouvement. Lucia hurla qu'elle n'avait jamais vu Emilia aussi survoltée. La vitesse était limitée à cinquante à l'heure, mais elle s'en moquait et dépassa quelques voitures qui roulaient en direction de Tampere. Les automobilistes s'écartaient docilement du chemin de l'éléphante qui leur arrivait dessus. Du haut du palanquin, Lucia et Paavo pouvaient voir la terreur se peindre sur les visages des occupants des véhicules. Rien d'étonnant à cela, aucun d'eux n'avait sans doute jamais été doublé par un pachyderme.

Les oreilles d'Emilia battaient au vent tandis qu'elle avalait la route. De formidables barrissements qui s'entendaient à coup sûr jusqu'à Tampere s'échappaient de sa gorge. Paavo n'eut pas besoin d'appeler une patrouille pour régler la circulation. L'équipée éveillait de tels échos que le téléphone de la police et des pompiers de Nokia et de Tampere sonnait sans discontinuer. Un éléphant qui se donne à fond ne passe pas inaperçu.

Affolé, Paavo téléphona à Seppo Sorjonen et lui expliqua qu'Emilia avait été prise d'un coup de folie. Avait-il une solution? Le vétérinaire s'efforça de le tranquilliser. L'éléphante avait-elle mangé quelque chose d'inhabituel? Quand il apprit qu'elle avait englouti dans la journée un quintal de pommes à moitié pourries, il comprit tout de suite de quoi il s'agissait.

« Elle est ivre. Bourrée comme un coing.

— Comment ça? On ne lui a pas donné une goutte d'alcool, juste quelques seaux d'eau. »

Au croisement de Lielahti, Lucia ne réussit

qu'à grand-peine à faire tourner Emilia vers l'est, en direction de Särkänniemi et Kangasala. L'éléphante n'était pas d'humeur à se laisser dicter sa conduite. Quand ils ont bu, les humains sont tout aussi têtus.

Seppo Sorjonen établit vite un diagnostic : les pommes avaient commencé à fermenter et à produire de l'alcool et, quand Emilia les avait ingurgitées, le processus s'était accéléré.

« Il s'est produit un peu la même réaction que quand on fabrique du moût avec de l'eau sucrée et de la levure turbo. J'ai eu l'occasion d'essayer quand j'étais étudiant. Plusieurs fois. »

Une voiture de police, venant de Tampere, arrivait à vive allure à la rencontre des randonneurs, gyrophare allumé et sirène hurlante. L'agriculteur et le vétérinaire furent contraints d'interrompre leur conversation. Au même moment, en provenance de Nokia, une ambulance de pompiers rattrapa l'éléphante. Sans prêter la moindre attention à aucun des deux véhicules, Emilia se ruait de tout son formidable poids vers le parc d'attractions de Särkänniemi. Elle risquait à tout moment d'écraser les voitures qui circulaient sur la route. Une petite berline aurait sans doute à peine ralenti sa course.

L'éléphant est un animal qui va l'amble et ne peut donc pas à proprement parler galoper, mais, même au trot, il est incroyablement rapide. À l'allure où elle allait, Emilia méritait à coup sûr une amende pour excès de vitesse. Les patrouilleurs de la police n'avaient cependant ni le temps ni l'envie de la contrôler. Ils contemplaient abasourdis la scène qui se jouait sur la rocade. Un impressionnant pachyderme fonçait sur la chaussée, avec sur le dos un grand palanquin surmonté d'un dais en toile de marquise bleu vif battant au souffle de la course. Sous ce baldaquin étaient assis deux passagers hagards, un homme et une femme. Les cheveux au vent, ils s'accrochaient de toutes leurs forces à la rambarde du palanquin. Jamais on n'avait vu, ni ne reverrait, pareil spectacle à Tampere. Emilia était ivre pour la première fois de sa vie, et ça s'entendait à des kilomètres à la ronde. Elle émettait des pets retentissants et, un peu avant le croisement de Särkänniemi, elle lâcha un énorme tas de crottin, qui tomba droit sur le pare-brise de l'ambulance qui la suivait. Mais impossible de s'arrêter pour s'excuser de cet embarrassant cadeau, car l'éléphante semblait décidée à accélérer encore l'allure.

La voiture de police arrivée en sens inverse effectua un audacieux demi-tour, au niveau de Pispala, afin de suivre le pachyderme. L'ambulance, de son côté, se rangea sur le bord de la route et son médecin en descendit pour gratter la bouse d'éléphant du pare-brise. Emilia tenta d'obliquer vers l'entrée du parc d'attractions de Särkänniemi, mais la canne de jonc de Lucia la fit renoncer au dernier moment à son projet. Sourde aux ordres de sa maîtresse, elle prit la direction du centre-ville et, au croisement suivant, fonça avec enthousiasme vers le cœur de Tampere, d'où deux autres voitures de police arrivaient à sa rencontre. Par haut-parleur, leurs occupants donnèrent des consignes à Lucia et Paavo, leur demandèrent s'il fallait mettre en place un barrage routier et les sommèrent de s'expliquer sur ce que tout cela voulait dire. Paavo beugla que leur monture s'était emballée et qu'il ne fallait pas chercher à l'arrêter de force.

« C'est une éléphante de cirque, ne tirez pas », hurla Lucia.

30

Du boudin noir accroché
à une trompe d'éléphant

Escortée par la police, Emilia cavalait ventre à terre vers le centre de Tampere. Lucia et Paavo, assis dans le palanquin, essayaient de crier aux forces de l'ordre que tout allait s'arranger, le pachyderme se trouvait juste être soûl. La situation évoluait de minute en minute, mais pas vraiment en mieux.

Un peu avant le pont du Häme, Lucia et Paavo réussirent enfin à maîtriser suffisamment l'éléphante ivre pour qu'elle s'arrête devant une boucherie-charcuterie de la rue principale. Quand Emilia vit son reflet dans la grande vitrine du magasin, elle entra en fureur, le prenant pour un adversaire menaçant. Refusant de reculer devant l'ennemi, elle se rua droit à travers la vitre. Lucia et Paavo se laissèrent tomber à la dernière seconde du palanquin sur le trottoir. Dans un fracas de verre brisé, les trois voitures de police et l'ambulance des pompiers de Nokia s'arrêtèrent à leur tour.

Les curieux se rassemblaient pour contempler le chaos. Il y en avait au moins un millier, car c'était justement l'heure de la sortie des cinémas et leurs spectateurs se déversaient dans les rues. Il se trouvait parmi eux une vingtaine de militants écologistes qui, dans la confusion ambiante, conclurent que l'on conduisait de force l'éléphant vers un lieu inconnu, peut-être pour l'abattre ou en tout cas lui faire du mal. Ils décidèrent de se renseigner et de sauver coûte que coûte le malheureux animal.

Les policiers isolèrent la zone avec du ruban de plastique jaune. Ils braillèrent à la foule de se disperser. C'est une vieille habitude des forces de l'ordre, surtout dans le Häme.

Lucia et Paavo entrèrent dans la boucherie-charcuterie par la vitrine brisée et tentèrent de calmer Emilia. Elle se tenait rencognée derrière le comptoir avec, accroché à sa trompe, un immense chapelet de boudins noirs.

Les badauds parqués derrière le ruban tentaient de voir, incrédules, ce que le pachyderme, car c'en était visiblement un, faisait dans le magasin. Les verts expliquaient qu'il s'agissait probablement d'une affaire de maltraitance animale qui exigeait d'avoir le courage de s'en mêler. Ce n'était pas possible dans l'immédiat, mais on parviendrait à coup sûr avant peu à arracher l'innocente créature aux griffes de la police et de ses cruels bourreaux.

Lucia et Paavo finirent par calmer suffisamment Emilia pour qu'elle accepte de reculer de la boucherie-charcuterie jusque dans la rue. Les policiers les aidèrent à remettre le dais en place et à rehisser le palanquin sur le dos de l'éléphante, mais les invitèrent à rester sur le trottoir pour s'expliquer. Ils téléphonèrent au commissaire de permanence, dont il fallut attendre la venue. Quand il fut là, on fit le point sur la situation. Deux des plus jeunes gardiens de la paix étaient d'avis qu'il pouvait s'agir d'ivresse au volant. Paavo Satoveräjä réfuta fermement l'idée.

« On n'a pas bu une goutte, et en plus il n'y a pas de volant dans le palanquin. »

L'éléphante semblait encore en état d'ébriété. Elle se tenait plantée au milieu de la rue d'un air piteux, elle était consciente de s'être mal comportée mais ne comprenait pas ce qui lui avait pris. Elle soupira, les larmes lui montèrent aux yeux. Elle avait honte. Elle était fondamentalement douce et gentille et ne voulait de mal à personne. Ce n'était pas dans sa nature de foncer tête baissée en pleine ville, et encore moins de casser des vitrines.

Les policiers trouvèrent au fond du magasin une balayette et une pelle à poussière. Ils ramassèrent les éclats de verre sur le sol de la boucherie-charcuterie et sur le trottoir. Quelqu'un téléphona au propriétaire, qui vint constater les dégâts. Quand il arriva, il put voir de ses propres yeux qu'un éléphant en chair et en os était entré dans son magasin.

Les jeunes agents suggérèrent de faire souffler l'animal dans le ballon pour voir s'il avait plus d'un demi-gramme d'alcool dans le sang. Paavo

Satoveräjä fit remarquer que celui qui s'aventurerait à mettre un éthylomètre dans la trompe d'un éléphant de quatre tonnes y gagnerait non seulement d'y laisser sa vie, mais aussi d'entrer dans le gros livre des pires âneries policières de tous les temps.

Il fut convenu que le commerçant enverrait une facture raisonnable pour la vitrine et les dégâts causés dans son magasin à la ferme de Paavo Satoveräjä à Köylypolvi, où la reine Catherine réglerait sûrement dans les plus brefs délais les frais occasionnés.

Enfin Lucia et Paavo grimpèrent dans le palanquin. Les policiers regagnèrent leurs voitures. L'ambulance des pompiers repartit vers sa base à Nokia. Emilia s'était calmée et se mit docilement en marche. Le convoi se dirigea par le pont du Tammerkoski vers le quartier de Kaleva, puis passa devant l'hôpital universitaire avant de prendre la direction de Kangasala. Les policiers qui les avaient escortés firent leurs adieux à l'éléphante et à ses cavaliers et leur souhaitèrent pour la suite une randonnée plus tranquille. Ils espéraient qu'ils ne se sentiraient pas obligés, la prochaine fois qu'ils traverseraient Tampere, d'emboutir à nouveau une boucherie-charcuterie avec un pachyderme.

Les voyageurs passèrent la nuit suivante à Kangasala, au pied d'une étroite crête entre deux lacs, près du musée automobile. Au matin, Emilia avait pleinement dessoûlé, mais comme elle n'avait pas l'habitude de boire, elle souffrait visiblement d'une sévère gueule de bois. Pauvre bête.

Lucia et Paavo l'emmenèrent se baigner et boire l'eau fraîche du lac Roine. Elle se sentit bientôt mieux et retrouva son allant habituel. Dans l'après-midi, Seppo Sorjonen téléphona pour demander si elle s'était remise de son excès de pommes fermentées. Il pensait qu'il n'y aurait pas de conséquences plus néfastes qu'une gueule de bois. Une fois les intestins de l'éléphante purgés du moût qui s'y était accumulé, il n'y paraîtrait plus.

Le vétérinaire se lança dans un exposé sur l'alcoolisme des animaux, sujet sur lequel il avait rédigé un mémoire pendant ses études à Zurich, en Suisse. C'était le bon temps ! Sorjonen raconta que les plus ivrognes étaient les rats, les souris et les cochons d'Inde. On les faisait parfois boire pendant des années afin de voir s'ils pouvaient souffrir de delirium tremens, comment leur foie supportait l'alcoolisme chronique et s'ils devenaient agressifs une fois soûls.

D'après Sorjonen, les babouins, surtout, appréciaient la boisson. Ils étaient si rusés qu'ils volaient des gorgées dans les verres d'innocents touristes attablés en terrasse dès que ceux-ci détournaient les yeux. Quant aux cochons, ils s'habituaient plus facilement à l'alcool que les femmes. Dans les années 1960, on avait mené plusieurs études sur le delirium tremens porcin. La Suède était en pointe dans la recherche scientifique sur leur ivrognerie. On y avait publié au total cinq thèses sur la question, trois à Lund et deux à Uppsala.

Sorjonen mentionna pour finir les jaseurs boréaux qui perdaient complètement le nord après s'être gavés de baies de sorbier. Ces dernières fermentent en effet en mûrissant et ont une teneur en alcool comparable à celle de bonbons au rhum. Les jaseurs et les bouvreuils sont tellement bourrés, après en avoir mangé, qu'ils tombent littéralement sur la tête, se heurtent aux arbres et aux vitres et roulent par terre comme n'importe quel ivrogne humain.

Avant de raccrocher, Sorjonen conseilla à Lucia et Paavo de surveiller l'état d'Emilia dans les deux prochains jours.

« On pourrait lui laver l'intérieur de la trompe, après une beuverie pareille, par exemple avec un écouvillon… ou peut-être une pompe à vélo. »

Le vétérinaire rappela au passage que la trompe d'un éléphant se terminait par deux trous, et non un comme on l'imaginait souvent. C'était un nez, certes étonnamment long et souple, mais un nez quand même, avec donc deux narines.

31

Le village de fous de Huutola

Les voyageurs passèrent quelques jours de vacances d'été à Kangasala. La petite ville était propre et coquette, le paysage typiquement finlandais magnifique et les gens accueillants. Les maisons étaient bien entretenues. Partout régnaient la paix et la prospérité. L'endroit offrait tout ce que le Häme, avec son entreprenante population, possédait de meilleur. L'idéal pour chevaucher à dos d'éléphant !

Paavo Satoveräjä envoya quelques cartes postales représentant de beaux paysages de la région, dont une chez lui à sa femme, Kaarina. Il lui écrivait que la randonnée s'était très bien passée, jusque-là, à l'exception de la traversée de Tampere. Emilia s'était emballée après avoir avalé un quintal de pommes pourries. Pour le reste, tout se déroulait comme prévu et il pensait être de retour à temps pour les travaux agricoles de la fin de l'été. Au bas de la carte, il ajouta les chaleureuses salutations d'Emilia, mais ne prit pas la peine de mentionner Lucia.

De Kangasala, les voyageurs poursuivirent leur route, dans la deuxième semaine de juillet, vers Pälkäne, Luopioinen, Padasjoki, Asikkala et Heinola. La région des lacs dans toute sa splendeur ! Ils chevauchaient la nuit et, le jour, se reposaient et admiraient le paysage. La saison des vacances battait son plein et on voyait donc beaucoup de barques sur l'eau. Quelques journaux locaux publièrent des entrefilets sur le safari à dos d'éléphant, avec même, dans l'un, une photo d'Emilia avec Lucia et Paavo assis dans le palanquin. L'énorme pachyderme ne suscitait pas d'étonnement particulier, les habitants du coin le regardaient passer d'un œil serein.

L'équipage arriva avant la mi-juillet à Huutola, à la frontière du Häme et du Savo. C'était un triste petit village isolé qui aurait aussi bien pu s'appeler Zinzinville. L'apparition d'Emilia, de Lucia et de Paavo, par un matin pluvieux, mit la population en émoi. Une dizaine de clients se rassemblèrent à la supérette, essentiellement des hommes, jeunes et vieux, qui n'avaient rien de mieux à faire. En dépit de l'heure matinale, ils traînèrent des caisses de bière sur le perron du magasin et s'y installèrent pour les boire. À leurs yeux, l'arrivée dans le village d'un éléphant et d'étranges visiteurs était un événement exceptionnel qui méritait qu'on lève le coude en son honneur. Tous les prétextes sont bons pour les ivrognes.

Paavo et Lucia achetèrent des provisions. Puis ils demandèrent aux hommes où ils pourraient trouver du fourrage pour leur monture : carottes, pommes de terre, herbe.

« Plus personne ici ne cultive la terre depuis des années, on achète tout ce dont on a besoin, aux frais de la commune », expliqua la bande de soûlots.

On trouva malgré tout une quantité suffisante de pommes de terre dans les réserves de la supérette, et il y avait à la sortie du village une ferme qui possédait encore quelques vaches laitières, et donc aussi du foin.

Au total, il n'y avait à Huutola qu'une vingtaine de maisons. On comptait parmi les habitants un instituteur et même un pasteur, mais la plupart vivaient de l'aide sociale. La scierie locale avait fait faillite depuis déjà des années et ses employés étaient au chômage depuis. Sur la route de la ville voisine de Heinola se dressait une vieille chapelle dont le pasteur avait un jour été l'officiant, tout en travaillant principalement pour sa paroisse mère. Le village l'avait lui aussi marqué de son sceau. Il s'alcoolisait comme les autres et avait été assez bête pour prendre pour maîtresse une jeune idiote locale. Il persistait depuis sur ce chemin de déchéance et de péché. Après la faillite de la scierie, il avait été démis de ses fonctions, pas tant à cause de la fréquentation en baisse de la chapelle que parce que, à force de boire au vu et au su de tout le monde, aussi bien au village qu'en ville, il ne parvenait plus à exercer sa mission. Il était même devenu violent, à l'époque, et s'était exhibé en public, en plein jour, avec sa greluche de mauvaise vie, suscitant la réprobation générale. Le pasteur s'était livré à bien d'autres actes de débauche et il avait finalement fallu prendre des mesures disciplinaires et le destituer.

L'instituteur du village ne valait guère mieux que l'homme d'Église. Ce phare de la pensée était lui aussi un ivrogne invétéré. Il se mêlait en plus de politique dès qu'il en avait l'occasion et se vantait d'être le seul homme du pays à n'avoir pas retourné sa veste lors des bouleversements politiques des années 1990. Il était resté fidèle à ses idéaux malgré l'effondrement de l'URSS, la mort de Kekkonen, la profonde crise économique finlandaise et plus généralement toute la houle sociale. On aurait pu croire que le toni-truant instituteur se serait posé en unique défenseur de la cause socialiste et communiste, mais pas du tout. Il se targuait d'être le dernier partisan du populiste Veikko Vennamo, dont il refusait de diluer dans la mollesse ambiante les propos politiques incendiaires, tout comme d'oublier l'héritage culturel du peuple.

Tandis que Lucia et Paavo nourrissaient Emilia et pique-niquaient sur le perron du magasin, l'instituteur leur parla volontiers des autres villageois. Il n'avait rien de bon à en dire. Il n'y avait d'ailleurs peut-être effectivement pas à chanter les louanges d'une population de dégénérés qui se moquait totalement de son avenir. À Huutola, on vivait au jour le jour, péniblement et sans joie.

La faillite de la scierie n'avait pas à elle seule précipité Huutola dans la ruine. Avant cela, déjà, peu après la guerre, il y avait eu des signes avant-coureurs de ce qui allait advenir. Il se trouvait parmi les habitants quelques paysans mal embouchés prompts à se quereller et à se battre, jusqu'à faire une fois un mort. Ils profitaient de la situation du village, isolé au fond des bois, pour distiller clandestinement de la gnôle à une échelle semi-professionnelle. Dans les années 1950, plus de quatre cents hectares de forêt bordant le lac avaient brûlé, faisant perdre toute valeur aux parcelles concernées. La végétation avait maintenant repoussé et le paysage avait retrouvé toute sa beauté, mais qui aurait été assez fou pour acheter du terrain et construire une villa dans un trou aussi perdu ? Huutola avait mauvaise réputation dans toute la région, l'isolement n'empêchait pas les méchantes rumeurs de se propager.

Les habitants se distinguaient aussi par leur aspect physique. Ils avaient la mine apathique, le regard fixe et triste, le dos voûté. Beaucoup étaient atteints de folie congénitale. Il y avait eu trop de mariages consanguins, dans ce lieu écarté, et même des enfants illégitimes nés de relations incestueuses entre frères et sœurs.

Et maintenant, en cette fin des années 1990, plus rien ne pouvait sauver Huutola. Les rares familles qui n'avaient pas sombré dans la déliquescence générale avaient vendu leur maison et déménagé. L'école avait fermé depuis déjà longtemps et l'instituteur n'avait pas pris la peine de demander un nouveau poste, lui aussi était au chômage, comme le pasteur.

Les gens mouraient de toutes sortes de maladies liées à l'alcool. La tâche la plus importante du gérant de la supérette était de veiller à ne pas se trouver en rupture de stock de bière. Il avait certes aujourd'hui un éléphant pour client, mais pour le reste, la vie commerciale de Huutola tournait au ralenti. Le gérant admettait lamper lui aussi de la bière dans son arrière-boutique, le soir, et toute la journée du dimanche, tout croyant qu'il soit. Mais la chapelle avait fermé ses portes avant même l'incendie de la scierie. Et ça ne valait pas la peine de se déplacer jusqu'à Heinola pour aller à l'église. D'autant plus qu'il n'y avait jamais personne, le dimanche matin au village, qui ait suffisamment dessoûlé pour prendre le volant.

De vieilles voitures rouillaient devant chaque maison. Elles avaient beaucoup servi. Presque tous les hommes, et bon nombre de femmes, avaient été condamnés pour conduite en état d'ivresse. Certains s'en étaient rendus coupables plus de cent fois. En même temps, les probabilités de se faire prendre étaient assez faibles, dans ce coin isolé. La dernière visite d'une patrouille de police remontait à la semaine précédente. Deux des pires bagarreurs avaient été mis au trou. Pour la troisième fois de l'année.

32

La dépendaison du pasteur

Le soir approchant, les ivrognes qui squattaient le perron de la supérette s'étaient peu à peu dispersés, non sans avoir d'abord complété leurs provisions de bière. L'instituteur s'en fut lui aussi, mais, comme pour le remplacer, le pasteur du village s'approcha en titubant. Il était avec l'enseignant le seul habitant de Huutola à avoir suivi des études supérieures et il fit remarquer, en conséquence, qu'il préférait ne pas boire de la bière tiède au goulot, du moins sans discontinuer. Il avait d'ailleurs dans la poche une bouteille à moitié vide de liqueur de framboise arctique.

Sans plus se présenter que ça ni serrer la main de Paavo et de Lucia, le pasteur ajouta qu'il vivait désormais totalement isolé. Tel un ermite spirituel et religieux. Avec pour seule compagnie une ivresse permanente et la gueule de bois qui s'ensuivait inévitablement.

Il se lança dans la description de ses lendemains de cuite. C'était pénible à entendre, mais

Paavo et Lucia n'avaient pas le cœur de laisser l'homme d'Église destitué seul sur le perron avec ses discours. Même Emilia semblait l'écouter. Elle était maintenant habituée à rencontrer sur son parcours toutes sortes de gens.

« Quand la gueule de bois arrive, c'est en silence. Elle se glisse sous votre peau, vous rampe dans le ventre, sans un bruit. Mais elle est là, on le sent et on le sait. Si c'est de nuit, elle vous fait monter la sueur au front et vous empêche de dormir. De jour, on a les yeux qui brûlent, la respiration oppressée, pas la force de se lever pour aller pisser. Il faut se laisser rouler par terre et se traîner à plat ventre jusqu'à la cuisine ou dehors pour ne pas souiller son pantalon. »

Le pasteur parlait comme s'il était en chaire. On avait l'impression qu'au plus profond de lui il assimilait la gueule de bois au Malin. Elle était certes un empoisonnement de l'organisme dû à l'alcool, mais on pouvait facilement la comparer à l'Ennemi de l'âme qui se niche en chacun de nous. Car aussi bien Satan que le démon de l'alcool recourent à la ruse pour détruire l'homme. L'ivresse montante peut être qualifiée d'invention du diable.

« Et les hallucinations ! Toutes sortes de petits êtres démoniaques dansent sous vos yeux. Vous entendez des bruits bizarres. Vous paniquez, mais vous ne pouvez aller nulle part. Vous savez que vous souffrez de delirium. Certains disent voir des éléphants roses. Mais bon, là, c'est bien un véritable éléphant. »

Le pasteur déclara qu'un pachyderme en chair

et en os était mille fois plus plaisant et supportable que les créatures à l'esprit tordu issues d'une imagination malade.

« Et les tremblements, les crampes, le cœur qui bat, la tête qui éclate… on vomit, la bave coule, on a une extrémité des intestins dans la bouche, l'autre dans le pantalon, vos cheveux virent au gris en une heure, votre foie se répand sur le sol, vous avez la langue jaune comme le crépi d'un presbytère… »

Le tableau brossé par l'ex-homme d'Église laissait penser qu'il avait plusieurs fois visité l'enfer des buveurs. La bière, le vin et le cognac, brassés, vinifiés ou distillés pour le plaisir des hommes, étaient devenus pour lui de terribles poisons contre lesquels il n'y avait que deux antidotes : « Une nouvelle dose d'alcool ou la mort, alléluia ! »

Le malheureux ivrogne regarda un moment Emilia debout dans la cour, puis se tourna vers Lucia et Paavo et leur demanda s'il serait possible de faire ne serait-ce qu'un petit tour à dos d'éléphant. Il n'avait pas d'argent à leur proposer en échange de ce plaisir, à supposer que c'en soit un, mais il pouvait leur donner sa bénédiction pour le reste du voyage, s'ils s'en contentaient.

« À vrai dire, je prierai de toute façon pour vous, même si je ne peux pas monter sur l'éléphant. Vous êtes de bonnes personnes, mais je prie aussi pour les mauvaises, c'est devenu une habitude. »

Aider le pasteur à se hisser dans le palanquin ne fut pas une mince affaire, mais on finit par y arriver. Lucia grimpa à côté de lui. Paavo resta assis sur le perron de la supérette pendant qu'elle menait Emilia dans la rue principale du village. Le pasteur se tenait fermement à la rambarde en bois du palanquin. Il avait le visage grave mais ses yeux brillaient d'un regard heureux. Quand Lucia ordonna à l'éléphante de forcer l'allure, le pasteur éleva vers le ciel un fervent cantique. « Du mont des Oliviers, le chemin mène au Golgotha », distingua Paavo dans les paroles fredonnées par l'homme d'Église d'une voix inconsolable. L'éléphante disparut derrière un coude de la rue. C'était la première fois qu'elle était montée par un pasteur.

Une demi-heure plus tard, Lucia et Emilia furent de retour. Le pasteur n'était plus avec elles. Sa maîtresse l'avait aperçu, assis dans le baldaquin avec l'étoile du cirque, et avait exigé, jalouse, qu'il descende immédiatement et rentre avec elle à la maison. Elle s'était demandé tout haut comment une putain étrangère, sans doute incapable de se trouver un homme par des moyens plus simples, pouvait avoir le front de venir à dos d'éléphant lui enlever son plus cher ami.

Le lendemain matin, cette même femme accourut en pyjama à la supérette, en pleurs, gémissant tristement que son compagnon avait de nouveau quitté son domicile pour aller se pendre, un rouleau de corde sur l'épaule. Il n'était que sept heures, mais le village entier se réveilla. Malgré la gueule de bois générale, les recherches pour retrouver le malheureux pasteur furent lancées avec une rapidité étonnante. On demanda de l'aide à Lucia et Paavo, qui montèrent dans le palanquin d'Emilia après lui avoir fait renifler la maîtresse de l'homme d'Église disparu, qui avait passé la nuit avec lui et portait donc encore son odeur, espérait-on. Emilia flaira de sa trompe la femme hystérique, et comprit sûrement ce qu'elle devait chercher.

Une demi-heure plus tard, elle poussa un barrissement et pointa la trompe en direction de la chapelle abandonnée. Ce fut bien là que l'on trouva le suicidaire, dans un grand sapin touffu du petit cimetière au haut duquel il avait grimpé à l'aube sur un coup de tête. Il avait emporté un rouleau de corde en nylon rouge avec laquelle il aurait sans doute eu du mal à se pendre : ivre comme il était, il aurait été bien incapable de faire un nœud correct au milieu du fouillis de branches de la cime de l'arbre.

Le pasteur, qui en était maintenant au stade de la gueule de bois, n'osait pas redescendre, à raison, d'ailleurs, car il ne serait sans doute pas arrivé entier en bas. Il était pris au piège, comme le chat de Leo Valkama. En bonne professionnelle du cirque, Emilia fit ce qu'il fallait pour le secourir : elle s'appuya au tronc du sapin du cimetière, Paavo se mit debout sur le palanquin et Lucia monta sur ses épaules. D'une main ferme, elle aida le frêle pasteur à se réfugier sur le canapé-lit, puis à retrouver le plancher des vaches.

Le pasteur s'effondra sur le sol, sa corde à la main, et remercia Dieu pour ce miraculeux sauvetage. Emilia glissa avec précaution ses défenses sous ses fesses et l'aida à s'adosser au tronc du sapin. Le gérant de la supérette arriva en courant avec les autres villageois sur le lieu de la pendaison et tendit à l'homme d'Église une bouteille de vodka. Il la gardait en réserve pour les mauvais jours. Paavo Satoveräjä sortit son portefeuille et paya le remontant. Le tout se fit avec tact et naturel, dans le souci de ne pas interrompre la prière d'action de grâces du pasteur.

33

Les verts décident
de sauver l'éléphante

Pendant ce temps, une quinzaine de jeunes imprégnés d'idéaux verts s'étaient réunis dans un appartement de Tampere. Il y avait parmi eux des défenseurs des animaux, deux militantes antifourrures, des ornithologues amateurs, des végétariens, des objecteurs de conscience, des universitaires. Ils avaient partagé des salades composées bio et des fruits. Quelques bouteilles de vin rouge avaient mis de l'ambiance. Avant de les boire, le groupe avait cependant débattu, d'un point de vue philosophique, de la question de l'éventuelle utilisation de sang de bœuf comme additif, à l'instar d'un vin hongrois dont quelques hippies un peu plus âgés avaient le souvenir. Si c'était le cas, le rouge était à proscrire, il fallait opter pour du blanc ou se passer totalement de vin et se contenter de joints. Les végans ne boivent pas de sang de bœuf. Heureusement, il se trouvait parmi les personnes présentes un chercheur qui avait des connaissances en nutrition. Il avait pu assurer que l'on n'utilisait pas de produits animaux pour faire du vin, et qu'il n'était donc pas nécessaire de s'abstenir d'en boire.

La conversation s'était ensuite tout naturellement portée sur la bière, car il y en avait aussi quelques bouteilles consignées. Aucun individu soucieux de l'avenir ne consommait en effet de bière en canette d'aluminium. Une jeune femme s'était étonnée de la teinte ambrée du liquide. Selon elle, ce n'était pas parce qu'il n'y avait pas de produits animaux dans le vin qu'on n'utilisait pas des bouillons cubes, par exemple, pour la fabrication de la bière. Celle-ci faisait en effet grossir, c'était bien connu, et son arôme évoquait par certains côtés la viande crue. L'expert avait vigoureusement réfuté ce soupçon. Le goût et la couleur du breuvage dépendaient du processus de fermentation et étaient dus au houblon et au malt.

Le but de la réunion n'était cependant pas de parler de la fabrication du vin et de la bière. Il s'était en effet produit à Tampere un événement perturbant. Quelque temps auparavant, un étrange équipage avait fait son apparition, un éléphant en chair et en os monté par deux ou trois cavaliers. Il avait été conduit sous escorte policière jusqu'en plein centre-ville, où on l'avait obligé à coups de fouet à entrer dans une boucherie, droit à travers la vitrine. On avait ensuite forcé le malheureux animal à manger du boudin noir. On ne savait pas exactement combien il avait dû en ingurgiter, étant donné que la police avait isolé les lieux. Les témoins étaient nombreux, car les séances du soir

240

du cinéma voisin venaient de se terminer et les spectateurs s'étaient massés dans la rue pour observer les mauvais traitements infligés au pachyderme.

Les films avaient été pleins d'action et de suspense, mais la performance éléphantine, dans la rue, avait été bien plus violente encore. On ne savait pas trop pourquoi on avait ainsi torturé ce pauvre animal. Aucun journal, pas même le grand quotidien local *Aamulehti,* n'avait parlé de l'incident. Des rumeurs circulaient cependant en ville, selon lesquelles le pachyderme était en route vers l'est de la Finlande, voire la Russie, en vue de spectacles clandestins. La soigneuse de l'éléphant était une Russe, paraît-il, une ex-étoile du Grand Cirque de Moscou renvoyée pour incompétence et abus de confiance.

On conclut à l'unanimité qu'il s'agissait de toute évidence d'une opération destinée à rester secrète, impliquant l'exploitation révoltante d'un animal sauvage décérébré. Un jeune militant de Greenpeace proposa qu'on libère le pachyderme et qu'on l'expédie là où était sa place, au cimetière des éléphants. À moins qu'il ne vaille mieux, tout compte fait, le renvoyer chez ses semblables, c'était sans doute en Inde qu'ils poussaient... On pourrait en profiter pour étudier les mystiques indiens, Krishnamurti et autres, quelle bonne idée, voilà ce qu'il fallait faire !

C'était bien la première fois qu'on promenait un aussi gros animal dans des lieux publics sous escorte policière, mais les buts ultimes de l'entreprise étaient un mystère soigneusement entretenu. Il fallait découvrir qui étaient les conspirateurs à l'origine de ce projet infâme et sauver l'éléphant de leurs griffes.

Les verts auraient dû se doter d'une branche armée pour traiter ce type d'affaires, fit valoir un objecteur de conscience, mais son idée ne recueillit aucun soutien. On proposa en revanche que des citoyens privés et des associations fondent une sorte d'organe d'espionnage vert, qui aurait pour mission de révéler avant qu'il ne soit trop tard ce genre de projets immondes. Si on disposait à l'avance de renseignements fiables sur la torture des éléphants, par exemple, on pourrait intervenir sans tergiverser ni perdre de temps. Une défense efficace de la cause écologiste exigeait de l'audace.

Un jeune homme qui travaillait comme assistant à l'université de Tampere tint un discours de grande portée sur le poids futur et la signification historique universelle des idéaux verts. Il compara le mouvement écologiste aux grandes religions du monde qui étaient toutes sans exception nées d'événements mineurs dus au hasard. Mais le désespoir ambiant et l'aspiration à l'intervention d'une force supérieure avaient agrégé en leur sein de plus en plus de malheureux et de déshérités. Le christianisme, par exemple, après de modestes et petits débuts, était devenu au fil des millénaires la principale religion de la planète et des milliards de gens plaçaient aujourd'hui leur confiance en lui. Les mouvements politiques étaient à cet égard comparables aux religions, mais leur durée de vie restait toujours courte, au mieux une ou deux générations. C'était dû au fait qu'ils choisissaient immanquablement comme dirigeants des hommes, et maintenant aussi des femmes, assoiffés de pouvoir qui, dans leur égoïsme aveugle, oubliaient leur cause ardente et détruisaient aussi bien leurs partisans que leur noble idéal.

L'orateur souligna que les verts étaient dans les premiers mètres de leur parcours. Ils appartenaient en quelque sorte à une religion, mais aussi à un mouvement politique. Il fallait maintenant veiller à ce que le fanatisme religieux ne prenne pas le pas sur les idéaux, tout en prenant garde à ne pas se laisser noyauter par des saboteurs avides de pouvoir.

Pour l'heure, il fallait par exemple tirer profit de l'occasion offerte par la présence de l'éléphant à Tampere : il fallait braquer le regard du public sur le destin inhumain du mastodonte brutalisé, et ce faisant attirer les masses dans la sphère du mouvement vert. C'était le début, l'événement tombé du ciel. On verrait un jour les écologistes dominer le monde, mais, en attendant, le moment était venu de faire de premiers pas audacieux.

L'humiliant supplice de l'éléphant dans la boucherie étant encore entouré de mystère et de rumeurs, le groupe décida de commencer par tirer l'affaire au clair. Mais comment procéder en pratique ? Fallait-il s'enquérir auprès de la police du lieu où se promenait maintenant cet étrange équipage et de l'objectif de ses déplacements ? Ou était-il malgré tout plus sage, et plus raisonnable du point de vue de la vie future du pachyderme, de se renseigner par soi-même sur l'endroit où il se trouvait ? On pouvait imaginer qu'un animal aussi gros serait facile à trouver. Il suffisait de sillonner le Häme et de demander aux gens s'ils avaient vu un éléphant dans le coin. Dommage, malgré tout, que personne n'ait de voiture. Tous possédaient certes des vélos, mais repérer l'animal du haut d'une selle risquait d'être une tâche de trop longue haleine.

On décida de louer un véhicule. Certains avaient heureusement le permis de conduire, car on allait en avoir besoin. On organisa sur-le-champ une collecte pour se procurer une voiture de tourisme. Quand on aurait trouvé l'éléphant, on pourrait prendre un minibus, voire un autocar, pour aller le libérer en force. Tous avaient des années d'expérience en matière de manifestations.

Alors que le soir faisait place à la nuit, la conversation trouva d'autres sujets pour se nourrir et prit un tour plus théorique. On se demanda si la protection des animaux devait viser à préserver les individus ou l'environnement de populations entières. Une des militantes antifourrures expliqua qu'elle ne portait pas tant attention au nombre de visons et de renards d'élevage qu'elle libérait qu'à leurs conditions de vie. Mais d'un autre côté, si l'animal à protéger ou à libérer était aussi gigantesque que pouvaient l'être les éléphants, le geste avait de la classe.

Tard dans la nuit, alors que le vin et la bière

tiraient à leur fin, on rédigea un mémoire officieux, principalement à usage interne. Il y était simplement constaté que l'éléphant humilié à Tampere était un envoyé de l'avenir qui se trouvait en danger et exigeait que l'on prenne son sort en main. Il était en même temps la première cible de l'action concrète du groupe vert. La venue à Tampere du gigantesque pachyderme était un coup de feu de départ aléatoire dont l'écho retentirait aux oreilles d'innombrables générations futures, de milliards de personnes, pour des milliers d'années. La protection des vers de terre de la planète était une activité importante, mais hélas peu visible. Alors que si on libérait un éléphant, ou pourquoi pas une baleine, les journaux rivaliseraient de gros titres et le mouvement écologiste obtiendrait la publicité qu'il méritait.

34

Le palanquin
de la reine Catherine

Après la tentative de suicide avortée du pasteur, tous retournèrent à la supérette, dont le gérant alla chercher au bureau de poste qu'il tenait dans son magasin quelques plis adressés à Paavo. Poste restante ! Il y avait aussi pour Lucia une lettre en russe d'Igor. Ce dernier était maintenant chauffeur routier. Il effectuait deux fois par semaine un aller-retour entre Saint-Pétersbourg et Kotka. Le bon vieux valet de train du Transsibérien aurait aimé revoir sa défunte femme et lui écrivait qu'elle pouvait l'appeler sur le téléphone du camion afin de convenir d'un rendez-vous quelque part entre Kotka et la frontière. Il adressait aussi toutes ses amitiés à Emilia.

Il y avait également une lettre de Laila Länsiö annonçant une triste nouvelle. Son mari, Oskari, était décédé. L'enterrement aurait lieu la semaine suivante. Lucia et Paavo pourraient-ils venir à Luvia ? Pour porter le cercueil, Laila pensait faire appel à Taisto Ojanperä, au chef des pompiers volontaires d'Ulvila Tauno Riisikkala et à quelques-uns de ses hommes, eux aussi solides et musclés. Elle espérait tout particulièrement la présence de Paavo aux funérailles.

Kaarina Satoveräjä écrivait qu'elle s'était prise d'amitié pour le chef des pompiers. Ce dernier avait organisé des exercices d'incendie à Köyly-polvi, à l'époque de la Saint-Jean, et était aussi souvent venu à la ferme dans d'autres circons-tances. « Il m'a aidée pour le jardin et le potager, maintenant que je suis seule. On pensait inviter des écoliers, à l'automne, à cueillir les fruits de nos groseilliers. En tant que professeur d'éduca-tion physique, dans le civil, il pourrait facilement soulever l'enthousiasme de ses élèves pour une telle opération. J'ai aussi décidé de commander à ce menuisier de la maison de retraite, Elias, un palanquin identique à celui que Lucia et toi utili-sez pour Emilia. Ce devait être une surprise, mais je ne peux pas m'empêcher de t'en parler. On pourrait l'installer sur la remorque du tracteur, par exemple, pour s'amuser, mais je pensais plu-tôt le mettre dans la chambre d'amis du mazot. Dormir dans un palanquin serait une expérience fascinante pour nos invités, maintenant que tout le pays est au courant de votre randonnée à dos d'éléphant, Lucia et toi. Je t'embrasse, Kaarina. »

La lettre de sa femme plongea Paavo dans une certaine perplexité. Pourquoi un deuxième palanquin ? Et ces allusions à Lucia et à lui ? Bizarre.

Une fois le courrier lu, les voyageurs se pré-parèrent à quitter le triste village de Huutola. Ils étudièrent de nouveau avec soin la carte. Ils décidèrent de chevaucher vers l'est jusqu'aux crêtes morainiques du Salpausselkä. Comme le montraient les courbes de niveau, et comme Paavo le savait déjà par ailleurs, elles offraient un terrain propice à la randonnée. Ils gagneraient d'abord Luumäki, où ils passeraient la nuit dans un motel, puis obliqueraient vers le nord en direction de Lemi, le village natal de Lucia. Même si personne n'habitait plus la maison familiale, abandonnée et tombant sans doute déjà en ruine, il leur paraissait important d'y aller. C'était un lieu cher au cœur de Lucia, elle voulait le revoir une dernière fois. Ses parents avaient vendu la propriété à un grand groupe forestier-papetier et déménagé, pour leurs vieux jours, dans un appartement à Lappeenranta. Ils étaient maintenant morts tous les deux.

Chez elle à Köylypolvi, Kaarina Satoveräjä, alias la reine Catherine, ne restait pas non plus inactive. Elle avait chargé le chef des pompiers Tauno Riisikkala, désormais élevé au rang d'amant officiel, de demander au maître menuisier Elias de fabriquer une réplique exacte du palanquin qu'il avait conçu au printemps. Elle lui avait fait valoir qu'à partir du moment où il aurait passé commande, sa présence à Köylypolvi s'imposerait naturellement à chaque étape du projet.

Riisikkala téléphona à la maison de retraite et proposa à Elias deux semaines de vacances d'été. La directrice de l'établissement n'était pas très chaude pour que ses pensionnaires se mettent sur leurs vieux jours à bricoler des palanquins pour éléphant. Elle préférait les voir malaxer de la pâte à modeler ou pousser leurs déambulateurs à roulettes. Elle accorda malgré tout à Elias une autorisation de sortie, et Riisikkala vint le chercher au volant du véhicule de commandement des sapeurs-pompiers volontaires d'Ulvila. Il se déclara aussi prêt à lui servir d'assistant, car il était en vacances comme tous les autres professeurs. Les deux hommes se rendirent directement à l'atelier de menuiserie du centre scolaire et se mirent au travail. Elias estimait que fabriquer un nouveau palanquin ne prendrait que quelques jours : il avait les plans et l'expérience du travail. Riisikkala promit de transporter dans l'autopompe des SPV tous les matériaux nécessaires, y compris un canapé-lit à deux places du même modèle que celui qui avait été installé comme siège et lit de camp dans le premier palanquin.

Il acheta le meuble dans le même magasin que le précédent. Le vendeur fit remarquer qu'il avait déjà eu cette année plusieurs clients pour ce Rondo, qui semblait être à la mode. Une fois le canapé chargé dans le camion de pompiers, Riisikkala alla le déposer à l'atelier de menuiserie afin qu'Elias prenne ses mesures et le fixe au bât.

Le maître menuisier se montra curieux de savoir si Paavo Satoveräjä était véritablement le commanditaire de ce nouveau palanquin, comme le prétendait Riisikkala. Ce dernier dut avouer que c'était en réalité Kaarina qui voulait le bât et son

canapé pour la ferme de Köylypolvi. Le lit à baldaquin avait les dimensions idéales pour le mazot et,
par les chaudes journées d'été, on pourrait le porter dehors sur la pelouse pour s'y relaxer au soleil.
L'idée était plutôt bonne, en soi, ajouta le professeur d'éducation physique.

Elias lui demanda d'un air entendu s'il avait
l'intention de se prélasser le restant de l'été dans
le mazot avec Kaarina. Il se murmurait qu'il
passait tout son temps à Köylypolvi.

Riisikkala enjoignit à Elias de se taire. Le
vieux maître menuisier avait mieux à faire que
d'écouter les rumeurs et se ridiculiser par des
commérages.

Quand le palanquin fut prêt, les deux hommes
le hissèrent sur le toit du camion de pompiers et
le transportèrent jusque dans la cour de la ferme
de Köylypolvi. Kaarina vint admirer l'ouvrage.
Riisikkala suggéra de l'essayer sur-le-champ. Elias
était-il capable de conduire l'engin? Question
superflue, l'expérimenté menuisier en fauteuils à
bascule, et maintenant en palanquins, savait tout
faire. Il grimpa d'un bond au volant du lourd
véhicule et mit le contact. Il fut convenu de parcourir une dizaine de kilomètres sur les chemins
bordant les champs et traversant les forêts du
Satakunta. L'autopompe à quatre roues motrices
y passerait sans mal.

La reine Catherine et le chef des pompiers
Tauno Riisikkala déplièrent le canapé-lit et se
glissèrent sous la couette. Tous deux se débarras-
sèrent en un tournemain de leur culotte. Bercés

par les cahots, ils inaugurèrent le deuxième palanquin fabriqué par Elias. Ce fut une expérience divine, entre le ciel bleu et le camion de pompiers rouge. Ce n'est qu'à cet instant que la reine Catherine comprit vraiment le désir de Paavo et de Lucia d'effectuer une longue randonnée à dos d'éléphant. Riisikkala, lui aussi conquis, soupira que ce serait merveilleux de pouvoir embaucher Elias comme chauffeur et de traverser la Finlande jusqu'à Lappeenranta, par exemple. Mais c'était impossible.

On pouvait parcourir le pays de bout en bout monté sur un pachyderme, mais voyager sur le toit d'un fourgon d'incendie était sans doute trop exotique.

35

Les funérailles d'Oskari Länsiö

Igor avait envoyé sa lettre à Lucia à l'adresse qu'elle lui avait donnée, poste restante à la supérette de Huutola. Paavo ne pouvait pas la lire, car elle était écrite en caractères cyrilliques. Lucia lui en traduisit le contenu. Puis elle avoua s'être mariée plus ou moins par plaisanterie avec Igor dans le village de Hermàntovsk, en Russie. Les festivités avaient duré plusieurs jours.

Igor était maintenant chauffeur routier et venait deux fois par semaine en Finlande en camion, avec un collègue, à des fins professionnelles. Ils transportaient des marchandises diverses de Kotka à Saint-Pétersbourg, et parfois même au-delà, jusqu'à Moscou.

Lucia déclara qu'elle serait heureuse de revoir son vieux valet de train. C'était quand même son mari. Paavo avait lui aussi envie de voir à quoi il ressemblait. Lucia et son veuf gardaient peut-être encore tous les deux le souvenir de leur relation. L'étoile du cirque composa le numéro de téléphone du camion d'Igor. Ce dernier, à sa grande surprise, décrocha aussitôt. Ils convinrent de se retrouver à Luumäki, près de Lappeenranta. De Huutola, il faudrait encore aux randonneurs plusieurs jours pour y arriver.

L'enterrement d'Oskari devait avoir lieu dans une semaine, et il fallait bien sûr y assister, mais que faire d'Emilia pendant ce temps ? Igor pourrait-il les aider, vu la situation ? Après tout, il avait soigné l'éléphante pendant des années.

L'ex-valet de train arriva le jour dit à Luumäki. Il n'était cette fois qu'aide-chauffeur, aux côtés d'un jeune routier de Saint-Pétersbourg. Ils conduisaient un grand semi-remorque immatriculé en Russie. Ses pneus étaient usés, ses portières cabossées et son état général lamentable, mais, d'après Igor, son moteur et ses organes de direction fonctionnaient correctement. Le camion était garé sur le parking du motel de Luumäki quand Emilia, Lucia et Paavo y arrivèrent.

Les retrouvailles d'Igor et de l'éléphante furent pleines d'émotion. Emilia reconnut tout de suite son vieux soigneur. Elle enroula sa trompe autour de sa taille et le souleva haut dans les airs, puis le reposa doucement à terre. On aurait dit qu'elle avait les yeux humides. Igor pleurait à chaudes larmes, Emilia lui avait terriblement manqué. L'éléphante lui adressa un grognement rassurant, un peu comme une mère à son enfant.

Lucia serra Igor dans ses bras et lui présenta Paavo Satoveräjä. Les hommes se regardèrent un moment. Ils étaient en quelque sorte rivaux, tous deux connaissaient la jeune femme et faisaient chacun à sa manière partie de sa vie. Ils ne tentèrent cependant pas de se disputer son amitié. Igor sortit de son portefeuille une photo en noir et blanc d'une tombe orthodoxe. Le tertre s'ornait d'une belle croix en bois et de fleurs fraîches. C'était la dernière demeure de Lucia, à Hermantovsk. La photo était pour elle.

L'étoile du cirque la regarda longuement. C'était étrange de voir sa propre tombe. Elle était officiellement morte, mais heureusement seulement en Russie, pas en Finlande. Elle remercia Igor d'avoir pris soin de sa sépulture et de lui avoir offert cette photo. C'était digne d'un vrai cosaque.

Paavo Satoveräjä aborda la question des funérailles d'Oskari Länsiö. Igor pouvait-il renoncer à un voyage à Kotka et s'occuper d'Emilia pendant qu'ils iraient à l'enterrement ? Il pourrait loger quelques jours au motel de Luumäki et trouver un gîte à proximité pour Emilia. En échange, l'agriculteur lui promit un dédommagement confortable.

Le chauffeur du camion accorda à Igor quelques jours de congé. Il assura être capable de faire le trajet tout seul — son camarade pouvait rester en Finlande une semaine, voire deux. Les Russes ne s'inquiétaient pas trop de savoir où traînaient les gens. En URSS, dans les années 1930 et jusqu'à la mort de Staline, des milliers de personnes avaient disparu dans les innombrables camps de prisonniers de Sibérie sans que les autorités s'intéressent à leur cas. L'absence d'un aide-chauffeur pendant quelques jours d'été, pour cause de séjour en Finlande, ne pesait pas lourd dans ce contexte.

Pour se rendre à Luvia à l'enterrement d'Oskari Länsiö, Lucia et Paavo prirent l'avion de Lappeenranta à Helsinki, et de là une correspondance pour Pori. La veille des funérailles, dans la soirée, Paavo discuta avec sa femme des événements de l'été. Kaarina lui avoua qu'elle avait une liaison, pas très sérieuse, avec le professeur de gymnastique Tauno Riisikkala. Difficile de le nier, car les rumeurs allaient bon train. Il y avait dans le mazot un palanquin identique à celui d'Emilia. Paavo Satoveräjä déclara qu'il ne voyait pas d'inconvénient à la présence de ce nid d'amour dans la chambre d'amis, et il autorisait même Riisikkala à y venir. Mais discrètement, et à condition que le moment venu Lucia Lucander puisse si elle le souhaitait venir s'installer à Köylypolvi. Pas comme maîtresse de maison, il n'était pas question de divorcer, mais comme une sorte de favorite officielle.

En conclusion de ces négociations, Paavo Satoveräjä promit de flanquer une bonne raclée à Riisikkala, après l'enterrement d'Oskari. C'était le moins qu'il puisse faire, en tant que mari. Son honneur avait été bafoué, ça exigeait réparation.

Le moment venu, l'agriculteur rossa donc copieusement le chef des pompiers volontaires et professeur d'éducation physique — en veillant toutefois à ne pas lui causer de blessures plus graves que des bleus. Tauno Riisikkala jugea le traitement relativement équitable. Cette correction l'autorisait à fréquenter désormais plus librement la reine Catherine. Les deux hommes, réconciliés, se serrèrent la main. La question était réglée. Chacun d'eux avait maintenant une nouvelle compagne. L'arrangement était un peu particulier, mais les contraintes de la propriété foncière interdisaient de songer à un divorce qui aurait entraîné le démembrement de l'exploitation de Köylypolvi. Du point de vue de Lucia Lucander, cette solution consolidait ses liens d'amitié avec Paavo Satoveräjä. Leur situation ressemblait de plus en plus à une union libre.

Il n'y avait guère qu'une vingtaine de proches pour accompagner Oskari Länsiö à sa dernière demeure. L'enterrement ne fut pas très gai. Länsiö n'avait pratiquement pas d'amis, il avait bu en solitaire et vécu la vie sans joie d'un ivrogne. Son cercueil fut porté jusqu'à sa tombe par Taisto Ojanperä, Paavo Satoveräjä, Tauno Riisikkala et trois autres pompiers volontaires d'Ulvila. Laila Länsiö avait préparé un repas à base de poulet, car après tout il y en avait des milliers à la ferme. Taisto Ojanperä, une fois une période de deuil décente écoulée, pourrait venir s'installer auprès d'elle pour reprendre en main l'exploitation. Un jour, dans le futur, le couple pourrait gérer aussi bien la supérette que le poulailler.

36

Comment faire les foins
avec un éléphant

Après l'enterrement d'Oskari Länsiö, Lucia et Paavo allèrent récupérer Emilia, laissée aux bons soins d'Igor à Luumäki. L'ancien cosaque polonais désormais aide-chauffeur avait trouvé à loger l'éléphante dans un abri, creusé dans le roc, de la ligne de défense édifiée dans la région pendant la Seconde Guerre mondiale. Il y avait lui aussi passé son temps, à la lueur d'un feu de camp, à caresser son ancienne camarade et à lui parler russe. Un matin au réveil, celle-ci lui avait fait la joyeuse surprise de danser le gopak et avait essayé de lui apprendre de nouvelles danses occidentales. Une sacrée sarabande ! commenta Igor.

Paavo Satoveräjä lui versa deux semaines de salaire pour avoir soigné Emilia, même s'il ne s'était écoulé que trois jours depuis l'enterrement d'Oskari Länsiö et la peignée infligée à Tauno Riisikkala.

Lucia Lucander, qui s'appelait donc à l'origine Sanna Tarkiainen, était originaire de Lemi, où ses parents avaient eu une petite ferme. Ils l'avaient vendue une vingtaine d'années plus tôt au groupe Enso Gutzeit, quand ils avaient renoncé à élever du bétail, pris leur retraite et déménagé à Lappeenranta. Tous deux reposaient maintenant au cimetière de Lemi, à côté de la belle église en bois à plan en croix grecque.

Lucia et Paavo s'y rendirent à dos d'éléphant, et la jeune femme déposa sur la tombe de ses parents un joli bouquet de fleurs des champs qu'elle avait elle-même cueillies. Ils allèrent ensuite visiter l'église, dont la porte était ouverte car la journée d'été était chaude. De l'intérieur s'échappait un chant à quatre voix. Lucia expliqua que c'était une tradition adoptée au XIXᵉ siècle, à une époque où il n'y avait pas d'orgue dans l'église. Cette technique de chant donnait de la profondeur aux cantiques. Et malgré l'installation d'un orgue, la chorale de la paroisse continuait à la pratiquer, comme aujourd'hui.

Les couvre-joints du revêtement de lattes blanches de la voûte trifoliée du chœur étaient décorés de motifs rouge pâle. Lucia lança à Paavo un regard chargé de sous-entendus et déclara que, si elle devait un jour se marier, elle voudrait que ce soit dans cette église.

Paavo Satoveräjä lui demanda aussitôt sa main, et elle la lui accorda. Ils pourraient en tout cas s'installer ensemble une fois qu'elle serait revenue d'Afrique.

L'ancienne ferme des parents de Lucia se trouvait juste à la sortie du bourg au bord du pittoresque lac Lahnajärvi. Comme souvent en Carélie du Sud, les crêtes morainiques étaient recouvertes de magnifiques pinèdes et l'eau claire était bordée de plages de sable. La maison des Tarkiainen était modeste, sa peinture rouge avait eu le temps de se faner, mais pour le reste elle semblait en bon état. Une étable, un sauna et une remise entouraient la cour de ferme, une grange et une halle de battage se dressaient un peu plus loin. Lucia expliqua que l'exploitation était vraiment petite, pas plus de cinquante hectares, dont huit seulement de cultures. Mais elle avait suffi à faire vivre la famille, qui, en plus de Lucia, comptait deux garçons. Ils vivaient bien sûr eux aussi leur vie. L'un était ingénieur à l'usine à papier de Kaukopää, l'autre médecin à Kajaani.

« Je suis devenue artiste de cirque parce que je n'étais pas très douée pour les études, et trop indisciplinée. »

Lucia conduisit Paavo à la remise, où se trouvaient de nombreux outils agricoles et autres. Contre un mur, il y avait une meule d'affûtage dans le réservoir d'eau de laquelle étaient normalement cachées les clefs de la maison. Et elles étaient toujours là, après toutes ces années, à l'endroit habituel. Sans doute fallait-il prévenir l'entreprise propriétaire des lieux de l'intention du couple d'y passer quelque temps. Paavo téléphona au siège, où on lui répondit que la fille de l'ancien propriétaire pouvait bien sûr séjourner provisoirement à la ferme avec son compagnon, à condition de faire le ménage et de fermer la porte à clef en partant.

Ils s'installèrent. Ils avaient plusieurs jours devant eux. Le cousin capitaine de Kaarina avait annoncé que son bateau n'arriverait pas à l'écluse de Mustola avant une bonne semaine. C'était agréable, d'ailleurs, de prendre des vacances après cette longue randonnée.

Lucia ouvrit la porte de la maison et entra dans la petite salle silencieuse. Tout était à sa place, on aurait pu croire que les habitants venaient de sortir pour aller faire des courses au bourg ou voir de la famille à Luumäki. Paavo Satoveräjä regarda les murs décorés de jolis tableaux, les tapis à rayures, le vaisselier, le grand four à pain, le fauteuil à bascule. Tout était d'une émouvante beauté. Il déclara qu'il avait rarement vu un intérieur aussi charmant. Lucia l'embrassa, les larmes aux yeux, puis ils passèrent dans la chambre, où tout semblait prêt pour d'éventuels invités : les lits étaient faits, il y avait une nappe sur la table, des livres sur une étagère, des rideaux aux fenêtres. Il y avait aussi deux autres chambres, plus petites, l'une en bas et l'autre à l'étage. Lucia et Paavo prirent la grande. Ils emmenèrent Emilia dans la halle de battage, où elle pourrait passer le reste de la nuit, et allèrent se coucher. Ils se réveillèrent dans l'après-midi, frais et dispos, nourrirent l'éléphante et se préparèrent à se restaurer.

Lucia déclara que, maintenant qu'ils avaient du temps, ce serait un péché de ne pas cuisiner du *särä*, le fameux agneau à la mode de Lemi. Paavo savait qu'il s'agissait d'un plat traditionnel de Carélie du Sud, incroyablement délicieux, mais il n'en avait jamais goûté. Ils téléphonèrent à la mairie, où on leur donna l'adresse d'une ferme où ils pourraient acheter de la viande d'agneau. Ils en commandèrent dix kilos. Il y en aurait ainsi des provisions pour le voyage en bateau. Dans l'après-midi, l'éleveur leur livra la viande, ainsi qu'un kilo de gros sel. Il leur conseilla de faire tremper l'agneau quatre jours dans de l'eau salée avant de le cuire. Paavo paya la note et l'on procéda comme recommandé, dans la proportion d'un kilo de sel pour dix kilos de viande, donc.

Le riche paysan du Satakunta se promenait ému dans les champs et les bâtiments de la petite ferme. Le père de Lucia ne possédait même pas de tracteur, il utilisait un cheval pour la plupart de ses travaux agricoles et, pour le plus dur, les machines d'un voisin. Il y avait dans la remise toutes sortes d'engins hippomobiles : une charrue, deux herses, une faucheuse, des charrettes et des traîneaux. Il poussait encore de la fléole dans les champs, qui étaient pourtant en jachère depuis des années. Paavo songea qu'on pourrait atteler Emilia à la vieille faucheuse et faire les foins à l'ancienne. Les quelques hectares donneraient suffisamment de fourrage pour nourrir l'éléphante pendant une bonne partie du long voyage vers l'Afrique. Lucia, enthousiaste, entreprit de réfléchir au harnachement nécessaire. On tira la faucheuse hors de la remise et on vérifia son état. Paavo graissa les parties mobiles de l'engin, bielle et lame, avec la vaseline destinée aux défenses d'Emilia, et constata qu'il fonctionnait. Il ne restait plus qu'à équiper l'éléphante de traits et à s'attaquer à la fenaison !

Atteler Emilia à la vieille faucheuse fut facile, grâce au palanquin fabriqué par Elias. Il y avait sur les côtés, en guise de garde-corps, des tubes d'aluminium de deux pouces et demi de diamètre. Paavo eut l'idée de fixer à leur extrémité des brancards qu'il alla couper dans la forêt voisine. Il choisit dans un épais bosquet des sapins élancés, légers et résistants. Leur tronc ne mesurait que dix centimètres de diamètre à la base, et quatre à la cime, à six mètres de hauteur environ. Paavo les porta sur son épaule jusqu'à la ferme, où il trouva une vieille plane avec laquelle il écorça les grumes. Au moyen de sangles de cuir, il les attacha ensuite à un bout au palonnier de la faucheuse et à l'autre à l'arrière des tubes d'aluminium. Tout était prêt pour faire les foins ! Lucia monta dans le palanquin d'Emilia, Paavo grimpa sur la faucheuse pour contrôler la lame. Le siège était fait d'une solide plaque d'acier percée de trous, moulée pour épouser la forme du postérieur de l'utilisateur, comme on en voyait souvent dans l'après-guerre. Il était planté au sommet d'une barre d'acier faisant office d'amortisseur.

L'énorme pachyderme qui marchait d'un pas tranquille dans un champ finlandais en jachère, tirant derrière lui la faucheuse cliquetante et l'agriculteur solidement assis sur son siège, offrait un spectacle impressionnant. Il y avait là quelque chose d'exotique, d'autant plus que dans le palanquin de l'animal de trait se tenait un second cornac, une belle étoile du cirque, qui, à chaque extrémité du champ, lui ordonnait de faire demitour et de repartir dans l'autre sens. Le bruit régulier de la lame rythmait la coupe de l'herbe, le travail avançait, on aurait dit que l'éléphant d'Afrique faisait depuis toujours partie du paysage finlandais par temps de fenaison.

Dès le premier jour, on faucha trois parcelles. Près d'un hectare. On laissa les andains à sécher, en attendant de reprendre le lendemain matin.

À la lisière de la forêt, deux ornithologues amateurs, postés là en espions pour le compte du Mouvement pour la libération de l'éléphant des militants écologistes de Tampere, observaient l'idylle à la jumelle. Ils avaient facilement retrouvé la trace de l'animal et de ses cavaliers en parcourant le Pirkanmaa à bord de leur voiture de location. Leur expédition les avait conduits à Lemi, à portée de main de leur cible. Et voilà qu'ils l'avaient enfin sous les yeux : ses tortionnaires avaient le front d'utiliser un éléphant sauvage en chair et en os pour de lourds travaux agricoles !

Les deux hommes épièrent longuement la fenaison en prenant des notes comme s'ils avaient découvert un oiseau extrêmement rare, tel qu'il n'en volait jamais dans le ciel finlandais. Et c'était bien sûr le cas, à ceci près que les éléphants ne volent que dans les contes.

37

Dix kilos d'agneau
à la mode de Lemi

Dans la dernière semaine de juillet, Paavo Satoveräjä reçut deux coups de fil importants. Heureusement, il avait pensé à aller au bourg recharger la batterie de son téléphone portable, car il n'y avait pas l'électricité dans l'ancienne maison familiale de Lucia. C'était une ferme abandonnée, même si deux personnes et un éléphant y logeaient provisoirement.

Le premier appel émanait de Kaarina, qui lui annonça que le bateau de son cousin arriverait au canal de Saimaa à la date prévue et que l'on pouvait conduire l'éléphante à Mustola, où il serait facile de l'embarquer. Il restait donc encore largement le temps de cuisiner l'agneau à la mode de Lemi.

Le second message était un ultimatum d'un étrange groupe de militants fondé à Tampere sous le nom de Mouvement pour la libération de l'éléphant. Ses membres s'étaient mis en tête que la vie et l'avenir d'Emilia relevaient de leur responsabilité et qu'ils avaient le devoir, et surtout le droit, de se mêler de son existence et de ses conditions de vie. La menace était anonyme, mais géographiquement ciblée. Le groupe exigeait la libération du pachyderme, quel qu'en soit le prix. Elle devait avoir lieu à Luumäki, à un moment dont on conviendrait plus tard. Il n'était pas question de porter secours à l'animal à Lemi, l'endroit se trouvait à l'écart des grandes routes et il serait difficile d'y attirer la presse. Le groupe se garda bien de divulguer ce détail à Paavo Satoveräjä, et refusa de lui donner le nom, encore moins le numéro de téléphone, du moindre de ses membres.

L'agriculteur, au bout du fil, entra dans une colère noire. Il menaça en retour de venir à Luumäki casser la figure des imbéciles qui l'appelaient, et qui feraient bien de prévoir au moins dix cercueils, voire plus. La conversation se termina dans un concert de braillements confus. Paavo jeta violemment le téléphone sur la table.

« Attention, idiot ! Tu vas le casser ! »

On vérifia que l'appareil n'était pas abîmé. Paavo appela son ancien numéro, qui était maintenant celui de Lucia. Heureusement, la communication s'établit.

À Tampere, les activistes se demandaient si ça valait finalement la peine d'aller à Luumäki, où l'on se heurterait à un gigantesque éléphant, une étrange étoile du cirque et un agriculteur en furie. Peut-être la libération nocturne de visons et de renards était-elle malgré tout moins dangereuse ? Le nom même de Luumäki, la Colline des ossements, semblait soudain de mauvais augure. Il risquait d'y avoir des os cassés, et beaucoup, vu le ton sur lequel Satoveräjä avait hurlé au téléphone.

Paavo et Lucia s'occupèrent de ratisser le foin. Ils en avaient fauché plusieurs hectares en quelques jours. Les vieux champs en jachère ne donnaient certes pas une moisson très abondante, la fléole était clairsemée et souffreteuse, faute d'engrais, mais il y en avait malgré tout étonnamment beaucoup. Lucia calcula que si l'on bottelait tout le foin fauché, Emilia en aurait pour au moins deux semaines, ce qui signifiait qu'elle pourrait atteindre le pays de ses ancêtres, en Afrique, en vivant sur ses propres provisions. Si tout se déroulait comme prévu, sans anicroche, la traversée de Mustola au Cap via Rostock pouvait se faire en une semaine et demie, même compte tenu des escales obligées. Finalement, expédier un éléphant à l'extrême pointe de l'Afrique n'était pas bien compliqué, de nos jours.

De grosses difficultés risquaient en revanche de les attendre à Luumäki, vu les étranges menaces proférées par téléphone. La vieille camarade de Lucia n'était pourtant pas entre de mauvaises mains, bien au contraire. Emilia elle-même participait avec enthousiasme aux travaux des champs, ramassant avec sa trompe d'énormes quantités de foin et le tassant d'un geste expert. Elle avait vite appris à le piétiner pour en faire des bottes serrées qu'il était facile de lier avec de vieilles cordes à linge et d'empiler en attendant le départ pour l'Afrique. L'énorme poids et les larges plantes de pied d'un éléphant sont utiles pour la fenaison, de même que l'extraordinaire sensibilité et l'exceptionnelle capacité de préhension de sa trompe.

Quatre jours après leur arrivée à Lemi, Lucia et Paavo s'attaquèrent à la confection du *särä*. Il y avait bien sûr dans la maison le plat en bois nécessaire, mais il était tellement desséché et fendillé par l'âge qu'il était inutilisable. Pendant que Lucia mettait le four à pain à chauffer, Paavo partit à dos d'éléphant emprunter un plat aux voisins. Les habitants de Lemi sont accueillants et prêtent volontiers leurs ustensiles de cuisine.

« On se doutait que vous viendriez, on l'a mis dès hier à tremper dans de l'eau salée », déclara la voisine en tendant le plat en bois de sapin odorant à Emilia, qui le prit dans sa trompe pour le passer à Paavo, assis dans les hauteurs du palanquin.

« Je vous le rapporterai dès qu'on aura fini de faire cuire la viande et qu'on l'aura lavé », déclara l'agriculteur, reconnaissant.

Lucia avait eu le temps de préparer les dix kilos d'agneau qui avaient baigné quatre jours dans la saumure. La tradition, à Lemi, voulait que l'on élimine le sel superflu en plongeant la viande dans de l'eau bouillante, ce qui lui permettait de prendre ensuite au four une belle couleur brune, expliqua Lucia à Paavo, qui participait avec curiosité à la réalisation de la recette. Elle lui demanda de tailler dans du bois de tremble encore vert quelques cales de deux pouces d'épaisseur et d'une longueur suffisante pour être placées sous le plat. Paavo comprit que le fond de ce dernier ne devait pas entrer en contact avec la sole brûlante du four, car il aurait pu prendre feu. Il fallait aussi veiller à ce qu'il ne touche pas les briques du fond, qui étaient elles aussi si chaudes que tout risquait de finir carbonisé.

Alors qu'il taillait les bouts de bois, Paavo entendit du bruit derrière la remise. Ce n'était autre qu'Emilia. Les éléphants sont des animaux joueurs, et elle avait entrepris de réarranger à sa manière les piles de bûchettes. Elle les saisissait habilement avec la trompe, les jetait en l'air, les rattrapait et les plaçait à un nouvel endroit. Elle était si concentrée sur son activité qu'elle ne s'aperçut pas que Paavo l'observait. C'était une bonne chose, songea-t-il, qu'elle se soit trouvé une occupation amusante pour le temps que durerait la cuisson du *särä*.

Pendant que Lucia disposait l'agneau découpé en gros morceaux dans le plat et l'enfournait avec précaution, Paavo éplucha cinq kilos de pommes de terre. On les mit à bouillir, afin de les précuire. La viande, dans l'intervalle, avait doré d'un côté et pris une jolie teinte marron. On sortit le plat du four, on retourna les morceaux, puis on les remit à rôtir.

En attendant que l'agneau soit à point, Paavo et Lucia allèrent faire la sieste dans la chambre. Le temps pour eux de faire ensuite une rapide toilette, l'heure fut venue de procéder à l'une des étapes les plus importantes de la préparation du *särä*. On sortit encore une fois la viande délicieusement grasse du four et on y ajouta les pommes de terre à demi cuites. On les nappa du jus de cuisson de l'agneau. Une odeur de paradis des affamés emplissait maintenant la maison. On laissa encore les pommes de terre au four une heure et demie, en compagnie de l'agneau, en les arrosant régulièrement de sa graisse afin qu'elles s'en imprègnent entièrement, avec le succulent résultat que l'on imagine. Dans l'intervalle, Paavo et Lucia sortirent dans le soir déjà frais pour nourrir Emilia. À la nuit tombée, alors que les nuages avaient recouvert le ciel, le *särä* fut enfin prêt. Paavo dressa le couvert dans la salle, Lucia alluma une bougie. Ils avaient acheté à l'avance du vin rouge pour accompagner le repas et tirèrent de l'eau fraîche et pure du puits, puis s'attablèrent pour savourer leur dîner. Ils se régalèrent jusqu'à minuit, puis sortirent humer l'air et vaquer à quelques autres occupations, passèrent dans la halle de battage déposer de gros baisers sur la trompe d'Emilia et allèrent enfin se coucher dans la chambre de la maison natale de Lucia, où ils dormirent du tendre sommeil confiant des gens heureux.

38

Emilia ratatine un autocar

Lucia et Paavo arrimèrent les bottes de foin sur les flancs d'Emilia et derrière le palanquin, tendirent le dais et se préparèrent à partir pour Luumäki. Le chargement était plus volumineux que jamais ! Ils fermèrent la porte et remirent les clefs à leur place dans le réservoir d'eau de la meule. Lucia pleurait, elle était triste de quitter sa maison natale, sans doute cette fois définitivement.

Pour égayer la matinée, les randonneurs s'arrêtèrent à l'église de Lemi et, un peu pour rire, demandèrent à un couple de touristes d'un certain âge qui y musardait de leur prêter assistance pour se marier. Et c'est ainsi que Sanna Tarkiainen, alias Lucia Lucander, prit pour époux, sans qu'aucun ban ait été publié et sans autre cérémonie officielle, Paavo Satoveräjä, qui était comme chacun sait déjà dûment uni à la reine Catherine.

Le couple de touristes connaissait assez bien la liturgie. L'homme, qui fit office de pasteur, raconta qu'il avait lui-même épousé l'automne précédent sa femme ici présente, qui jouait maintenant les témoins. Cette union était déjà la troisième de son histoire matrimoniale, et la deuxième de sa compagne, et, à force, il commençait à connaître le rite par cœur. Après la cérémonie, les jeunes mariés sortirent de l'église par l'allée centrale, bras dessus, bras dessous.

Emilia se chargea de faire la cinquième voix du chœur médiéval traditionnel de Lemi et souhaita d'un barrissement la bienvenue au couple dans son palanquin.

Luumäki était à une vingtaine de kilomètres de Lemi, via Peräkylä. La route était sinueuse car elle allait d'une île à l'autre et suivait le contour des anses et des pointes des rives de nombreux lacs. Le paysage était d'une beauté fabuleuse. Paavo et Lucia arrivèrent à Luumäki vers midi et prirent une chambre au bon vieux motel où Igor était aussi descendu. Ils demandèrent au personnel s'il savait où ils pourraient héberger Emilia. Les employés avaient la solution : le Verrou de la Finlande passait tout prêt. C'était une gigantesque ligne de défense construite lors de la dernière guerre, dans les dédales de laquelle on trouvait, creusés dans le roc, de grands abris destinés aux soldats et même des hôpitaux — on avait pu loger jusqu'à quatre cents hommes dans l'une de ces cavernes. La jeune réceptionniste du motel promit d'aller voir une ou deux fois dans la nuit comment l'éléphante se débrouillait dans sa grotte. En échange, elle demanda à pouvoir monter le lendemain sur son dos, et que l'événement soit photographié.

Paavo Satoveräjä était sergent de réserve, et donc sous-officier. Il avait entendu parler de cette ligne de fortifications, mais n'avait jamais bien saisi son immensité. Après la dure expérience de la guerre d'Hiver, elle avait été en majeure partie édifiée pendant la trêve de 1941 et s'étendait du golfe de Finlande jusqu'à l'extrême nord de la Laponie. Les ouvrages les plus résistants se trouvaient justement dans la région : une chaîne de fortifications de campagne de soixante kilomètres de long s'étendait de la Baltique à Luumäki, et des dizaines de divisions ennemies auraient été nécessaires pour l'enfoncer et pouvoir pénétrer sur le territoire finlandais, puis atteindre la capitale.

Le grand-père de Lucia, Uuno Tarkiainen, avait travaillé à Luumäki comme meneur de cheval sur le chantier des fortifications à l'été 1941, puis, trois ans plus tard, à l'été 1944. En raison de son âge déjà avancé, à l'époque, il faisait partie de la disponibilité. Le père de Lucia, lui, était alors sur le front, canonnier dans le 12e régiment d'artillerie.

« Il a eu de la chance, il n'a même pas été blessé. »

Au plus fort des travaux, en 1944, plus de trente mille hommes avaient travaillé à édifier la ligne de défense. C'était le plus grand chantier finlandais de tous les temps, plus important encore que la construction des centrales nucléaires : au total, il y avait sept cent vingt-huit ouvrages permanents, trois mille fortifications de campagne en bois, sept cent vingt casemates, mille deux cent cinquante nids de mitrailleuses, quatre cents postes de direction de tir et cinq cents batteries de canon, auxquels il fallait ajouter trois cent cinquante kilomètres au moins de tranchées-abris et de boyaux de communication, plus de deux cents kilomètres d'obstacles antichars faits de blocs de pierre d'une tonne et cent trente kilomètres de fossés et de talus fortifiés. Derrière la ligne, on avait en outre construit plus de deux cents kilomètres de routes, ce qui n'était finalement pas tant que ça si on songeait que la frontière orientale de la Finlande s'étirait sur plus de mille kilomètres. Il y avait là de quoi héberger tout un troupeau d'éléphants !

Paavo demanda à sa compagne comment elle avait eu l'idée de prendre pour nom d'artiste Lucia Lucander.

« C'était le nom de mon arrière-grand-mère maternelle, qui était servante au presbytère de Pertunmaa, au XIXe siècle. »

Lucia ajouta qu'il n'y avait pas seulement dans la famille des servantes et des valets de ferme, mais aussi des gens importants. Entre autres le colonel d'artillerie Justus Lucander, qui avait participé à la conception des postes d'artillerie du Verrou de la Finlande situés dans les îles du lac Saimaa.

L'autocar du Mouvement pour la libération de l'éléphant arriva à Luumäki dans l'après-midi. Il y avait à bord quinze militants qui discutaient depuis le départ de Tampere, parfois assez vivement, de l'objectif de l'expédition et du bien-fondé de la cause. Certains se demandaient si ça valait vraiment la peine, au bout du compte, de se mêler de ce problème d'éléphant. Ils auraient face à eux un agriculteur en colère et un gigantesque pachyderme. Comment mettre leur projet à exécution ? Fallait-il entamer des négociations ? Ça paraissait difficile : Satoveräjä était si irascible qu'on ne parviendrait sûrement pas à le fléchir, et l'étoile du cirque ne renoncerait sans doute pas de son plein gré à son animal.

Et que ferait-on de l'éléphant si on réussissait malgré tout à le libérer ? Il faudrait l'expédier en Inde, organiser une collecte auprès du public afin que le plus grand nombre possible de membres du mouvement puissent participer au voyage en Asie du Sud-Est. Pas question de sacrifier ses propres deniers dans l'aventure. L'essentiel était de sauver l'éléphant. Au pire, on pourrait ensuite l'euthanasier et mettre ainsi fin à ses souffrances dans le climat glacial de la Finlande. Quelqu'un cita le refrain qui tournait en boucle depuis des siècles à propos du chef de la jacquerie de 1596, Jaakko Ilkka : *Mieux vaut mourir sur le gibet que vivre en esclave*. On pourrait mener le pachyderme sur la place du marché de Lappeenranta et organiser avant de le piquer une grande conférence de presse. On en retirerait à coup sûr une publicité favorable.

À Luumäki, le groupe se trouva immédiatement plongé au cœur de l'action. Sur la route devant le motel, ils aperçurent l'énorme éléphant et ses deux cornacs, juchés sur son dos sous un grand dais de toile bleue. L'autocar stoppa net. Les militants se ruèrent dehors. Par haut-parleur, ils sommèrent les tortionnaires de s'arrêter et d'entamer des négociations.

Paavo Satoveräjä descendit du palanquin et laissa éclater sa colère. Lucia tenta de le calmer, mais en vain. Emilia prit peur, effrayée par le bruit du haut-parleur et les beuglements de Paavo. Les éléphants sont des animaux sensibles, ils s'énervent facilement. Et en cas de danger imminent, l'affolement se transforme en fureur agressive. Le conducteur de l'autocar se rangea sur le bas-côté et entreprit de faire demi-tour. La situation évoluait rapidement. Paavo Satoveräjä fonça en direction des activistes, qui se réfugièrent derrière le véhicule en train de manœuvrer. Emilia tourniquait, désorientée, au milieu de la route. Ses grandes oreilles claquaient frénétiquement. Elle avait connu bien des aventures, dans son existence, mais jamais elle n'avait été confrontée à pareille menace. Lucia ordonna à Paavo de revenir. Tout en continuant de pester d'une voix de stentor, il s'éloigna à contrecœur des militants. Ceux-ci lui répondirent en braillant en chœur. En habitués des manifestations, ils savaient comment faire du vacarme. Le raffut s'entendait à des kilomètres à la ronde, la circulation en provenance de Lappeenranta était bloquée, des bouchons se formaient aussi en sens inverse. Les automobilistes klaxonnaient, le tintamarre était à son comble.

Emilia était folle de peur. Plutôt que de fuir la menace, elle décida de se défendre. Elle battit des oreilles, lança un barrissement caverneux et, défenses en avant, se rua sur l'autocar qui se trouvait maintenant en travers de la chaussée.

Elle galopait de toute sa puissance, faisant trembler l'asphalte. Ses formidables défenses pénétrèrent jusqu'à la garde dans le flanc du véhicule, s'enfonçant de plus d'un mètre. Puis elle leva la tête. L'autocar vint avec, comme s'il ne pesait rien, dans un bruit de tôles déchirées. Le chauffeur, abandonnant son poste, s'enfuit en courant dans les bois. Emilia traîna le véhicule jusqu'au bord de la route, l'y coucha sur le côté, puis le renversa sur le toit. Enfin, après avoir reculé pour prendre de l'élan, elle l'envoya bouler jusqu'à la lisière de la forêt. Ses libérateurs s'égaillèrent au galop. Le silence retomba sur la route, de la fumée montait de l'autocar.

Les files de voitures arrêtées se remirent en mouvement. Lucia Lucander tenta de calmer Emilia qui, les yeux écarquillés et les oreilles déployées, regardait le véhicule qu'elle avait réduit à l'état d'épave. Paavo Satoveräjä entreprit de ramasser les bottes de foin éparpillées sur la route.

39

L'embarquement pour l'Afrique

Après l'échauffourée, Paavo se calma rapidement. Il avait un peu honte. Comment avait-il
pu encore une fois perdre son sang-froid et se
mettre à hurler au beau milieu de la route ! Lucia
n'aimait pas ça, et Emilia encore moins : elle ne
comprenait pas, la pauvre, pourquoi on lui criait
dessus. Avait-elle fait quelque chose de mal ?
Mais elle avait elle aussi maintenant retrouvé son
calme et se promenait sur le bas-côté, broutant des
feuilles de bouleau.

Paavo Satoveräjä s'employa à faire sortir de la
forêt les malheureux kidnappeurs d'éléphant
qui s'y étaient enfuis. Il dut appeler longtemps,
tel un berger inquiet tentant de rassembler ses
brebis égarées, mais ils finirent par se montrer,
l'air apeuré. À force d'encouragements et de
paroles rassurantes, ils se laissèrent peu à peu
convaincre de revenir sur la route. Le chauffeur
émergea lui aussi de la pinède pour contempler
l'épave fumante de son autocar. L'assurance
rembourserait les dégâts, selon lui.

Il téléphona au service des sinistres de la Mutuelle des autocaristes et expliqua ce qui s'était passé. Son interlocuteur ne voulut d'abord pas croire qu'un éléphant avait ratatiné l'autocar et fait rouler ce qui en restait jusque dans la pinède.

Ce n'était pas le premier accident du chauffeur. Deux ans plus tôt, son précédent véhicule était passé à travers la glace du lac Päijänne et les participants à un concours de pêche qu'il transportait avaient pris un bain forcé. L'épave reposait par quarante mètres de fond. Et la carrosserie de l'autocar qu'il conduisait encore avant avait été gravement endommagée par un voleur de voitures qui avait traversé une grange à son volant, à Nivala. C'était donc au tour d'un pachyderme de lui valoir la fourniture d'un nouveau véhicule par sa compagnie d'assurances.

Paavo Satoveräjä s'attela à la résolution du conflit avec les militants du Mouvement pour la libération de l'éléphant. Il déclara qu'il comprenait dans une certaine mesure que l'on veuille protéger la nature. C'était en fin de compte une noble cause, qu'il soutenait lui aussi en tant qu'agriculteur… mais pourquoi mettre en œuvre un tel tohu-bohu autour des relations entre humains et éléphants, et de quel droit ?

Tout à sa tentative de conciliation, Paavo Satoveräjä s'enflamma et faillit de nouveau laisser libre cours à sa colère, mais se retint à la dernière minute en voyant Lucia approcher. Elle le prit à part. Emilia avait maintenant disparu. Tout ça en avait été trop pour elle.

Les verts déclarèrent prudemment que Lucia et Paavo pouvaient garder l'éléphant, à condition qu'ils puissent regagner Tampere en vie. Ils ne libéreraient plus désormais que des visons et des renards d'élevage, et toujours de nuit. Le groupe monta dans un nouvel autocar affrété à la hâte et retourna là d'où il était venu. Plus question de sauver des pachydermes.

Paavo, Lucia et le conducteur du véhicule accidenté se mirent à la recherche d'Emilia. Ils demandèrent autour d'eux si l'on avait récemment vu passer un éléphant. Quelqu'un leur apprit qu'on en avait entendu un faire du boucan dans la forêt, il était tombé dans un fossé datant de la guerre et y barrissait comme un perdu.

Ils trouvèrent Emilia à cinq cents mètres de là, gisant sur le flanc au fond du trou et hurlant au secours, la trompe tendue vers le ciel. Elle était incapable de se relever seule. Les fossés antichars de la ligne de fortifications étaient profonds et abrupts, destinés qu'ils étaient à briser l'élan de blindés. Impossible, même pour un éléphant, de se remettre sur ses pattes dans une telle tranchée.

Paavo Satoveräjä téléphona au vétérinaire Seppo Sorjonen et lui raconta ce qui était arrivé. Emilia s'était emballée, avait détruit un autocar et se trouvait maintenant coincée au fond d'un fossé antichar. La situation était critique, que faire ?

Sorjonen lui annonça qu'il était déjà en route pour le canal de Saimaa avec le gérant de supérette Taisto Ojanperä, ils avaient dépassé Kouvola et seraient à Luumäki dans une petite heure.

Dès l'arrivée de ces renforts, on empoigna des pelles afin de tirer l'éléphante en détresse du piège où elle était tombée, en veillant à ce que ses côtes ne se brisent pas sous son énorme poids. On lui donna de l'eau et on lui prodigua des paroles rassurantes, et elle finit par retrouver son calme.

Sorjonen était d'avis qu'il ne servait à rien d'anthropomorphiser les animaux. Les bêtes étaient des bêtes, les vétérinaires, des humains. Emilia saisit une pelle dans sa bouche et s'employa à remercier Sorjonen pour son aide. Elle l'enlaça de sa trompe et, pour finir, joua avec lui comme avec un bon copain. L'homme et la pelle valsaient à la hauteur de la cime des arbres. Sorjonen cria au secours. Saisie de remords, l'éléphante le reposa à terre et donna la pelle à Lucia. Les animaux aiment bien les vétérinaires, tout compte fait.

Le lendemain, la petite troupe put enfin reprendre le chemin du canal de Saimaa. Le conducteur d'autocar se joignit aux voyageurs, histoire de passer le temps, car le traitement du sinistre de son véhicule ne se ferait pas en une minute. Lappeenranta était à quarante kilomètres de Luumäki. Emilia paraissait fraîche et dispose après avoir passé une nuit tranquille dans le grand abri passif creusé dans le roc. Elle avait avalé au réveil dix kilos de foin et un demi-boisseau de pommes de terre, et bu un seau d'eau. Le cortège partit vers dix heures du matin et parvint à destination dans l'après-midi. Évitant le centre-ville, il alla droit à l'écluse de Mustola, qui ne se trouvait qu'à quelques kilomètres.

Il y avait, amarrés au long quai du port, un vieux bateau de navigation intérieure, le *Puumala*, et deux cargos, dont le *Marleena* d'Armas Toivonen, le cousin de Kaarina Satoveräjä, un transporteur de marchandises diverses de quarante mètres jaugeant quatre cents tonneaux.

Emilia s'avança d'un pas assuré sur le quai. On lui ôta son palanquin. On porta les bottes de foin et le reste du fourrage à bord du *Marleena*, puis on y chargea l'éléphante à l'aide d'une grue. Elle se balança, soutenue par des sangles, haut au-dessus du canal. Elle avait l'air stupéfait, elle n'avait jamais fait de voyage aérien aussi vertigineux. La trompe tremblante, elle regardait autour d'elle, mais en voyant Lucia et Paavo debout sur le quai, tout près, elle s'efforça de rester digne. On la déposa bientôt avec lenteur et précaution dans la cale. Lucia monta elle aussi à bord. Paavo Satoveräjä l'accompagna, mais elle lui déclara qu'elle ne pouvait pas lui demander de venir jusqu'à Rostock, et encore moins jusqu'en Afrique.

« Paavo chéri, tu dois rentrer chez toi pour les moissons. Ta femme t'attend. »

Le vétérinaire Seppo Sorjonen émit lui aussi le souhait de faire le voyage en bateau avec Lucia. Il fit valoir qu'il serait d'une grande aide si Emilia avait le mal de mer ou se cognait aux cloisons de la cale par gros temps. L'étoile du cirque le remercia pour sa généreuse proposition, mais lui rappela qu'il occupait le poste de chef vétérinaire départemental, à Pori.

Le conducteur d'autocar avait, pendant ces adieux, jeté un coup d'œil au passeport qu'il avait sorti de sa poche revolver. Comme tous les professionnels de la route, il l'avait toujours sur lui, car on ne sait jamais quand une mission peut vous amener sans préavis à franchir les frontières. Il sauta du quai sur le bateau et cria à ceux qui étaient restés à terre :

« Moi aussi, je pars en Afrique, je n'ai rien à faire en Finlande, sans mon véhicule. »

La larme à l'œil, l'agriculteur Paavo Satoveräjä, le vétérinaire Seppo Sorjonen et le gérant de supérette Taisto Ojanperä regardèrent le *Marleena* franchir l'écluse de Mustola en direction de la mer. Lucia et le conducteur d'autocar agitaient la main sur le pont arrière. L'énorme tête d'Emilia dépassait de l'écoutille de la cale. La sirène du cargo émit un mugissement de départ. Emilia poussa un barrissement si puissant que sa trompe en trembla. On aurait dit qu'elle esquissait en guise d'adieu quelques pas de gopak.

40

Dans la confiture
jusqu'à la trompe

On avait donc chargé l'éléphante à bord du bateau d'Armas Toivonen à l'écluse de Mustola. Le *Marleena* fit route par le canal de Saimaa jusqu'au golfe de Finlande, d'où il gagna Rostock, sur l'autre rive de la Baltique. Là, Emilia et ses accompagnateurs prirent un grand cargo international, à destination de Port Elizabeth, en Afrique du Sud, puis du parc national des éléphants d'Addo, à une vingtaine de kilomètres de la côte.

En chemin, le navire embarqua à Brest une lourde cargaison de rails de chemin de fer à livrer à Port Elizabeth. Pendant qu'on la chargeait, une grue déposa Emilia sur un quai du port, où Lucia Lucander et le conducteur d'autocar Heikki Moilanen la lavèrent et lui donnèrent à manger trois pleins seaux de pommes.

Le golfe de Gascogne était étonnamment calme. Cela n'arrivait qu'une fois tous les dix ans, expliqua le capitaine à Lucia. L'éléphante, à son avis, voyageait confortablement dans la cale, car le navire, grâce aux pesantes marchandises qu'il transportait, était plus stable que jamais.

Dès le départ, à Rostock, on avait casé dans le compartiment d'Emilia quatorze tonnes de confiture, emballées dans des fûts en carton de deux cents litres. Avec sa trompe sensible, l'éléphante avait flairé leur appétissant contenu et elle décida, à titre expérimental, d'en ouvrir un. Ce fut facile. Et la confiture était un vrai délice !

Emilia en avala trois fûts, se barbouillant de partout dans l'obscurité de la cale, puis s'endormit, béate, et ne se réveilla que quand l'équipage ouvrit l'écoutille pour vérifier que tout allait bien. Elle se remit sur ses pattes pour contempler la calme beauté de la mer, magnifiée par un croissant de lune monté dans le ciel. Une houle silencieuse berçait le cargo chargé de rails d'acier. L'âme romantique d'Emilia s'éveilla. Émue comme peuvent l'être un animal sauvage ou un poète, elle leva la trompe vers le firmament étoilé et laissa échapper un gémissement flûté. Lucia Lucander, dans sa cabine, se réveilla et courut sur le pont. Emilia lui enserra la taille. Avec de tendres vocalises, elle embrassa sa fidèle soigneuse, qui lui caressa en retour les soies de la trompe. Quel bonheur d'être ensemble, face à l'enchantement de l'océan nocturne ! L'éléphante se mit à hurler doucement, tel un chien ou un loup, et Lucia se joignit à son chant.

L'équipage, capitaine compris, se rassembla pour assister au concert. Tous louèrent la voix mélodieuse d'Emilia. Des dauphins surgirent à la hanche bâbord du navire pour écouter les harmonieux hurlements de l'éléphante et de l'étoile du cirque. Jouant dans la mer tranquille, ils firent aussi bientôt entendre leurs cris étranges. On aurait dit des aboiements de chien, ou de phoque. Leur duo avec Emilia dura jusqu'à l'aurore.

Deux jours plus tard, dans le port de Porto, on découvrit que l'éléphante était barbouillée de confiture de la tête aux pieds. Elle en avait vidé trois fûts, et s'apprêtait à entamer le quatrième. On la sortit au plus vite de la cale. Lucia la gronda pour sa gourmandise, mais le commandant du navire lui accorda son pardon, déclarant comprendre qu'un animal puisse faire des bêtises. On lava encore une fois Emilia et on transféra les fûts de confiture dans un autre compartiment. Pendant tout le restant de la traversée, l'éléphante dut se contenter de boire de l'eau et de manger le foin fauché à Lemi en prévision du voyage.

Le cargo accosta à Port Elizabeth dans la nuit. C'est ensuite que se produisit le pire incident de l'expédition. Les rats du navire avaient bien sûr découvert qu'il y avait dans les cales, en plus des rails de chemin de fer, quantité de délicieuses traces de confiture laissées par Emilia. Les rongeurs étant omnivores, ils organisèrent un joyeux festin. Alléchés par tant de sucreries, ils oublièrent toute prudence et trottèrent dans la cale obscure jusque sur le dos et la trompe de l'éléphante, qu'une telle impudeur rendit folle de rage. Elle tenta de se débarrasser des nuisibles qui la narguaient, mais sans succès. Dans un noir d'encre, un pachyderme ne peut rien contre des centaines de rats agiles auxquels un régal a tourné la tête. Au bout d'un moment, Emilia perdit toute patience et tenta de ramener l'ordre en utilisant la force brute. Les rats ne se laissèrent pas impressionner. Les éléphants ont une ouïe et un flair exceptionnels, et Emilia savait donc parfaitement où les bestioles festoyaient. Elle prit de l'élan et fonça, défenses pointées, dans l'obscurité de la cale. Les rongeurs filèrent dans leurs trous, mais l'éléphante en colère ne parvint pas à ralentir et heurta de front le flanc du navire. Celui-ci avait une coque simple, en tôles de fer rivetées. Les défenses d'Emilia percèrent son bordé rouillé comme s'il avait été en carton.

Un gardien de nuit à la peau noire arpentait justement le quai désert. Quelle ne fut pas sa stupéfaction quand il entendit un bruit de tôle déchirée et vit le navire qui flottait sur l'eau calme du bassin se mettre soudain à tanguer. Deux imposantes défenses surgirent de sa panse, au-dessus de la ligne de flottaison, et dans la cale retentit le barrissement strident d'un éléphant. Bientôt les défenses disparurent, laissant deux orifices de l'épaisseur de la cuisse.

Le gardien du port alerta l'équipage. On hissa en toute hâte Emilia sur le quai. Lucia s'était elle aussi réveillée dans sa cabine et vint calmer l'éléphante. Le chef mécanicien examina l'avarie. Ce n'était pas trop grave, il n'y avait pas de voie d'eau. Il déclara que l'on souderait sans mal, dès le lever du jour, les trous percés par les défenses. Le capitaine, de son côté, assura à Lucia qu'il n'y avait pas à s'en faire pour pareille broutille. L'armateur ne lui facturerait même pas la réparation. L'essentiel était que l'éléphante ne soit pas blessée.

Le conducteur d'autocar Heikki Moilanen resta en Afrique comme chauffeur de safari. Lucia Lucander, pour sa part, rentra deux semaines plus tard en Finlande et emménagea dans le bâtiment principal de la ferme de Köylypolvi de Paavo Satoveräjä. La reine Catherine s'installa avec le professeur d'éducation physique Tauno Riisikkala dans les anciens quartiers des domestiques.

Emilia s'adapta parfaitement à la vie africaine. Elle lia rapidement connaissance avec ses congénères. Elle était de grande taille et possédait des talents bien supérieurs à ceux des éléphants sauvages. Tout un troupeau docile se plaça bientôt sous son autorité matriarcale. En tant que cheffe de clan, elle put librement choisir le mâle avec lequel elle souhaitait avoir des relations plus intimes.

Le parc national d'Addo se trouvait à une vingtaine de kilomètres de la mer, et à une cinquantaine de kilomètres de route de Port Elizabeth, de l'autre côté d'une chaîne de collines côtières escarpées. Il couvrait soixante-cinq kilomètres carrés et hébergeait trois cent soixante-dix éléphants. Une clôture capable de leur résister avait été construite à l'aide de câbles de levage d'un pouce de diamètre tendus entre des poteaux faits de rails de tramway. Les pachydermes et autres animaux sauvages pouvaient se promener à leur gré dans une luxuriante savane broussailleuse, tandis que les touristes étaient parqués dans des camps de base d'où ils ne pouvaient aller voir la faune qu'en voiture, sous la conduite de guides professionnels. Les visiteurs étaient donc enfermés, tandis que les éléphants, rhinocéros, phacochères et antilopes de toutes sortes s'ébattaient en liberté.

Dans la région, il y avait encore dans les années 1850 quelque quatre mille éléphants, dont les ennuis avaient commencé quand les Européens s'étaient mis à cultiver des agrumes sur ces terres fertiles. Les éléphants étaient en effet terriblement friands d'oranges, citrons et autres fruits délicieux. Ils ravageaient les vergers, et l'on s'était donc mis à les tuer. Cent ans plus tard, ils avaient presque totalement disparu. En 1950, il ne restait que onze rescapés. C'est alors que l'on avait décidé de créer le parc national d'Addo. On y avait fait venir des pachydermes d'autres régions d'Afrique et l'on en comptait donc maintenant près de quatre cents, parmi lesquels l'éléphante de cirque de Lucia Lucander, Emilia, qui avait accédé au statut envié de femelle dominante.

Épilogue

L'auteur de ces lignes s'est rendu sur les traces d'Emilia, dans le parc national d'Addo, au début de l'année 2005.

Nous y avons séjourné plusieurs jours, et fait deux safaris. Nous avons vu de nombreux éléphants, répartis en plusieurs troupeaux dans la savane. Quelques mâles solitaires à l'air irascible se promenaient au bord des étroites pistes du parc. Ils avaient un jour occupé une position de choix au sein de leur clan mais en avaient été écartés et se trouvaient réduits à errer seuls pour le restant de leur vie. C'est plus qu'assez pour faire perdre ses nerfs à un pachyderme. Une fois, celui qui était alors le plus grand éléphant mâle d'Addo était devenu si agressif qu'il fracassait les clôtures et menaçait les humains, si bien qu'il avait fallu l'abattre. Sa gigantesque tête empaillée était accrochée au mur du centre d'information du parc.

Nous avons vu des phacochères joueurs qui creusaient des terriers et se vautraient avec délice dans de petites mares. Les rhinocéros et les éléphants apprécient eux aussi les bains de boue. Elle durcit sur leur peau et forme une couche protectrice efficace contre les insectes.

Nous avons aussi pu admirer dans le parc de magnifiques koudous, dont les grandes oreilles semblaient capter le moindre bruit de la nature. Ils n'avaient pas peur des autocars, mais s'ils voyaient des gens en descendre, ils se fondaient sans un bruit dans les broussailles, aussi rapides que le vent du désert.

Par une chaude et limpide soirée, une harde de huit éléphants s'est rassemblée sous nos yeux, comme à notre intention, autour du trou d'eau de Nyati, près du camp principal, sous la conduite d'une grande femelle qui ressemblait à s'y méprendre à Emilia. Elle avait dans les pattes un petit éléphanteau, et un autre un peu plus grand. Elle était de toute évidence la cheffe du troupeau, celle que tous les adultes, mâles et femelles, suivaient et écoutaient. Elle est entrée dans la mare pour boire de l'eau fraîche et montrer à ses petits comment s'y prendre. Avec des gestes tranquilles, presque majestueux, elle a aspiré de l'eau dans sa trompe et s'en est aspergé le dos. Les éléphants sont restés près d'une heure à se laver et à s'abreuver, jusqu'à ce que tous soient propres et désaltérés, puis l'imposante matriarche est sortie de la mare pour conduire sa harde à l'abri de la végétation.

J'appelle Emilia par son nom. Elle se retourne, regarde dans la direction du cri et observe les gens, des touristes, massés sur une petite colline derrière la clôture. Je l'appelle une seconde fois. Emilia lève la trompe et déploie ses immenses oreilles, tout le troupeau s'arrête pour regarder.

L'éléphante de cirque se dresse sur ses pattes de derrière et lance vers le ciel les trois notes de fanfare marquant le début du spectacle. Elle tournoie sur deux pattes au bord du trou d'eau et en lève bientôt une de plus, se tenant un instant en équilibre sur un pied, avant de marcher en rond sur ses seuls membres antérieurs. De retour sur ses quatre pattes, elle se lance dans un gopak si endiablé que le troupeau recule respectueusement. Puis une longue série de numéros appris au fil des ans en Finlande, au Grand Cirque de Moscou, sur les rives de la Caspienne et tout au long du Transsibérien.

Rapide démonstration de galop suivie de cercles lents dans le sens des aiguilles d'une montre, comme pour un tour de piste. Changement de direction et de nouveau triple galop soulevant un nuage de sable sur les bords du trou d'eau. Les puissants barrissements d'Emilia résonnent dans le calme soir africain. Le soleil se couche, des étoiles s'allument au firmament, un croissant de lune flotte dans le ciel.

Le spectacle se poursuit. Emilia danse le gopak, ployant souplement son gigantesque corps telle une reine dans les salons de son palais. Ses oreilles battent au rythme de la danse, il ne lui manque qu'un partenaire, mais même sans grand mâle à ses côtés, elle mène avec élégance son numéro jusqu'à son magnifique bouquet final. Le crépuscule descend sur la mare, le soir s'obscurcit et fait rapidement place à la nuit. C'est un rideau qui tombe, la représentation est terminée. L'éléphante jette un dernier regard vers la colline, salue poliment d'une noble courbette et s'en va mener son troupeau vers les broussailles de la savane.

Emilia a donné un spectacle dont l'atmosphère matriarcale restera sans doute à jamais gravée dans les mémoires.

À Kuusilaakso, Pentecôte 2005

DU MÊME AUTEUR